ANDREAS SCHRÖFL

Altherrenjagd

MORDSHATZ »Ein Spiel gefällig?« lautet die mit Blut geschriebene Nachricht, die Alfred Sanktjohanser, genannt der Sanktus, an einer Wand der Münchner Rechtsanwaltskanzlei Dr. Kübrich & Dr. Engler entdeckt. Dr. Kübrich ist spurlos verschwunden. Eine geheimnisvolle E-Mail, die verschiedene Koordinaten beinhaltet, weist auf den Kleinhesseloher See, wo am nächsten Tag die Leiche des Anwalts gefunden wird. Als kurze Zeit später ein weiterer Alter Herr der Studentenverbindung, der Kübrich und Engler angehören, vermisst wird und abermals ominöse E-Mails auftauchen, bittet Dr. Engler den Sanktus um Hilfe. In einer rasanten Geocachejagd versuchen die beiden, unterstützt von Sanktus' Brauereikollegen aus der Münchner Sternbrauerei, einen weiteren Mord zu verhindern …

Andreas Schröfl, 1975 in München geboren und aufgewachsen, erlernte das Handwerk des Brauers und Mälzers in einer Münchner Großbrauerei. Anschließend studierte er an der Universität Weihenstephan und arbeitete fünf Jahre als Braumeister in einer bayerischen Brauerei. Andreas Schröfl lebt mit seiner Familie in einem Dorf am Rande der Hallertau. Die Sanktus-Bier- und München-Krimis vereinigen seine Liebe zum Beruf, die Verbundenheit mit München und der bayerischen Tradition sowie seine langjährige Leidenschaft für Kriminalromane.

ANDREAS SCHRÖFL

Altherrenjagd

DER »SANKTUS« MUSS ERMITTELN

Immer informiert

Spannung pur – mit unserem Newsletter informieren wir Sie
regelmäßig über Wissenswertes aus unserer Bücherwelt.

Gefällt mir!

Facebook: @Gmeiner.Verlag
Instagram: @gmeinerverlag
Twitter: @GmeinerVerlag

Besuchen Sie uns im Internet:
www.gmeiner-verlag.de

© 2016 – Gmeiner-Verlag GmbH
Im Ehnried 5, 88605 Meßkirch
Telefon 07575 / 2095-0
info@gmeiner-verlag.de
Alle Rechte vorbehalten
6. Auflage 2022

Lektorat: Claudia Senghaas, Kirchardt
Herstellung: Mirjam Hecht
Umschlaggestaltung: U.O.R.G. Lutz Eberle, Stuttgart
unter Verwendung eines Fotos von: © davis / Fotolia.com,
© Patrick-Emil Zörner https://commons.wikimedia.org/wiki/File:
Burschenmuetze_Corps_Hannovera.jpg
Druck: Custom Printing Warschau
Printed in Poland
ISBN 978-3-8392-1923-2

Für meine Eltern

A See is nur dann a See wenn ma 's andere Ufer sigt,
wenn ma 's andere Ufer nimma sigt
na is 's koa See mehr – dann is 's a Meer.

Sir Quickly
In ›*Irgendwie und Sowieso*‹

VOR UNGEFÄHR 15 JAHREN

Die Studenten feierten ausgelassen am Ufer des kühlen Sees. Die Sommernacht war lau, und das lodernde Lagerfeuer spendete Wärme und Licht. Funken stoben durch die Luft. Bierflaschen klangen beim Anstoßen. Es wurde viel getrunken. Die Studenten und ihre weiblichen Begleitungen hatten längst den Überblick über das Fest verloren. Von manchen Seiten war Gegröle, von anderen studentische Lieder zu hören.

Die Stimme einer jungen Frau forderte: »Ein Spiel! Kommt, lasst uns ein Spiel spielen!«

»Hey Jo, klar!«, entgegnete ein junger Mann, »was willste denn spielen?«

»Weiß nich'. He echt nich'! Flaschendrehen?«, antwortete das Mädchen.

»Cool! Bis nackt oder nur Unterhose?«, rief ein anderer Student.

»Nur Unterhose, okay?«, antwortete Jo. »Also los geht's.«

»Hört doch auf«, mischte sich ein weiterer ein, »das ist doch Scheiße. Jo, komm, sei gescheit. Hör auf! Du hast das doch nicht nötig.«

»He Pavarotti, halt 's Maul, sing 'ne Runde und überlass die Weiber uns.«

Einige Zeit später lag die kleine Gruppe spärlich bekleidet und sichtlich betrunken am Lagerfeuer.

»*Noch* 'n Spiel, *noch* 'n Spiel! Das war jetzt cool. Kommt, lasst uns noch was anderes machen!«

»He, Jo. Wir sind total fett jetzt. Komm mal runter. Der Schnaps vom Flaschendrehen braucht erst mal verdauen.«

»He, ihr seid *so* die Spackos«, rief Jo. »Ich glaub's nich. Kommt, wir spielen Fangen im Wasser. Wer mich als Erster hat, bekommt 'ne Überraschung. Los, kommt!«

Das Mädchen sprang auf und rannte zum naheliegenden Steg und hechtete, nur mit ihrem Slip bekleidet, in den nächtlichen schwarzen See. Drei Studenten folgten ihr auf der Stelle.

Am Ufer konnte man Jo und ihre Verehrer jauchzen und im Wasser planschen hören.

Pavarotti beobachtete sie vom Lagerfeuer aus. In seinem Blick war blanker Hass zu erkennen.

BAYERN UND MORD

Die Bayern sind ein hinterlistiges Volk, frage nicht. Manche würden behaupten, hinterfotzig. Das zeigt sich gerne auch bei den Wirtshausschlägereien, wenn dir einer aus heiterem Himmel den Maßkrug über den Schädel zieht. Also von hinten, weil vom Delinquenten nicht gesehen werden, wichtig. Daher hinterfotzig. Da kannst du den Bayern haben. Vordergründig eher selten. Wenn du ihn ärgerst, wird er dich nicht öffentlich zur Rede stellen oder Kontra geben. Nein, eher nicht. Vielleicht brennt er dir aber irgendwann mit seiner Zigarette ein Loch in den Mantel. Das ärgert nämlich dann *dich*. Und das viel länger als *ihn*. Gewalttätig wird er auch. Hat ja der Münchner Kessel beim G7 Gipfel seinerzeit gezeigt, wo der damalige Ministerpräsident sich nicht entschuldigt, sondern gemeint hat, das harte Hinlangen der Polizisten ist »Bayerische Art«, mit der du in Bayern rechnen musst.

Auch das Morden, das hat in Bayern Tradition. Der berühmteste Mord eigentlich der an unserem Kini, also König. Natürlich am König Ludwig. Dem Zweiten. Brauchst du aber in Bayern nicht dazusagen, weil ja eh klar. Aber erklär mal einem Amerikaner, dass es da auch einen Ersten gegeben hat. Entsetzen! Oder, er glaubt's dir ganz einfach nicht. Die meisten Bayern behaupten, der Kini sei natürlich umgebracht worden, weil guter Schwimmer und daher nie, also NIE wär er ersoffen im Starnberger See. Wahrscheinlich war's ein preußischer

Spion. Oder noch viel schlimmer, was manche meinen, das eigene Adelsgeschlecht. Weil untragbar, der König. Geldmäßig und überhaupt.

Bayern ein *Mords*-Land, oder? Bei der Sendlinger Mordweihnacht von 1705 hat's beim Bauernaufstand gegen die Österreicher wirklich nicht an Morden gefehlt. Da ist der Schmied von Kochel hinterrücks umgebracht worden, und aus war's. Genauso wie der Wildschütz Jennerwein. Von hinten erschossen vom Jagdgehilfen Pföderl am Peißenberg. Den Schmied hat's wahrscheinlich nie gegeben, den Jennerwein schon.

Auch mysteriöse Morde kann der Bayer. Ende des 19. Jahrhunderts Doppelmord in der Einöde von Obergrub, Pfarrgemeinde Gebensbach. Ein Ehepaar wird erschlagen. Der Mord bleibt 95 Jahre ungeklärt. Toppt nur noch 1922 der Mord im Einödhof ›Hinterkaifeck‹ bei Schrobenhausen. Dort wurden sechs Personen, darunter sogar zwei Kinder, erschlagen. Es hat Tage gedauert, bis der Mord entdeckt worden ist. Täter bis heute unklar. Angelegenheit extrem düster.

»Und München?«, wirst du fragen. Jetzt pass auf! Da hast du den Johann Berchtold, den Würger von München, aus Schwabing, der 1896 mehrere Frauen umgebracht hat. Oder den Johann Eichhorn, den Schmied von Aubing, Rangierer bei der Reichsbahn. Sexualmörder. In den 30er Jahren tätig. Hatte mehrere Damen auf dem Gewissen. Und jetzt pass auf! Obacht. Anscheinend der Enkel vom Berchtold. Jetzt kommst du! 60er und 70er Jahre dann Vera Brühne. Justizskandal! Mord an Günther Braun, ja oder nein. BND-Verwicklung inclusive? Da schlackerst du mit den Ohren. Und nicht zu vergessen den Mord am Schauspieler Walter Sedlmayr, der 1990 mit einem Hammer erschlagen worden ist, oder den Modezaren Rudolph Mooshammer 2005, den einer seiner Stricher mit einem Kabel erdrosselt hat.

Sauber, sagst *du*? Sag *ich* dir, 2008 hat das Ganze darin gegipfelt, dass in einer Münchner Brauerei sogar zwei Menschen im Bier ermordet worden sind. Einer in einem Sud dunklen Weißbiers, der andere im Lagertank. München in Aufruhr. Kannst du dir ja denken. Eklat nichts dagegen. Ja du mein liebes Bayernland. Danach eher Ruhe. Kleinere Mordfälle, klar! Erst 2012 ist es wieder kritisch geworden, weil Ritualmorde! Die Münchener Bevölkerung hat danach noch lange von den Altherren-Morden erzählt.

Geocaching ist eine moderne Form einer Schatzsuche bzw. Schnitzeljagd. Ausgestattet mit einem Global Positioning System (GPS)-Empfänger und den Koordinaten eines ›Schatzes‹ aus dem Internet kann man die Schätze finden, die jemand anderes an ungewöhnlichen Plätzen versteckt hat.

Aus http://www.geocaching.de/

IRGENDWO IN MÜNCHEN

Er nahm seine Umgebung anfangs nur verschwommen wahr. Er konnte sich nicht entsinnen, was passiert war. Die Kopfschmerzen waren unerträglich. Als er versuchte, die schmerzende Stelle zu ertasten, realisierte er, dass er an den Händen gefesselt war. Langsam klärte sich sein Blick, und er wurde sich seiner Lage langsam, aber sicher bewusst. Er saß völlig entkleidet in einer Art Tank oder Zuber aus Stahl. Seine Hände waren mit Handschellen an Ösen an der Bottichwand, seine Beine an den Bottichboden gefesselt. Über einen Zulauf lief warmes Wasser langsam in das Gefäß. Die Füße und sein Gesäß waren schon bedeckt. Panik befiel ihn. Sein Herz raste und er hyperventilierte.

Er sah nach oben. Über ihm war die Decke des Raums blau beleuchtet, und es entstand der Eindruck, als würden sich die Wellen eines Gewässers oder Pools dort oben abzeichnen.

Mit einem Mal wurde ihm klar, dass in dem Raum, in dem er sich aufhielt, klassische Musik gespielt wurde. Er konnte den Titel jedoch nicht zuordnen, war sich jedoch sicher, ihn zu kennen.

Was war geschehen? Er konnte sich nicht erinnern. War das alles nur ein übler Scherz oder wollte ihn jemand ertränken? Wer hatte ihn hierher gebracht?

Er hörte Schritte und schrie nach Hilfe. Nun fiel ihm

auch der Titel des Stücks wieder ein. ›Die Moldau‹ von Bedrich Smetana.

Das Wasser begann schneller zu laufen.

SONNTAG

Na bravo! Wunderbar, *wunderbar*, ganz wunderbar! »Sehr lieb, danke!«, würde der Wiener sagen. Ein Besuch. Nein, nicht nur *ein* Besuch, sondern *der* Besuch der Woche anstehend. Der Besuch, vor dem es dem Sanktus nun schon seit Tagen gegraust hat. Der sonntägliche Besuch bei den Englers, also der Familie Dr. Engler, sprich beim *Drengler*, wie ihn der Sanktus nur genannt hat! Die Familie war ja ganz in Ordnung, aber *er*, der Drengler – verheerend! Abnormal! Unsympathisch! Besserwisserisch! Einfach unmöglich. Er ist halt einfach ein mords Trum Schnösel gewesen, der Drengler. Und Schnösel für den Sanktus, falls du den Sanktus schon kennst, weißt du, rotes Tuch Scheißdreck dagegen.

Aber leider ist's halt heute soweit gewesen. Endgültig. Nicht dass du glaubst, der Sanktus hätte nicht versucht, sich zu drücken. Ganz im Gegenteil. Er hatte schon eine Migräne, eine Erkältung und sogar einen Muskelfaserriss vorgetäuscht. Von Sonderschichten im Ausschank des Biergartens der Münchner Sternbrauerei, wo der Sanktus zurzeit als Schankkellner gearbeitet hat, ganz zu schweigen. Aber heute war D-Day. Klassisches ›PG‹, also Pech ghabt.

Die Kathi, Sanktus' Lebensgefährtin, war unerbittlich. Heute hat es definitiv sein müssen. Um drei Uhr zum Kaffee waren sie eingeladen. Zum Kaffee! Der Sanktus wenn nur an Kaffee und Kuchen gedacht hat, hat er schon Sodbrennen gekriegt. »Oh Herr Sanktjohanser, das ist nicht nur ein Kaffee, das ist ein Fair Trade! Direkt aus Äthiopien. Ganz feine Bohne. Doppelt geröstet. Der wird unserem Gaumen munden!«, hat der Drengler beim letzten Mal zum Besten gegeben. War ja klar, dass dort nicht einfach die Jacobs Krönung ausgeschenkt worden ist.

»Ich trink ja lieber den vietnamesischen«, hat der Sanktus gekontert, »den, den die Katzen schon mal gefressen und dann wieder gekackt haben. Der ist schon vorverdaut. Magenschonend, wissen S', Herr ... äh ... Dings.«

Den Tritt, den er von der Kathi unter dem Tisch bekommen hatte, hat er lange gespürt, und die Kathi hat nach dem Nachmittag genauso lange nicht mehr mit ihm geredet.

Die Kathi war nämlich mit der Frau Engler, der Ulli, auf du und du, da die Martina und die Engler Betty-Lou – allein schon Betty-Lou musst du dir mal geben – in der gleichen Klasse waren.

Der Sanktus hat nun schon fast vier Jahre mit der Kathi und ihrer Tochter, der Martina, im Münchner Stadtteil Haidhausen, genauer am Johannisplatz, zusammengelebt. Er hatte die Kathi schon seit seiner Lehre zum Brauer und Mälzer in der Sternbrauerei gekannt. Verliebt hatten sie sich jedoch erst während der unschönen Vorkommnisse in der Brauerei vor ein paar Jahren.

Die Martina war damals bereits vier. Das Mädchen inzwischen wie seine eigene Tochter, und der Sanktus sozusagen stolzer Papa.

Doch manchmal konnten einen auch seine Liebsten zur Weißglut bringen. Und das war heute der Fall.

Der Sanktus ist in voller Montur, also Jeans, Turnschuhe, Hemd und Sonnenbrille, im Flur der Altbauwohnung gestanden und hat vor Hitze geschmachtet. Schweißausbruch Anfänger dagegen. Kannst du dir hoffentlich vorstellen. Die Martina hat zum gefühlten 27. Mal ihrer Mutter geschrien. Zuerst war sie am Klo, dann hat sie was vergessen gehabt, dann wollte sie noch so ein lilafarbenes vogelwildes Plastikpony mitnehmen, danach noch Durst und so weiter und so weiter. Der Sanktus schon knapp vor dem Zerlaufen und kurz vor der Kapitulation.

Die Kathi ist ständig von einem Zimmer zum anderen gelaufen, und dem Sanktus war eigentlich nicht klar, was sie gemacht hat. Ist nicht in seinen Männerschädel reingegangen. Blockade praktisch. Er hat ihr bloß immer hinterhergeschaut und ist sich vorgekommen wie einer, der an einer Schnellstraße die vorüberfahrenden Autos verfolgt. Kurz, nachdem der Sanktus fast geglaubt hatte, dass sie nun alle fertig zum Abmarsch wären, hat er ein Summen ausmachen können. Die Kathi hat sich und die Martina noch geföhnt. Verstehst du jetzt nicht? Ganz einfach. Die Haare einer Frau müssen nach dem Duschen anscheinend erst ein bisserl trocknen, bevor man sie föhnen kann. Die Männerhaare sind da offensichtlich genetisch gesehen anders. Die kannst du föhnen, wann du willst, oder man glaubt's kaum, gell, gar nicht föhnen. Bei Frauen aber anscheinend unmöglich. Dem Sanktus ist nur noch ein leises »Zefix!« ausgekommen und er hat sich in der Küche ein kühles dunkles Weißbier eingeschenkt und mit Genuss getrunken. Die Kathi ist nach einiger Zeit in die Küche gekommen und hat den Sanktus gefragt, ob er nun so weit wäre. Der Sanktus hat seine Sonnenbrille zurecht geschoben und gemeint, dass er auch gleich mit dem Föhnen fertig sei, hat das Weißbier in einem Zug geleert und gerülpst. Aggression sofort wieder weg. Den strafenden Blick und das Kopfschütteln der Kathi brauch ich dir jetzt wahrscheinlich nicht beschreiben.

»Hier wohnen die Englers! Ulrike, Betty-Lou und Jens! Bei guter Laune bitte klingeln!«, ist auf dem Türschild gestanden.

Gute Laune, von wegen. Klingelt dir wahrscheinlich niemand in diesem Leben. Wer kann schon gute Laune haben, wenn er den Drengler besucht? Und während der Sanktus darüber nachgedacht hat, wie er jetzt der Kathi erklären hat können, dass er ja jetzt da gar nicht läuten darf, geschweige denn kann, ist die Tür schon aufgegangen, und der Drengler wie aus dem Ei gepellt vor dem Sanktus.

»Hallihallo meine Lieben« – STOPP – *meine Lieben* – der Sanktus hat alles sein wollen, aber sicherlich nicht »sein Lieber«! Gänsehaut und kalt den Buckel Runterlaufen jetzt gar nichts dagegen! Unverschämtheit!

»Servus«, hat der Sanktus gerade noch rausgebracht und mit Abscheu beobachtet, wie der Drengler der Kathi zum Begrüßen zwei Bussis gegeben hat. Also keine richtigen Bussis, eher solche »Bisou, bisou!« Backenvorbeischmatzer, also so angedeutete Küsse. He, wenn man jemandem kein Bussi geben will, tut man's nicht, oder? Da braucht man doch nicht so Möchtegernrituale. Neumodischer Schmarrn, neumodischer! Aggression jetzt wieder da!

»Mir bitte kein Bussi«, hat der Sanktus erklärt und gleich abgewinkt. »Ich bin erkältet. Da würden Sie sich nur anstecken.«

Der Drengler hat kurz laut aufgelacht und den Kopf geschüttelt.

»Immer zu Scherzen aufgelegt. So mag ich das. Ach Herr Sanktjohanser, Sie haben so ein sonniges Gemüt. Das ist beneidenswert. Immer gut drauf.« Dabei hat er so einen Schwung mit dem Arm gemacht, als wenn du sagen würdest »Jawohl, sauber!« oder »Weiter so«. Dann hat er noch so mit den Füßen gewippt, so kurz auf die Zehenspitzen und gegrinst, dass es dem Sanktus gleich wieder schlecht geworden ist. Sonniges Gemüt? Ja, schon. Aber sicherlich nicht hier beim Drengler-Gscheithaferl. Sanktus jetzt Blick auf seine Kleidung. So ein rosa Poloshirt mit einem Golfaufdruck hat er angehabt und den Kragen hinten aufgestellt, dazu Designer-Jeans und Segeltuch-Turnschuhe – also Schnösel-Komplett-Uniform.

»So, nun kommt doch mal rein. Die Mädels sind im Esszimmer und bereiten schon mal alles vor. Wir haben Buttercremetorte bei Käfer geholt. Ah, exquisit. Ich sag Ihnen, die ist so lecker …«

Lecker! Da war es wieder, das Unwort des Jahrhunderts. Der Sanktus jetzt im Stadium des kompletten Abblockens. Jetzt hätte er vergoldet sein können, der Drengler, dem Sanktus wär das, auf Bayerisch gesagt, wurscht gewesen. Bussi, lecker und Golfshirt. Was hat jetzt noch alles kommen sollen?

So, jetzt erst mal rein in das Esszimmer. Die Martina ist gleich mit der Betty ins Kinderzimmer, und die Ulli hat den Sanktus auch mit zwei so Vorbeibusserln begrüßt. Der Sanktus hat sofort auf ihre Füße schauen müssen. Weil der Sanktus ist auf schöne Frauenfüße gestanden, musst du wissen. Die Kathi hat für ihn die schönsten der Welt gehabt. Die von der Ulli, und die Ulli bei den heißen Temperaturen natürlich barfuß, haben es ihm kalt den Rücken runterlaufen lassen. Hammerzehen mit unförmigen, kleinen extrem rot lackierten Nägeln. Sonst war sie eigentlich hübsch, die Ulli, aber die Füße ... Die Kathi, die seinem Blick gefolgt war, hat gegrinst, ihn angetippt und ihm einen kurzen Kuss auf die Backe gedrückt und geflüstert: »Sind meine schöner, gell.« Sanktus Kopfnicken und verlegenes Wegschauen.

Anschließend hat's den unvermeidlichen Hugo gegeben, natürlich aus Bio-Qualitätsprosecco direkt aus der Toskana, Holundersirup aus dem Reformhaus und Minzblättern frisch vom Haidhausener Panoramabalkon, wahrscheinlich vom Drengler mit einer Goldsichel aus Rajastan selbst geerntet.

»Also dann. Herzlich willkommen! Stößchen!«, hat Drengler geflötet, und der Sanktus jetzt am Überlegen, wie er es vermeiden hat können, bei »Stößchen« nicht aus der Haut zu fahren. Die Damen sind nun in die Küche und haben Kaffee gekocht, und der Drengler hat den Sanktus zu allem Überfluss auf den Balkon zum kleinen Männergespräch hinaus gezogen.

»Ein herrliches Panorama, nicht? München pur!«, hat der Drengler angefangen. Der Ausblick über den Gasteig, die Isar und die zentrale Münchner Innenstadt war wirklich genial. Postkarte gar nichts dagegen. Der Sanktus hat sofort einen Neid verspüren können und hat bezweifelt, dass dieser ›Zuagroaste‹, also Zugereiste so was überhaupt hat besitzen dürfen.

»Diesen Ausblick haben wir gesehen und uns sofort verliebt. Da *mussten* wir diese Wohnung haben. Schauen Sie nur, der Englische Garten, das Deutsche Museum, Sankt Peter, der Liebfrauendom ...«

»Frauenkirche!«, hat der Sanktus dazwischengeworfen. »Einfach Frauenkirche langt.«

Der Drengler hat sich verlegen geräuspert.

»Ja natürlich. Frauenkirche. Schon ein Traum, München von hier aus zu überblicken. War natürlich nicht billig, aber ab und zu muss man halt … Wie geht's Ihnen eigentlich beruflich, Herr Sanktjohanser?«

Zwickmühle jetzt! Wie ist's dem Sanktus beruflich gegangen? Wenn du ihn kennst, weißt du, dass es der Sanktus nie lange irgendwo ausgehalten hat. Weder bei der Polizei noch in der Brauerei, Deutschland oder in Namibia. Zuletzt hat er beim Sternbräu im Filterkeller gearbeitet. Das war mehr oder weniger ein Zufall gewesen. 2008, kurz nachdem der Sanktus aus Namibia zurückgekommen war, hatte er erfahren, dass einer seiner besten Freunde, der Kellerer, in der Sternbrauerei ums Leben gekommen war. Niemand hatte an einen Unfall geglaubt, und so war er von seinen früheren Kollegen der Brauerei überredet worden, den Fall aufzuklären. Der Sanktus war ja schließlich schon einmal bei der Polizei gewesen, eine Zwischenstation, als er vom Bierbrauerdasein die Nase voll gehabt hatte. Das Aufklären hatte er dann auch mit den Brauern geschafft. Er hatte dann noch drei Jahre in der Brauerei gearbeitet, doch dann wieder ewiger Drang zum Neuen. Praktisch jetzt, dass die Kathi eine ziemlich ausgefuchste Computerspezialistin war. Also Kathi Vollerwerb und Sanktus zurzeit Hausmann mit Nebenjob im Sternbräu-Biergarten als Schankkellner. Für den Drengler natürlich ein gefundenes Fressen.

»Ah, Schankkellner. Soso. Bestimmt sehr interessant. Der Kontakt mit verschiedensten Menschen und Kulturen sowie diversen Psychen«, hat er verständnisvoll gesäuselt, »in Kombination mit dem modernen Hausmann. Respekt, Herr Sanktjohanser. Könnte ich nicht. Nein wirklich nicht. Ich bin eher noch so der Höhlenmensch. Jage und erlege das Mammut, und die Frau bereitet es zu.«

»Ist halt leider schon ausgestorben, das Mammut, gell«, hat der Sanktus gekontert. »Da sind S' ja jetzt direkt arbeitslos, Herr Engler. Ich bin wenigstens Schankkellner.« Den Doktor hat der Sanktus noch nie über die Lippen gebracht. Und wenn er jetzt daherkommt mit »Dr. Engler. So viel Zeit muss sein«, schmeiß ich ihn den Balkon runter, direkt hinein in den Super-Ausblick, hat der Sanktus gedacht.

»Nehmen Sie mir das doch nicht persönlich. Das war nur im Scherz gemeint«, hat der Drengler versucht, die Wogen zu glätten.

»Passt scho!«, seitens Sanktus.

Passt scho übrigens 1 A Antwort. Kann im Bayerischen heißen: Ist gut! Mach dir nichts draus. Lass's gut sein! He, super! Oder auch: Leck mich doch! Alles je nach Betonung. Genauso wie im Chinesischen Mandarin. Hat der Sanktus zumindest mal gehört.

Der Kaffee war jetzt fertig, und alle sind am Lofttisch des Designer-Esszimmers gesessen.

Die Frauen haben über die Grundschule und den Elternbeirat gesprochen. Ein ewiges Hickhack unter den Elternbeiratsdamen. Der Sanktus hat nur kurz gemeint: »Weil kein Mann dabei ist! Ist doch klar. Kann ja ned funktionieren, wenn eine Horde Übermütter …« Weiter ist er nicht gekommen, es sei denn, er hätte eine Tötung durch den Blick der Kathi riskieren wollen. Der Drengler Grinsen. Anscheinend gleicher Meinung, hatte aber nicht den Mut, sich offen dazu zu bekennen. Er hat jetzt versucht, sich mit dem Sanktus über Autos zu unterhalten. Sanktus da völlig blank, weil vier Räder und fahren ausreichend. Davon abgesehen war der Sanktus zurzeit leider nicht im Besitz seines Führerscheins. Ein kleiner Zwischenfall nach einem längeren Abend im Sternbräu-Biergarten. Nicht, dass du meinst, der Sanktus hätte sich ungerecht behandelt gefühlt oder wäre sogar sauer gewesen. Nein, nein, nicht im Geringsten. Autofahren hat er sowieso dick gehabt. Die Trambahn war sein Lieblingsverkehrsmittel. Nur, dass ihn der Burgmaier Charlie und der Hofer Lenz erwischt hatten, war ihm ein Dorn im Auge. Diese beiden Ordnungshüter waren ihm seit eh und je feindlich gesinnt. Aber das ist eine andere Geschichte.

»… Marke fahren Sie?«, hat der Sanktus gerade noch aus dem Drenglermund blubbern gehört.

»Line Seventeen«, hat der Sanktus gemeint, also Trambahn Linie 17.

»Ah Motorrad, ja, glaub ich, hab ich schon mal was gehört«, hat der Drengler gefaselt.

Dann ist er auf sein Lieblingsthema Golf gekommen. Die zwei Frauen haben ganz ehrfürchtig gelauscht. Dem Sanktus ist alles vor den Augen verschwommen und jetzt nur noch Wortfetzen.

»… bin ich schon um sieben auf dem Green, Idylle, ach eine Idylle … mein Freund, Professor Mengelkamp, Handicap 5, … erbitterte Kämpfe, wir beide … BMW open … die Betty-Lou beginnt jetzt auch schon … und schulisch kein Problem … Jahrgangsbeste … Übertritt ja jetzt schon sicher … nächstes Jahr machen wir dann einen Segeltörn …«

»Sanktus, Alfred, Sanktus …«

Ein Rütteln war spürbar, und die Kathi direkt vor seinen Augen. »Geht's dir ned gut?«, die Frage.

»Ich, äh mir? Doch, doch, Kathi. Ich muss kurz aufs Klo«, war alles, was der Sanktus noch rausgebracht hat. Der Sanktus zum Schein also schnell auf die Toilette und schon wieder ein Erlebnis. Toilettenschüssel nämlich japanisch. Am Kästchen neben der Klobrille hat ›Power‹ geblinkt. Da war auch ein Knöpfchen für ›Heizung Brille‹. Aha, der hochwohlgeborene Hintern mag nicht frieren, Gedanke Sanktus und Lächeln. Er hat auch zwei Knöpfe für die Spülung hinten und vorne ausmachen können. Der Sanktus hat natürlich sofort einen Knopf ausprobiert und postwendend das warme Spülwasser ins Gesicht gespritzt bekommen. Normalerweise hat da der schlaue Japaner eine Sicherung eingebaut, sprich Druckschalter, sodass abgefragt wird, ob einer auf dem Deckel hockt, aber wenn sich der schlaue Sanktjohanser auch mit der Hand darauf abstützen muss … Klassisches *Leider verloren*!

»Zefix, zefix!«, ist es dem Sanktus entfleucht. Gut, dass ihn anscheinend niemand hören hat können.

Einigermaßen trocken im Gesicht ist der Sanktus zurück zur illustren Gesellschaft. Das Kaffeegeschirr ist bereits abgedeckt worden, und die Mädchen haben um ein Eis gebettelt. Es hat so ausgesehen, als hätte es der Sanktus bald überstanden.

»Ich hab einen Vorschlag«, hat die Ulli gemeint. »Machen wir doch einen Spaziergang nach Schwabing zum Eis essen. Vorher schauen wir noch kurz in die Kanzlei. Da kann ich Kathi«, selbstredend nördlich mit langen A gesprochen, »die neuen Vorhänge zeigen. Das wäre doch 'ne nette Idee, nö?«

Zustimmen seitens Kathi und »Oh, ja. Tolle Idee. Supi!«, seitens Drengler. Maulen seitens der Mädchen, weil zu weit und zu lang zu Fuß. Der Sanktus nur überfordert. Kanzlei, Schwabing, kurz überschlagen weitere drei Stunden mit dem Drengler. Letzter Versuch: »Kathi, aber wir wollten doch noch bei meiner Schwester, der Anna …«

»Wollten wir ned, Sanktus. Das ist erst nächste Woche!«, prompte Antwort von der Kathi.

Jetzt Kapitulation seitens Sanktus. Er hat genau gewusst, dass es nun keinen Sinn mehr hatte, weiter zu diskutieren. Over and out, Sanktjohanser.

So ist es jetzt über die Innere Wienerstraße zum Wienerplatz gegangen. Der Sanktus war der Letzte der Truppe, hat aber trotzdem den Drengler ständig dozieren hören können.

»Oh seht mal die Blumenpracht. Geranien. Die heißen im Lateinischen *Pelargonium*. Habt ihr das gewusst? Und hier seht mal …«

Da ist in den 80ern das Staatliche Hofbräuhaus gestanden. Ob er das auch weiß, hat sich der Sanktus gedacht.

Jetzt ist das Hofbräuhaus aus Platzgründen außerhalb von München in Riem. Das Sudhaus steht noch auf Münchner Territorium. Sonst dürfte die Brauerei auf der Wiesn natürlich nicht mehr ausschenken. Da sei extra ein kleines Stück Riem nach München eingemeindet worden, behauptet zumindest der Volksmund. Das Hofbräuhaus

war in der Vergangenheit übrigens die einzige Brauerei, die das durch das Reinheitsgebot verbotene obergärige Weißbier brauen durfte. Man ging davon aus, dass
das obergärige Bier ein unnützes Getränk sei und weder
führe noch nähre, noch Kraft und Macht gäbe, sondern
nur zum Trinken anreize.

Nur das Geschlecht der Degenberger aus Schwarzach
hatte das alleinige Recht zur Weißbierproduktion. Dieses nahm Herzog Maximilian I. 1602 wieder an sich und
produzierte nun unter staatlichem Monopol Weißbier
in den Brauereien des Hofes, also den Hofbräuhäusern.

Das hat er natürlich nicht doziert, der Drengler. Vielleicht zu banal für ihn, oder eher Pilstrinker, hat der Sanktus gedacht.

Am Wiener Platz hat die kleine Gruppe dann die schat-
tig kühlen Maximiliananlagen betreten, die sie entlang
der Sckell- und Maria-Theresia-Straße zum Friedensengel an der Prinzregentenstraße geführt haben. Nun
stadtauswärts vorbei an der Villa Stuck zur Steuerbe-
raterkanzlei Dr. Engler und Dr. Kübrich. *Hier werden
Sie geholfen!*

Leider nicht direkt, denn kurz vor dem Ziel war das
Feinkostgeschäft Käfer. Hat auch ein Zelt auf dem Oktoberfest, der Käfer. Nichts für den Sanktus natürlich, weil
dort nur Schicki-Mickis und Champagner. Stößchen und
so. Danach noch ins P1 zur After-Wiesn-Abdance-Party.
Ein Traum!

Die Käfer-Auslagen haben dem Sanktus noch weitere
gefühlte 25 Minuten zu seinen eh schon überstrapazier-
ten drei Stunden dazu addiert.

»Ach Schatzi, schau! Den Dom Perignon könnten
wir uns auch wieder mal gönnen und eine Foie gras wär

doch wieder mal lecker. Oh, und das tolle Porzellanservice. Traumhaft!« Und so weiter. Der Sanktus ist in einigem Abstand im Schatten eines Baums gestanden und hat leise vor sich hin geschwitzt. Auf einmal ist die Kathi neben ihm gestanden, hat ihm ein Bussi auf die Lippen gedrückt und hat gesagt: »Brav bist heute. Ich weiß, was du durchmachst. Das mach ich heut Abend wieder gut. Versprech ich dir.«

Da hat er doch wieder ein bisserl gelacht, der Sanktus.

Nachdem auch wirklich jedes einzelne Ausstellungsstück ausgiebig begutachtet und vom Drengler kommentiert worden war, haben sie sich weiter in Richtung Kanzlei bewegt. Der Sanktus hat jetzt neue Verbündete gehabt, nämlich die zwei Mädchen. Denen ist der Käfer genauso auf den Wecker gegangen wie ihm.

An der Kanzlei angekommen, ist die schwere Eichenholztür aufgesperrt worden und der Sanktus hat endlich der glühenden Hitze, die die Pflastersteine der Prinzregentenstraße grad so zurückstrahlten, entkommen können. Er hat draußen schon gespürt, wie ihm der Schweiß den Buckel runter, durch die Unterhose, an den Beinen entlang und zu den Schuhen wieder rausgelaufen ist. Wasserfall Anfänger dagegen.

Im ersten Stock ist der Drengler vor seinem schönen goldenen Kanzleischild stehen geblieben, die eine Hand am Türknauf, die andere am Schlüsselbund und hat den Kopf immer wieder komisch geschüttelt. Uiui, Stromschlag, hat der Sanktus gedacht. Aber woher? Und zu schön, um wahr zu sein.

»Nicht abgeschlossen! Das war ja noch nie! So was von nachlässig, der Heinrich! Einfach vergessen, abzuschließen. Na, dem werd ich morgen etwas erzählen«, hat der Drengler angefangen, zu seinem Publikum zu sprechen.

Ja lieber dem als mir, hat sich der Sanktus gedacht und bei der Vorstellung schmunzeln müssen, wie der Drengler seinen Kompagnon wie einen Erstklässler Ewigkeiten vorführt.

»Und das Licht brennt ja auch noch überall. Na also, *so* was!«

Und Staub wird er wahrscheinlich auch nicht gewischt haben, und ob er sich die Hände nach dem Pieseln mit Seife gewaschen hat? Wer weiß? Das gibt Ärger für den Kübrich. Der hat dem Sanktus jetzt schon aufrichtig leidgetan. Und wie er so über das Schicksal vom Kübrich sinniert hat und er ihm noch mehr leidgetan hat, ist er durch drei gellende Schreie aus seinem Traum aufgeweckt worden. Der eine ist definitiv von der Kathi gekommen, der andere vom Drengler. Also hat der dritte von der Ulli sein müssen. Die zwei Mädchen, die im Eingangsbereich mit ihren Ponys gespielt haben, wollten natürlich sofort nachschauen, was los war, sind jedoch vom Sanktus gerade noch abgehalten worden, in die Richtung der Schreie zu laufen.

Jetzt hat dem Sanktus der Kübrich *noch* mehr leidgetan, weil auf der Tür zum Büro ist *Dr. Kübrich* gestanden. Also wegen dem Schild hat er ihm natürlich nicht leidgetan, sondern weil es halt sein Büro war, also dem Kübrich seins. Und selbst das wär's ja auch noch nicht gewesen, es war die Tatsache, dass der kübrich'sche Schreibtisch, die Wand dahinter und das ganze Umfeld ringsherum voller Blut waren. Bombenexplosion Scheißdreck dagegen. An der Wand waren die Worte ›EIN SPIEL GEFÄL-

LIG?‹ hingeschmiert worden. Sauber, hat sich der Sanktus gedacht.

Einen Vorteil hat die Situation jedoch gehabt. Der Drengler war wenigstens *einmal* still.

Der Drengler und die Ulli sind auf einem Lederkanapee im Drengler-Büro gesessen. Käsweis sind sie gewesen. Hast du aber eigentlich nur sehen können, wenn sie das Gesicht gerade nicht vor lauter Verzweiflung in den Händen gehabt haben. Zwischendrin hat der Drengler immer wieder aufgeschaut, den Kopf geschüttelt und gesagt: »Ich kann das nicht fassen, ich kann es nicht fassen.« So ungefähr jede Minute. Die Kathi war mit den Mädchen einstweilen zum Spielplatz am Shakespeareplatz gegangen, um die Lage ein bisschen zu entspannen.

Plötzlich ist die Tür zur Kanzlei aufgegangen und ein junger Mann ist hereingekommen. Der Sanktus sofort raus, weil Tatort sichern jetzt an der Reihe, wegen Spuren und so. Er hat den jungen Mann, eher so ein Bürscherl, der in schwarzer Lederjacke und Jeans gekleidet war, erst einmal in das Drengler-Büro gelotst.

»Was ist denn hier los?«, hat das Bürscherl angefangen.

»Ach Achim, du bist's«, hat der Drengler gestöhnt. »Dr. Kübrich wurde ermordet …«

Keine Leiche im Haus, aber der Drengler weiß, dass er ermordet worden ist, der Kübrich. Na bravo! Da sagst du nichts mehr, hat sich der Sanktus gedacht.

»Wie ist er denn ermordet worden, wenn Sie schon wissen, dass es ein Mord war?«, hat er rauslassen müssen, sonst wär er geplatzt.

»Ach, Herr Sanktjohanser, sparen Sie sich doch Ihren

Sarkasmus. Der ist hier nun wirklich fehl am Platz«, hat der Doktor erwidert.

»Jetzt wart ma amal, bis der Bichä kommt und dann schau ma weiter!«, hat der Sanktus gemeint.

»Welcher Pichi?«, hat der Achim gefragt.

»Ned Pichi, sondern Bichä, also der Kommissar Bichlmaier von der Münchner Kripo. Wer bist na du überhaupt?«, hat der Sanktus wissen wollen. So einen, wenn der Sanktus schon vor sich gehabt hat. Wenn einer schon so geschaut hat, so siebengescheit. Abartig! Kennst du bestimmt, oder? Hat dir noch nie was getan, aber du könntest ihm rechts und links eine! Noch nie was gearbeitet, aber mitreden wie ein Großer. Welcher Pichi? Wahnsinn! Apathie kein Ausdruck. Der Sanktus hat fühlen können, wie ihm der Rauch aus dem Genick hinten raus ist. Gespannte Habtachtstellung.

»Plodek, Achim Plodek mein Name. Ich bin hier Praktikant«, kam prompt die Antwort.

»Aha«, hat der Sanktus erwidert. »Praktiziert ma jetzt schon am heiligen Sonntag? Hat's bei uns früher noch nicht gegeben.«

»Der Achim muss eine wichtige Arbeit anfertigen«, hat der Drengler doziert. »Ich habe ihm erlaubt, hier zu sein, da er Ruhe braucht, um sich uneingeschränkt seinen Studien widmen zu können.«

Arbeit anfertigen und Studien widmen, am Sonntag für den Sanktus komplett unverständlich, aber er hatte sein Studium ja schließlich auch abgebrochen.

»Achim hat daher natürlich auch einen Schlüssel für die Kanzlei …«, hat die Ulli hinzugefügt.

»Und wer hat noch alles einen Schlüssel?«, hast du eine tiefe Stimme im Raum vernehmen können, und gleichzeitig hat der Kommissar Bichlmaier das Büro betreten. »Bichlmaier, Kripo München. Grüß Gott beinand«, hat er sich vorgestellt. Ausgesehen hat der Bichlmaier wie der Korbinian Hofer von den Rosenheim-Cops falls du's noch nicht weißt.

»Und was tut *der* da, der Biergarten-Columbo?«, hat er wissen wollen und hat dabei auf den Sanktus gezeigt.

»Dieses Mal rein zufällig, Bichä. Rein zufällig. Des musst ma glauben!«, seitens Sanktus.

Richtig gewurlt hat's im Büro, wie die Spurensicherung angerückt ist. Der Bichlmaier hat den Drengler, die Ulli und den Achim befragt. Zwei Beamte haben die Nachbarn vernommen.

»Sanktus, geh mal her!«, hat der Bichlmaier gerufen. »Du mischst dich dieses Mal aber ned wieder in die Ermittlungen ein wie seinerzeit beim Sternbräu, oder?«

»Spinnst du? Einmal langt mir komplett. Bin ja ned deppert. Am Schluss ist schließlich mein bester Freund, der Bummerl, g'storben. Das brauch ich ned noch amal. Aber interessieren würd's mich schon, wer da was von einem Spiel hingeschmiert hat …«

»Saaaanktus«, hat der Bichlmaier gestöhnt, »mach mich ned wahnsinnig!«

»Ja, sag ja scho nix mehr.«

»Was weißt *du* über das Ganze?«, wollte der Bichlmaier jetzt wissen.

»Mei, wir waren bei denen eingeladen. Grausam, sag ich dir. Na sind ma spazieren gangen und kurz hierher, weil die Ulli der Kathi irgendwelche Vorhänge zeigen wollt. Dann wollt ma eigentlich nach Schwabing zum Eis essen. Der Drengler …«

»Welcher Drengler?«, hat ihn der Bichlmaier unterbrochen.

»Ja, der Dr. Engler halt, mein ich, der ist Steuerberater. Der Kübrich, glaub ich, ist Rechtsanwalt. Die Kanzlei haben sie schon seit mehreren Jahren. Die haben schon miteinander studiert, Waffenbrüder, sagen s'. Weißt. Schlagende Verbindung. Steinreich. Finanziell saturiert bis in die Ewigkeit, hat er mal posaunt der Drengler. Sonst weiß ich wenig von dem, weil des is so ein Schwätzer, das kannst du dir ned vorstellen. Der, wenn labert ...«

»So wie du halt jetzt grad, Sanktus, gell«, hat ihn der Bichlmaier unterbrochen und die Augen verdreht.

»Bitte vergleich mich ned mit diesem Labersack, Bichä. Sonst bin ich die längste Zeit dein Spezl g'wesn«, hat der Sanktus gebettelt.

»Gut, Sanktus. Also wir geben jetzt mal eine Fahndung raus. Wir fragen bei allen Krankenhäusern nach, ob da ein verletzter Kübrich aufgetaucht ist. Ich kann mir nicht vorstellen, wie das gewesen sein soll. Entweder bringt einer einen um oder er entführt ihn. Da er dann aber ein Lösegeld will, macht's keinen Sinn, ihn so zu verletzen und so einen Saustall anzurichten. Komisch, oder?«, hat der Kommissar mehr in sich hinein als zum Sanktus gemurmelt.

»Ja, und was soll das mit dem Spiel?«, hat der Sanktus gefragt.

»Da ist irgendwas ned ganz hasenrein, Sanktus. Ich glaub ned, dass der tot ist. Irgendwie hab ich des im Gefühl. Und des trügt mich selten. Da veranstaltet einer zwecks irgendwas einen Zinnober. Aber welchen?«

»Wenn ich was rauskrieg, sag ich's dir«, hat der Sanktus gemeint.

»Ich auch«, hat der Bichlmaier erwidert, »hat ja letztes Mal recht gut funktioniert, gell. Aber nicht wieder einmischen. Ich warne dich, Kamerad Schnürschuh.«

»Sonst klatscht's, gell«, hat der Sanktus angefangen.

»Ja, aber keinen Beifall!«, hat der Bichlmaier den Satz fertiggemacht.

Am Abend ist der Sanktus mit seinen Damen noch kurz in die Neue Kirche gegangen. Die Martina hat ausnahmsweise länger aufbleiben dürfen, denn die Nacht war lau, es waren bald Ferien, und man hat draußen sitzen können. Die Kathi ist vor ihrem Chicken-Curry – die Neue Kirche hatte nämlich seit einiger Zeit einen indischen Koch – gesessen, und die Martina hat an einer Kinderpizza gekaut. Der Sanktus Herrengedeck, also dunkles Weißbier vom Sternbräu!

»Was war jetzt eigentlich da los?«, wollte die Martina wissen.

»Das wenn wir wüssten, Martina. Das wenn wir wüssten!«, hat die Kathi geseufzt.

Der Sanktus hat gerade was Intelligentes zum Besten geben wollen, als der Bhupinder, der indische Koch, aus dem Lokal herausgekommen ist.

»Oh, hallo Sanktus! How are you? Schön, dass ihr seid da. Oh da is ja auck die Frau Kathi und die Martina. Welcome in de Neuen Kirtsche! Mags du meine Curry, Kathi? Hab i gekockt mit viel love. Alte indische Sprickwort sagt …«

Aber weiter ist er nicht gekommen, denn der Sanktus hat ihm das Wort abgeschnitten: »Bubi, passt! Es schmeckt ganz wunderbar. Wirklich! Schön scharf, und deine Liebe schmeckt man ganz besonders raus.«

»Aber du trinks nur die Weißbier. Wie mags du da wissen, wie die Curry mit die Liebe schmeck?«, hat sich der Bhupinder echauffiert. »Und sage ned immer Bubi su mir, Sanktus!«

»Ja Bubi, dann bist du ab heut der Hanse! Des hast jetzt davon«, hat der Sanktus gekontert.

»Bubi, Hanse. Irgendwann i geh suruck nack India, nur wegge dir. Ärgers du mi die ganse Tag. Braucks du schon wieder amal was von mir, gell«, hat der Bhupinder gemurmelt.

»Denkst du dir bei dem was?«, hat die Kathi den Bhupinder gefragt.

»Bei dem? Denk i mir scho lange nix mehr. Immer schleckt drauf und grantig, de Mensch. Aber macke mir Spaß to tease him. Macke gut.« Und weg war er, der Bhupinder.

»Der redet komisch«, hat sich die Martina beschwert. »Ich versteh den ned.«

»Ich auch ned«, hat der Sanktus gemeint und sofort einen Rempler von der Kathi kassiert.

»Der is so nett, der Bhupinder. Und du musst ihn immer verarschen«, hat die Kathi geschimpft. »Irgendwann streicht er dir mal eine auf.«

»Geh zu, Kathi. Nie in diesem Leben. Und wenn, dann schickt er mir irgendeinen indischen Rachegott. Wir machen die Gaudi seit über einem Jahr! Wir mögen uns wirklich. Aber heut brauch ich keinen Schwaller mehr.«

»Hast recht, Sanktus«, hat die Kathi geseufzt, »heut nimmer. Aber was da jetzt wirklich passiert ist? Ich weiß es ned.«

»Gefällt mir auch gar ned«, hat der Sanktus zugegeben. »Das riecht nach Gschieß. Nach sauberem Gschieß.«

»Meinst, dass der Jens auch was damit zu tun hat?«, hat die Kathi wissen wollen.

»Ich weiß ned. Ich mein, ich mag ihn ja eigentlich ned. Aber ich kann's mir ned wirklich vorstellen. Er ist halt einfach … ja … ein Vogel. Mehr ned. So, jetzt gehn ma heim. Das war genug für den heutigen Tag. Ramona, zahlen!«

IRGENDWO IN MÜNCHEN

Das Wasser stand ihm schon bis zum Hals, und er konnte gerade noch Luft bekommen, ohne den Kopf in den Nacken zu legen. Die Moldau erklang in seinem unterirdischen Gefängnis immer wieder von Neuem. Immer und immer wieder. Das Wasser lief inzwischen nur noch sehr langsam in den Bottich. Sollte er Gnade zu erwarten haben? Gnade für was? Strafe für welches Vergehen? Er konnte sich immer noch nicht erklären, warum er in diesem Gefängnis festgehalten wurde. Er konnte sich nur erinnern, dass er in der Kanzlei einen außerordentlich schwierigen Fall studierte. Deswegen war er auch am Sonntag dort gewesen. Dann konnte er sich an nichts mehr erinnern, bis er hier wieder aufgewacht war. Er musste einen Schlag auf den Hinterkopf erhalten haben, da diese Körperregion am schlimmsten schmerzte. Er wusste nicht mehr, was er tun sollte. Er war einfach nur hilflos. So hilflos! Tränen liefen ihm nun über die Wangen. Aus reiner Verzweiflung versuchte er, nochmals, mit Hilfeschreien auf sich aufmerksam zu machen.

Seine Panik steigerte sich ins Unermessliche, als plötzlich eine Gestalt mit blauer Gesichtsmaske über ihm am Bottichrand auftauchte.

»Wer sind Sie? Was wollen Sie von mir?«, rief er der Gestalt entgegen.

»Ich bin dein schlechtes Gewissen. Ich bin deine schlaflose Nacht. Ich bin die Rache. Ich bin dein Tod!«, dröhnte die Stimme der Gestalt im ganzen Raum. Sie wurde vermutlich über ein Mikrofon verstärkt und verzerrt.

»Warum denn? Was hab ich verbrochen? Wollen Sie Geld?«, fragte er flehend.

Die Gestalt lachte nun so unheimlich, dass sich seine Panik noch weiter verstärkte.

»Ihr glaubt, ihr könnt mit Geld alles regeln, nicht wahr? Ihr seid verachtenswert. Aber ihr seid nur Dreck. Unrat der Gesellschaft. Mehr nicht«, konnte er das Phantom flüstern hören.

»Wer sind Sie?«, versuchte er es noch einmal.

Sein Peiniger nannte ihm nun eine Jahreszahl, einen Ort sowie einen Namen. Er schrie: »Aber ich war das nicht! Das müssen Sie mir glauben.« Er schrie diesen Satz immer und immer wieder hinaus. Doch ihm wurde nicht geglaubt.

»*Wer* sind Sie?«, rief er laut heraus.

»Willst du das wissen? Wirklich?«, erwiderte der Unbekannte und nahm langsam seine Maske ab.

»Du?«, plärrte er in die blaue Dunkelheit hinaus. »Warum?«

Das Wasser lief nun mit hoher Geschwindigkeit in den Bottich, bis nur noch ein Gurgeln zu hören war.

MONTAG

Die Guillotine, auch Fallbeil oder Köpfmaschine genannt, wurde nach dem französischen Arzt Joseph-Ignace Guillotin benannt und vor allem in der französischen Revolution eingesetzt. Ähnliche Exemplare sind aber schon früher benutzt worden. Zum Beispiel die ›Schottische Jungfrau‹ im 16. und 17. Jahrhundert oder das Fallbeil von Halifax im 13. War übrigens das Vorbild der französischen Version. Fest steht, dass der Tod durch die Abtrennung des Kopfes von der Wirbelsäule und damit durch die Unterbrechung der Nervenbahnen eingetreten ist. Es hat ein schmerzfreier, schneller Tod sein sollen. Die erste Guillotine soll übrigens ein deutscher Klavierbauer namens Schmidt gebaut haben. Und jetzt schließt sich der Kreis. 1854 wurde die bayerische Guillotine von der Firma J. Mannhardt & Co in München hergestellt. Auch in München ist damit hingerichtet worden.

Der Sanktus hat die Abendschicht im Sternbräu-Biergarten gehabt. Er hatte die Martina mittags von der Schule abgeholt und war mit ihr zum Baden ins Prinzregenten-Bad, Prinze genannt, gegangen. Er hatte kalte panierte Schnitzel und Kartoffelsalat vorbereitet. Die hatten sie zwischendrin genüsslich vertilgt. Nach dem Badeausflug hat der Sanktus die Martina zu seiner Schwester, der Anna, gebracht, wo sie kurz darauf von der Kathi abgeholt worden ist. Der Sanktus als braver Familienvater und Hausmann. Glaubst du gar nicht, oder? Aber so wohl hat er sich seit Langem nicht mehr gefühlt. An die Geschehnisse in der Drengler-Kanzlei hat er den ganzen Tag eher wenig gedacht. Vielleicht würde die Kathi am Abend was von der Ulli wissen.

Der Sternbräu-Biergarten ist idyllisch hinter der Brauerei im Stadtteil Neuhausen gelegen. Unter hohen Kastanien hast du da gemütlich selbst bei großer Hitze im Schatten sitzen, dein Bier trinken und Brotzeit machen können, sprich eine Oase im Münchner Großstadttrummel. Dort haben sich, genauso wie im Bräustüberl, Gott und die Welt und alles vom Jugendlichen bis hin zum Greis getroffen. Da waren der Urbayer in Tracht, der Business-Man im Designeranzug, der Öko im Jute-Kittel, der Linke im Rasta-Look, der Japaner mit Kamera, der Amerikaner im Hawaiihemd, der Inder, der Chinese und so weiter und so weiter und, und, und.

Der Abend ist relativ ruhig angegangen, da Hitze, und der Münchner lieber noch an den Münchner Seen oder in den Bädern. Also Biergartenidyll. Und so hat sich der Sanktus auch mal zwischendrin zu seinen Gästen setzen können. Und das war heute wichtig, da Brauerstammtisch angesagt. Da sind sie wieder alle gesessen. Alle außer dem Bummerl, in Wirklichkeit Hirschberger Harald, der seinerzeit Opfer geworden war. Seinen Platz hatte der Hanspeter, ein netter, gemütlicher Schwabe mit wirrem Lockenkopf und Nickelbrille, der in einer Stuttgarter Brauerei seine Lehre gemacht hatte, eingenommen.

»Oh. Sanktus. Du setze here jetzt mal«, hat der Giovanni aus dem Lagerkeller, seines Zeichens Italiener, geplärrt. »Isse nixe los an deiner Schänke. Trinke Bier mite uns!«

»Bin ja scho da. Alter Mann is doch kein D-Zug!«, hat der Sanktus gewitzelt.

»Du warst noch nie ein D-Zug. Auch ned, wies d' jung warst. A Bummelbahn vielleicht. Aber ned mehr!«, hat der Schlauchgernot aus dem Gärkeller gescherzt und dem Ehrensberger Helmut auf die Schenkel gehauen.

»Jaja, Bummelbahn, Bummelbahn«, hat der gemeint und in die Runde geschaut. Wohin er geschaut hat, hast du nicht erkennen können, so hat er geschielt.

»Ach Leut. So ein Bayerischer Biergarten. Des isch so was Herrliches. Was meint ihr? Mia han des zwar au im Ländle, aber irgendwie, i weiß ned, irgendwie … Ich könnt da tagelang sitzen, so unter den Kaschtanien …«, hat der Hanspeter sinniert.

»Ja, nöch. Der Schwabe neigt ja gern zur Übertreibung. Wir sollten für ihn mal Eintritt verlangen. Wir haben so was ja gar nich im Norden, nöch. Wir sind ja auch unterbelichtet. Haben nur alte, zu Biergärten umfunktionierte Zechen. Wird hier aber nich geschätzt, nöch«, hat der Piefke namens Malte Rosen von sich gegeben.

»Heilandsack. Mit euch Preißn hedd ma *nur* a Gschieß. Alles auf die Goldwaag legen. Den ganzen lieben langen Tag. Des isch so was von furchtbar.«

»Macke dir nixe drause, Hanspeter. Der Malte hate keine Emozione wie wir. Bayerne, Schwabe sinde alles Südländer. Aber er! Er isse vom Nordpole«, hat der Giovanni gekontert.

»Hi, hi«, hat der Gernot weiter gemacht. »Kennts ihr den Witz, wo ein Bayer, ein Ossi und ein Preiß …«

»Ja, kenn ma!«, alle zusammen.

»Aber ihr wisst's doch gar ned, welchen?«, hat der Gernot fragend in die Runde geschaut.

»Du erzählst immer den gleichen. Den mit der guten Fee und der Leberkässemmel«, hat der Sanktus gemeint.

»Ihr mit eurem Schmarrn den ganzen Tag. Jetzt weiß ich, was mir in der letzten Zeit abgegangen ist.«

Der Brauerstammtisch hatte nämlich schon lange nicht mehr stattgefunden.

»Und? Was geht?«, wollte der Malte wissen. »Na, was gibt's Neues?«

»Vielleicht ein Mord!«, hat der Sanktus getönt und Schmunzeln unverkneifbar, als er in die staunenden Gesichter der Runde geschaut hat. »Gell, da schauts. Jetzt seids amal schön ruhig. Hanspeter, Malte, was is?«

Und jetzt alle durcheinander: Wann? Wo? Wer? Warum? Wie? Und überhaupt und so.

»Wie allerweil! Immer durcheinander, wie seinerzeit bei unseren Brauereimorden«, hat der Sanktus gerufen.

»Aber jetze schon wieder Morde!«, hat der Giovanni in seinem italienischen Elan geträllert. »Nixe gute. Denke an die Bummerl!«

»Jaja, Bummerl, Bummerl«, hat der Helmut vervollständigt.

»Ich weiß ja noch ned amal, ob's überhaupt einer ist«, hat der Sanktus erklärt. Dann haben die Brauer erst einmal Prost getrunken, und der Sanktus jetzt Rapport.

»Wahnsinn. Gibt's ja ned.«

»Und wie gehte diese Drenglere?«, wollte der Giovanni wissen.

Plötzlich hast du ein lautes Schreien durch den ganzen Biergarten hören können.

»Herr Sanktjohanser, Sanktus! Hallo!«

Der Sanktus hat gemeint, jetzt Fata Morgana, weil der Drengler gerade nur im Gespräch und jetzt im Biergarten. Also so ganz real.

»Sanktus! Ich muss Sie unbedingt sprechen!«

»So, jetzt kannst ihn gleich selber fragen, wie's ihm geht, Giovanni«, hat der Sanktus gesagt.

»Isse das der Drenglere? Madonna mia. Schaute schleckte aus!«

»Wieso Drängler?«, wollte der Drengler wissen.

»Ah ja«, hat der Sanktus geschwitzt. »Die Italiener, gell!«

»Also das ist der Herr Engler. Aber was wollen Sie denn hier?«, hat der Sanktus wissen wollen.

»Ich habe heute eine E-Mail bekommen«, hat der Drengler angefangen. »Aber ich würde das gerne unter vier Augen mit Ihnen besprechen.«

»He, Malte. Preißn-Verstärkung«, hat der Gernot schon etwas bierselig geschrien.

»Na endlich mal 'n verständlicher Mensch«, hat der Malte gemurmelt.

»Sie können schon vor allen reden«, wollte der Sanktus den Drengler beruhigen. »Die Burschen verraten nichts.«

»Ja, Sanktus«, hat der Drengler geantwortet, »Ihre Bekannten in allen Ehren, aber ich kenn sie ja kaum …«

»Also, Herr Dr. Engler. Ja, Doktor! So viel Zeit muss sein«, hat der Hanspeter angefangen. »So fremd simmer uns ja doch ned. Es isch zwar scho einige Zeit her, aber mir kenna uns. Sie han uns, also meiner Annouk und mir da seinerzeit beim Erbe vom Onkel Dieter geholfen. Also steuerlich.«

»Ja, jetzt fällt es mir wieder ein. Der Herr Häberle.

Nett, Sie wieder zu treffen. Und wie lebt's sich so als Millionär?«

»Isse was, der Hansepeter? Isse Millionäre?«, hat der Giovanni außer sich geplärrt. »Warum arbeite du in Brauereie? Bistu plemme plemme?«

»He, Hanspeter, dat is ja 'n Ding. Da weiß ich, wer das Bier heute bezahlt«, hat der Malte proklamiert.

»Da Schwab, da Schwab. Die ham a Geld. Des war scho oiwei so, oiwei so«, hat der Helmut gemurmelt.

»Ja, des isch scho richtig. Des stimmt scho. Aber eigentlich ghört 's ja der Annouk, also meiner Frau. Mir han uns halt a kloins Häusle kauft und den Rescht anglegt. Mir arbeiten alle zwei, weil von den Zinsen kannscht du ja heutzutage auch ned leben, also, ja, also die Runde geht auf mi, isch ja gut. Aber niemand in der Brauerei was erzähle, gell!«

»Schaun S', Herr Engler. Jetzt wissen Sie ein Geheimnis von uns und jetzt können S' in Ruhe Ihres erzählen«, hat der Sanktus den Kreis geschlossen.

»Na gut. Ich erhielt eine E-Mail von einer fiktiven Kundenadresse. Also das heißt, den Kunden gibt's wirklich. Aber der hat keine Adresse, die so lautet. Ist ja ganz einfach zu kreieren. Aber woher kennen die meine Kunden?«

»*Die?*«, seitens Sanktus.

»Ja oder der, wenn Sie meinen!«, hat der Drengler gesagt. Seine Haare waren ungekämmt, und der Schweiß ist ihm im Gesicht gestanden, und unter den Achseln hast du dunkle Schweißflecke sehen können.

»Ich bin fix und fertig! Das macht mich, als Juristen, *schon* betroffen. Was meinen Sie?«, hat er den Sanktus gefragt.

Die ganze Runde jetzt ganz still und Blick auf den Sanktus.

»Gute Frage. Was ist denn in der Mail gestanden?«, hat der Sanktus vorsichtig angeklopft.

»Ach so. Ja! Das!«, hat der Drengler gestottert und einen farbigen Ausdruck auf den Tisch gelegt.

»Was soll 'n des sein, sein?«, hat der Helmut wissen wollen.

»Wasser, scheint's«, hat der Drengler erwidert. »Ein See oder das Meer.«

»Sonst nichts?«

»Doch doch. Hier auf der zweiten Seite«, hat der Drengler gezeigt. »Hier steht: *Wasser! Quell des Lebens oder Quell des Todes? Das Spiel hat begonnen!* Spiel! Verstehen Sie, Sanktus? *Spiel gefällig?* Das muss etwas mit dem Verschwinden von Heinrich Kübrich zu tun haben. Mir ist unwohl, äußerst unwohl bei dieser Sache.«

»Waren Sie schon beim Bichlmaier?«, wollte der Sanktus wissen.

»Nein, noch nicht! Natürlich nicht. Ich hab die Mail ja erst vor einer Stunde erhalten. Ich habe Angst, Sanktus. Ich weiß, ich müsste die Polizei einschalten, aber trotzdem … Kübrich und ich sind Rechtsanwalt und Steuerberater. Das kann delikat werden.«

»Uiuiui, delikat«, die ganze Corona.

»Ja, durchaus delikat. Unser Kundenstamm gehört zu der Oberklasse Münchens. Upper Class, verstehen Sie? Die wenn mitbekommen, dass die Polizei bei uns ermittelt, dann sind wir ruiniert!«

»*Wir*, wenn er noch lebt, sonst lediglich Sie«, hat der Hanspeter sarkastisch eingeworfen.

»Witzeln Sie nicht, Herr Häberle!«, hat der Drengler

gekontert. »Beten müssen wir jede Stunde, dass es sich nur um einen Scherz handelt. Ach ja. Hätte ich fast vergessen. Herr Bichlmaier hat am Morgen angerufen. Das Blut war nicht von Heinrich. Es war überhaupt von keinem Menschen. Es war Schweineblut!«

»Vielleicht war er a rechte Sau, Sau?«, hat der Helmut eingeworfen und den Drengler innerhalb seines Schielwinkels fixiert.

»Na Gott sei Dank. Ist ja schon mal was. Aber was wollen S' denn jetzt von mir?«, wollte der Sanktus wissen.

»Tja«, hat der Steuerberater angefangen, »ich würde Sie gern sozusagen als Privatdetektiv engagieren. Sie haben da ja einschlägige Erfahrung, was man so hört. Und durchaus erfolgreich.«

Jetzt hat der Sanktus erst einmal geschaut wie ein Auto. Alles hat er sich gedacht, aber, dass der Drengler kommt und von ihm verlangt, dass er sich wieder mit einem Mordfall beschäftigen soll, das war der Hammer. Hammer eigentlich Dreck dagegen.

»Und warum sollt ich mich wieder in so eine Situation begeben?«, hat der Sanktus mehr zu sich selbst als zu seinen Tischnachbarn gesagt.

»Weil ich heute einen Anruf erhalten habe«, hat der Drengler gemeint und den Sanktus fixiert.

»Ja dann«, hat der Sanktus gelacht. »Wenn Sie einen Anruf gekriegt haben. Dann ist's ja klar. Dann muss ich natürlich ermitteln. Und wer hat Sie denn bitte angerufen und Ihnen das geflüstert?«

»Dr. Kammerlander. Der hat gemeint, er hätte etwas gut bei Ihnen. Der hat nämlich auch so eine Mail bekommen. Sanktus? Ist Ihnen nicht gut?«, der Drengler ganz besorgt. Der Sanktus jetzt kreidebleich. Sanktus und weiße Wand praktisch gleich.

Scheiße! Der Kammerlander Bene. Großer Scheißdreck jetzt gar nichts. Dass *der* seine Gefälligkeit jemals einfordern würde, hat der Sanktus nicht zu träumen gewagt. Dass der Bene was bei ihm gut gehabt hat, klar, unabdingbar. Er war mit ihm im Stadtteil Haidhausen aufgewachsen. Der Sanktus war Chef der Johannisplatz-Gang, die den westlichen Teil Haidhausens oberhalb des Gasteigs bis zum Max-Weber-Platz mit ihren BMX-Rädern unsicher gemacht hat, und der Kammerlander Bene war Capo der Ostbahnhof-Blasn, die östlich ihr Bestes gegeben haben, dem friedvollen Bewohner dieses Stadtviertels das Leben schwer zu machen. Ein großes Hobby bei beiden Banden war es, Autos, die vom Landtag die Einsteinstraße, die durch beide Gebiete verlaufen ist, heraufgekommen sind, mit U-Hakerln zu beschießen. U-Hakerl klar, oder? Also Papier zusammengerollt, zum U geformt und per Gummi zwischen zwei Fingern gespannt, beschleunigt. Der Sanktus hat es sich eines Tages nicht verkneifen können, die U-Hakerl in Malerfarbe zu tauchen zwecks Platscher auf der Windschutzscheibe, verstehst du? Nachteil jedoch der zu Tode erschrockene Fahrer, der nach Vollbremsung und Auffahrunfall im Grünstreifen gelandet ist. Dumm jetzt, dass der Sanktus eher bei der Polizei auffällig gewesen ist als der Bene, sprich der Bene noch nicht aktenkundig, und Sanktus mit U-Hakerl auf Autos überall bekannt. Der Bene mit weißer Weste und schulisch ganz vorn dabei, Eltern Ärzte und so, hat dem Sanktus dann ein falsches Alibi gegeben. Und eine Hand wäscht bekanntlich die andere. Wäre zwar alles verjährt, aber da war er doch sehr traditionell, der Sanktus. Klein-Sizilien sozusagen.

»Der Kammerlander Bene, verreck Kaffeehaus«, hat der Sanktus, jetzt wieder mit mehr Farbe im Gesicht, gemeint, »Doktor! So, so. Was für ein Doktor ist er denn geworden, der Bene?«

»Chirurg«, hat der Drengler geantwortet. Gesprochen hat er es aber mit »Sch«, also »Schirurg«.

»Hi, hi«, ist's vom Schlauchgernot gekommen. »Der kauft Weihnachten an Schristbaum!« Und dann hat er mit dem Helmut losgebrüllt vor Lachen.

Der Malte Rosen hat den Kopf geschüttelt, und du hast ihm ansehen können, wie peinlich ihm seine Kollegen waren. Er hat sich sofort für sie gefühlte tausend Mal bei seinem Landsmann entschuldigt.

»Gut, dann schlagen S' ein!«, hat der Sanktus gerufen, dem Drengler die Hand hingehalten und ihn fest mit den Augen fixiert. Die Bierbrauer mit einem Mal still. Zwar nur kurz, denn der Hanspeter hat etwas loswerden müssen.

»Da musch du aber eine saubere Leiche mit dem Kammerlander im Keller haben, Sanktus«, hat er dazwischengerufen. »Der würde doch sonscht nie ...«

»Isse wie Mafia in Sicilia!«, hat der Giovanni gejauchzt. »Wie zu Hause! Mamma mia!«

»Tja, Bayern und die Sizilianer. Ist doch ein und dieselbe Kultur, nöch«, hat der Malte beigetragen. »Die einen haben die Mafia, die anderen die allumfassende schwarze Landespartei. Und die Praktiken? Möchte ich meine Hände nicht ins Feuer legen, nöch ...«

»Ruhe, ihr Deppen!«, hat der Sanktus geblafft. »Einmal möchte ich von euch keinen solchen Schmarrn hören. Ich schulde dem Bene einen Gefallen seit ungefähr 25 Jahren. So, und den löst er jetzt ein. Also braucht keiner blöd daherreden. Habts mich verstanden?«

Jetzt Nicken unisono.

»Einen hätt ich aber noch!«, hat der Drengler noch eingeworfen. »Ich möchte auch mit von der Partie sein. Ich fühle mich hier auch gefordert. So wie Sie und Ihr Freund Brummer damals.«

»Bummerl!«, die ganze Truppe.

»Okay, denn eben Pummerl«, seitens Drengler. »Ben sagte, das ginge bestimmt in Ordnung.«

»So, sagte das Ben?«, hat der Sanktus gepreußelt. »Na bravo.«

Der Drengler hat zuerst komisch geschaut und dann eingeschlagen.

»Okay, wir treffen Ben Kammerlander übermorgen Abend auf der Alt-Herren-Jubiläumskneipe auf unserem Verbindungshaus. Er möchte sich mit uns über die Sache unterhalten. Kleiderordnung offiziell, also Anzug, Sanktus!«

»Ich werd verrückt! Das isch Bayern live!«, hat der Hanspeter gebrüllt vor Freude. »Das wenn i dahoim im Ländle erzähl … Und mir helfa auch alle mit, oder?«

An diesem Abend ist der Sanktus nach Dienstschluss noch in die Neue Kirche gegangen, weil Absacker nach so einem aufregenden Tag bei der Ramona, der Bedienung und seiner langjährigen Vertrauten, selbstverständlich.

»Und, Sanktus? Wie ist die Lage?«, hat sie wissen wollen. »Wenn du wieder einmal allein zu mir kommst, hast du entweder Ärger mit der Kathi oder brauchst einen Rat.«

»Ärger mit der Kathi? Geh zu. Wann hätt ich denn den? Nein, einen Rat brauch ich auch ned. Ich brauch nur a bisserl eine Ansprach.« Und dann hat der Sanktus der Ramona die ganze Story erzählt.

Die hat nur mit dem Kopf geschüttelt und hat ihm erst einmal eine Halbe Stern dunkel gebracht. Die hat der Sanktus in drei Zügen, wie beim Wenden des Autos, geleert.

»Du hast doch noch gar keinen Beweis, dass der Kübrich tot ist, Sanktus.«

»Wär auch nicht logisch! Wer entführt jemand, schickt ein Rätsel, will ein Spiel spielen und bringt dann seine Geisel um?«

»Keiner, oder? Oder vielleicht ein Durchgeknallter?«, seitens Ramona.

»Oder er hat *noch* einen entführt. Dann könnt er den ersten umbringen. Aber warum der Aufwand?«, hat der Sanktus gefragt.

»Eben, also! Vielleicht kommt er ja morgen wieder heim und gesteht, dass er das aus irgendeinem Grund selbst inszeniert hat. Solls ja auch geben!« Tipp von der Ramona.

»Schön wär's! Dann hätt ich meine Revanche eingelöst, den Drengler los, und es wär kein Stress! Aber ich hab's irgendwie anders im Urin.«

»Jetzt gehst erst mal übermorgen auf deine Studentenkneipe. Wird sicherlich ein Brüller, oder?«

»Das auch noch!«, hat der Sanktus geseufzt. »Mir bleibt doch nix erspart. Und akkurat ich, wo ich doch … naa. Mist! Und nur wegen dem blöden U-Hakerl.«

Der Sanktus hat ganz leise die Tür aufgesperrt, seine Zähne geputzt und sich ausgezogen. Die Martina hat selig in ihrem Bett geschlafen. Er hat ihr ein Gutenacht-Bussi gegeben und ist dann zur Kathi ins Bett geschlüpft.

IRGENDWO IN MÜNCHEN

Er hatte das Bassin abgelassen und den Leichnam aus dem Behälter mittels eines Seilzugs herausgehievt. Der hängende schlaffe Körper ließ ein Gefühl der Genugtuung in ihm aufsteigen. Das Spiel hatte begonnen. Rache!

Er senkte den Leichnam auf einer Plastikfolie nieder und begann ihn abzutrocknen. Danach zog er dem Toten seine Kleider und Schuhe wieder an und wickelte ihn komplett in die Folie ein.

Unter großer Kraftanstrengung schleifte er das Paket die Kellertreppe hinauf zur Garage und von dort aus in den Caravan.

Die Fahrt dauerte mitten in der Nacht nur knappe 25 Minuten. Am Parkplatz der Gaststätte ›Seehaus‹ setzte er die Leiche in den eigens dafür mitgebrachten Rollstuhl. Einen Hut zog er tief ins Gesicht des Toten. Langsam und bedächtig schob er den Rollstuhl zum Kleinhesseloher See. Er spähte und lauschte in alle Richtungen. Es war kein Licht zu sehen. Außer den zirpenden Grillen war nichts zu hören. Er flüsterte einen leisen Satz und versenkte den Leichnam im schwarzen Wasser des Sees. Auf der Heimfahrt ging die Sonne auf. Er war locker und gelöst.

DIENSTAG

Der Sanktus war überhaupt kein Morgenmuffel, die Kathi jedoch schon. So lustig, wie sie am Abend hat sein können, so fad war sie in der Früh. Die Martina ist verträumt vor ihren Cornflakes mit Milch gesessen, den Kopf mit einer Hand abgestützt, in der anderen der wahllos kreisende Löffel.

»Kopf!«, hat die Kathi etwas lauter als nötig die Martina zurechtgewiesen. Die ist furchtbar erschrocken und hat im Aufschrecken die Cornflakes mit dem Löffel über den ganzen Frühstückstisch verschossen. Schlachtfeld Anfänger.

»Herrschaftszeiten, muss das denn sein. Pass halt auf«, hat die Kathi genörgelt. »Jeden Tag das Gleiche!«

»Samma heut gut drauf, Frau Müller?«, wollte der Sanktus wissen. »Schrei ned a so. Dann passiert auch nix. Wie ma in der Früh no so grantig sein kann? Versteh ich ned. Die Sonne scheint, die Vögel zwitschern …«

»… jaja, und die Bäume schlagen aus. Ein idealer Tag zum Götterzeugen, weiß schon. Wie man zu der Zeit so lustig sein kann. Jetzt grins ned so. Ihr wissts genau, dass ich in der Früh meine Ruh und meinen Grant brauch«, hat die Kathi erwidert, und in dem Moment ist ihr ihr Marmeladenbrot mit der bestrichenen Seite aus der Hand auf die Tischdecke gefallen.

»Herrschaftszeiten! Pass halt auf, Mama«, hat die Martina die Kathi imitiert.

Die hat bloß geschnauft, ist vom Tisch aufgestanden und hat sich für die Arbeit fertiggemacht.

Die Martina und der Sanktus haben sich angeschaut, zugezwinkert und die Fäuste zum Triumph gegeneinander gestoßen.

Nachdem der Sanktus die Martina in die Schule gebracht hatte, ist er mit der Trambahn über den Hauptbahnhof die Landsberger Straße hinauf zur Sternbrauerei gefahren. Die Sternbrauerei war die kleinste der Münchner Großbrauereien. Sie war bekannt für ihr Dunkles und Weißbier, alles in Bügelverschlussflaschen abgefüllt. Tradition halt! In dieser Brauerei hatte der Sanktus seine Lehrzeit verbracht und war vor vier Jahren als Brauer zurückgekehrt. Nach den Brauereimorden hat er noch einige Zeit dort im Filterkeller zu arbeiten versucht. Es war aber nicht mehr das Arbeiten von früher. Das dritte Opfer des Mörders war sein bester Freund Harald Hirschberger, der Bummerl. Ohne ihn konnte der Sanktus zumindest beim Stern nicht mehr weitermachen. Seelisch, verstehst? Fast depressiv. Den anderen Brauern hatte das anscheinend nicht so viel ausgemacht. Anschließend hatte der Sanktus dann einige Zeit mit Gelegenheitsjobs überbrückt, bis er die Stelle als Schankkellner gekriegt hatte. Ihm war es eigentlich ganz recht, dass die Kathi die Hauptverdienerin war. Da hat er keinen Komplex gehabt, auch wenn ihn seine Spezl gern als ›Hausfrau‹ aufgezogen haben. Er hat es genossen, viel Zeit mit der Martina zu verbringen und sie aufwachsen zu sehen. Es hat eine gewisse Seelenverwandtschaft zwischen den beiden bestanden, und das war für den Sanktus das Wichtigste.

So ist er jetzt mit gemischten Gefühlen vor dem großen Eingangstor mit dem Sternlogo gestanden. Wie vor vier

Jahren schon einmal. Links in der Pförtnerloge ist früher der Dammböck Hans, genannt ›der Quasi‹, gesessen und hat zu jedem Thema und Besucher eine Geschichte auf den Lippen gehabt. Der war einer, der die Biermorde mit seiner Erpressung erst induziert hatte. Der Quasi hatte zwei Jahre bekommen, und was er inzwischen gemacht hat, hat eigentlich keiner gewusst. Wollte auch irgendwie keiner wissen.

»Güdn Tag. Kannsch Ihnen helfen?«, hat der neue Pförtner, der eindeutig aus den neuen Bundesländern hat sein müssen, aus dem Kabuff herausgerufen.

»Ja, zum Hirschberger ins Sudhaus muss ich«, hat der Sanktus gemeint.

»Höschbörger. Kennsch nisch!«, hat der andere gesächselt. »Da müssn Se falsch sein!«

»Hab ich Hirschberger gsagt?«, hat der Sanktus geseufzt. »Ich mein natürlich den Rosen.«

»Och der Herr Rösen. Das is ja 'n ganz 'n Netter. Isch meld Se gleisch an.«

»Ich find schon hin. Danke.«

»Na güd! Schööö.«

»Ja, pfiat di. Servus!«

Nicht mal der Geruch der frischen Bierwürze hat den Sanktus aus seinem Tran wieder herausbringen können. Das Sudhaus ohne den Bummerl einfach zu viel. Also hat der Sanktus nur kurz hineingeschaut und dem Malte gewinkt.

»Geh ma Brotzeit machen? Hab Hunger und Durst.«

»Ah, Sanktus. Bin gleich da«, hat der Malte gerufen.

In der Kantine haben einige der früheren Kollegen den Sanktus so freudig begrüßt, dass es ihm gleich wieder besser gegangen ist. Der Bär, in echt Lohbrunner Hubert aus dem Lagerkeller, ist mit dem Master, mit wirklichem Namen Altmann Paul, Brauer aus dem Filterkeller, an einem der Tische gesessen, und beide haben über das weitere Vorgehen bei der Filtration gestritten. Der Master hat wie immer recht haben wollen.

»Ich sach, mia machen mit Dank hundertaanerzwanzich weider«, hat der Master gefränkelt, und der Bär hat nur abgewinkt.

»Host ja gor ned so weit ausg'schoben. Host ja na lauter Wasser im Bier, du Glezn! An hundertfuchzehner nehma und nix anders. Host mi?«

»Was hast du gsacht? Glezn. Was soll na des sein?«

»Ein Depp! Und jetzt halt dein Maul!«

Der Sanktus hat gelächelt. Es hat sich anscheinend doch nichts geändert gehabt.

Er hat sich mit dem Malte an einen freien Tisch gesetzt, und schon sind der Gernot, der Giovanni, der Hanspeter und der Helmut gekommen. Alle haben sich erst einmal eine Halbe bestellt und angestoßen.

»Aufn Bummerl!«

»Ja, aufn Bummerl!«, alle.

Nachdem jeder einen Leberkäs oder Ähnliches vor sich gehabt hat, hat die Diskussion beginnen können.

»So, jetzt sitz ma wieder da. Wie vor vier Jahr«, hat der Sanktus angefangen. »Und ihr wollts wieder Detektiv spielen? Hat euch des ned g'langt? Ich komm ja ned aus. Wegen dem Bene.«

»Ja genau«, hat der Schlauchgernot den Sanktus unterbrochen, »nur wegen dem Bene. Erzähl doch keinen solchen Schmarrn. Du willst es doch genauso. Der gibt dir an richtigen Drill, oder?«

»Drill?«

»Na, Trill? Ist das nicht das Vogelfutter?«, hat der Malte gefrotzelt.

»Naa, an Drill, ihr Deppen. An Driiilll«, hat der Gernot beharrt.

»Ah, du meinschd an ›thrill‹. Englisch. Sozusagen einen Kick!«, hat der Hanspeter gelacht.

»Sog i doch, an Drill!«

»Ja, is jetzt recht«, hat der Sanktus die Diskussion beendet in der Hoffnung, dass nicht auch noch der Giovanni oder der Helmut irgendeinen Käse zum Besten geben würden. Die waren aber Gott sei Dank in ein Gespräch über die Bedienung vertieft.

»Also okay. Ich geb's zu. Mich interessiert's auch brennend. Was haben wir bis jetzt? Wir haben einen verschwundenen Rechtsanwalt. Wir haben Blut in seiner Kanzlei. Schweineblut. Und wir haben den Spruch ›Spiel gefällig?‹ mit Blut an die Wand geschrieben.«

»Dann haben wir noch das E-Mail an den Dr. Engler …«, hat der Hanspeter weitergemacht.

»Iche meine heiße Dränglere, jetze Engele. Angelo? Ich nixe kapiere scho wieder das«, hat der Giovanni in die Diskussion hinein gerufen.

»Nixe kapiere, kapiere«, hat der Helmut gemurmelt. »Engler heißt er, Drengler sagen wir, wir. Aus. Basta. Finito, finito!«

Der Giovanni hat mit rotem Kopf unterschwellig weitergeschimpft.

»Also, es ischt Fakt, wir haben ein Mail. Der erschte Teil ischt ein Bild von einem See oder vom Meer, und der zweite Teil ischt ein Text, der da sagt …«

»Der redt schon so gschwollen wie der Piefke«, hat der Gernot dem Helmut zugeflüstert.

»No schlimmer, schlimmer«, ist es zurückgekommen.

»… der da sagt: *Wasser! Quell des Lebens oder Quell des Todes? Das Spiel hat begonnen!* Des isch für mich ein eindeutiger Hinweis, dass es sich hier um ein von langer Hand geplantes Verbrechen handelt. Der Herr Kübrich isch in gröschter Gefahr. Des isch g'wiss!«, hat der Hanspeter doziert und sich zwischendrin immer wieder seine Nickelbrille zurecht gerückt.

»Aber wo wir könne suche diese Mann?«, wollte der Giovanni wissen.

»Keine Ahnung!«, alle unisono. Bei keiner Ahnung komischerweise immer alle einig.

»Können wir gar nicht wissen, wir müssen erst amal in seinem Leben stöbern. Sein Büro in Augenschein nehmen. Ich fahr jetzt als Erstes einmal in die Kanzlei«, hat der Sanktus gemeint.

»Ich fahr mit!«, hat der Hanspeter eingeworfen. »Ich bin fertig für heut. Han Frühschicht ghabt.«

»Könnt ihr schauen, was es im Internet über den Kübrich, den Drengler und den Kammerlander gibt? Und über die Studentenverbindung. ›Swapingia‹ heißt die! Solche Vereine sind mir suspekt«, hat der Sanktus angeschafft.

»Suspekt!«, hat der Schlauchgernot gelacht. »Auch bloß, weil s' ihn bei so einer ned wollen ham.«

Gegen elf Uhr sind der Sherlock Holmes und sein Watson, Dr. Watson, so viel Zeit hat ja sein müssen, in der Kanzlei Kübrich-Engler angekommen. Dass sie an die großen Meisterdetektive nicht herangekommen sind, haben der Sanktus und der Hanspeter schnell merken müssen, weil die Tür zum Büro Kübrich versiegelt. Laut der Sekretärin hatte die Polizei auch schon alles Wichtige vom Tatort mitgenommen.

»Bravo! Sind mir zwei Deppen. So saudumm! Des gibt's ja gar ned«, hat der Sanktus gemotzt.

»Ja, des isch jetzt *scho* ärgerlich. Des hätt ma uns eigentlich denken können. Heiligs Blechle. So was Blödes. Und wenn ma des Siegel einfach …? Na du weisch scho?«

»Dann kriegen wir vom Bichä gar nix mehr raus. Dann wär's gar. Ich trau mich ja viel, aber des jetzt ned. Der is imstand und sperrt uns ein. Aber weißt was? Wir vernehmen jetzt den Drengler. Oder? Ohne Ergebnis kömma doch ned heimkommen. Was meinst, wie uns die andern verarschen?«

»Des isch wahr, Sanktus. Hasch recht. Also los zum Verhör!«

Die beiden wollten geradewegs zum Drengler ins Büro marschieren, sind aber von der Sekretärin, dem Fräulein Moll, aufgehalten worden. Moll, mollig. Name also Programm.

Nach längerer Diskussion sind sie dann doch vorgelassen worden.

»Ah guten Tag, Herr Sanktjohanser, guten Tag, Herr Häberle!«, hat sie der Drengler begrüßt.

»Grüß Gott, Herr Do …«

»Herr Engler«, ist der Sanktus dem Hanspeter ins Wort gefallen. »Wir wollten uns einmal beim Herrn Kübrich im Büro umschauen, aber es ist leider versiegelt. Hamma Pech ghabt.«

»Und da han mir uns dacht, wir unterhalten uns zusammen mal über den Fall«, hat der Hanspeter vervollständigt.

»Gerne«, hat der Drengler geantwortet. »Möchten Sie etwas trinken? Vielleicht einen Whisky? Ich hätte da einen 18-jährigen Single Malt. Einen Islay. Das Malz exklusiv über dem Torffeuer gedarrt. Ein Hochgenuss für den Gaumen. Einfach wunderbar.«

Beidseitiges »Ja gerne!«, und der Drengler hat drei noble Whiskygläser geholt. Dann hat er eingegossen, das heißt, er hat nicht nur eingegossen, er hat zelebriert. Er hat zwischendrin immer wieder die Augen geschlossen und das Glas mit dem Whisky an seiner Nase vorbeigezogen und tief eingeatmet. »Ah, man glaubt, die reichhaltigen Böden der Insel zu riechen. Dieser betörende Duft. Einmalig!«

»Ja, wenn Sie uns auch eines geben würden, dann könnten wir das vielleicht nachvollziehen«, hat der Sanktus gesagt.

Dem Drengler hat's seine Augen aufgerissen. Richtig aufgeschreckt ist er.

»Oh entschuldigen Sie. Ich war in Gedanken. Bitte sehr.«

Der Sanktus hat jetzt in den Whisky reingerochen. Schlecht war er jetzt nicht, aber so wie der Drengler getan hat? Na ja.

»Auf dass es nutze. Prosit«, hat der Drengler gesagt und sein Glas gehoben.

Na bravo. Ganz schön rass, war das Einzige, das dem Sanktus eingefallen ist. Der Hanspeter war ganz verklärt.

»Ein wunderbarer Tropfen, Herr Dr. Engler. Einfach wunderbar. Dieses reichhaltige Aroma. 's isch einfach Klasse. Ein Traum.«

Der Sanktus hat die Augen verdreht, weil Traum was anderes, aber mei.

»Also ex oder nie wieder …«, hat der Sanktus angefangen und ist aber nicht zum Sex gekommen, weil nur
noch Entsetzen in den Blicken der beiden anderen. »… äh
wär bei so einem Tropfen wohl nicht angebracht, oder?
Kleiner Scherz am Rande. Hä, hä …«

Blicke jetzt wieder besser, aber trotzdem immer noch
Kopfschütteln.

»Also Herr Sanktjohanser, wir dachten jetzt schon,
Sie sind verrückt geworden«, hat der Drengler gemeint.

Schon, wenn ich mit euch zwei z'sammensitz, jetzt
Sanktus' Gedanken.

»Also wirklich. Habt ihr gedacht …?«, hat der Sanktus geschwollen verkündet. »Nein, nein. Den muss man
genießen. Ganz klar!«

Ob er den überhaupt runterkriegen würde?

»Ich glaub, ich hab da was für Sie. Einen irischen Single
Malt. Der ist nicht so rauchig. Viel filigraner und diver-
sifizierter im Geschmack und völlig samten im Abgang.
Hier, probieren Sie«, hat der Drengler gesagt und dem
Sanktus ein zweites Glas eingeschenkt.

Den hat man wenigstens saufen können, also zumindest
nach dem Geschmack vom Sanktus. Kein Raucharoma.
Wer Rauch braucht, soll einen geräucherten Schinken essen
und die alkoholischen Getränke zufriedenlassen. Beim Bier
hat der Sanktus auch kein Rauchmalz ausstehen können.
Und wenn es noch zehnmal über dem feinsten Buchenholz
geräuchert worden ist. So viel ist festgestanden.

Der Sanktus inzwischen ein warmes Gefühl in seinem
Magen. Wirkung Whisky jetzt da. Und wenn das beim
Drengler genauso war, dann hat es nur noch ein, zwei
Schnäpse dauern können, bis er frei von der Zunge reden
würde. Außerdem war dieser Whisky wirklich gut.

»Der Whisky ist wirklich gut. Wahnsinn!«, hat der Sanktus angefangen. »Hanspeter, den musst du auch noch probieren!«

»Ja, dann sollten wir noch einen dritten …?«, hat der Drengler gemeint.

Und so ist es noch ein paar Whiskys weitergegangen, bis der Sanktus den Drengler gefragt hat: »Wie haben Sie eigentlich den Herrn Kübrich kennengelernt?«

»Den Heinrich, Herr Sanktjohanser?«, hat der Drengler gelallt. »Den kenn ich seit meiner Studienzeit. Fuchsia 1992. Jurastudium in München. Ich bin ja aus Hannover. Der Heinrich war aus Berlin.«

»Isch, Herr Dr. Engler. Er isch aus Berlin. Noch isch er ja ned tot«, hat der Hanspeter besserwisserisch eingeworfen. Schnapswirkung ebenfalls da.

»Ja, Sie haben natürlich recht. Ist aus Berlin! Wir haben im Wohnheim der Swapingia gewohnt. Tür an Tür mit Heinrich, sozusagen.« Alice wär dir sicher lieber gewesen, Meinung Sanktus. »Es hat sich schnell herausgestellt, dass wir von der Leistung gleich stark waren. So haben wir dann immer miteinander für die Prüfungen gelernt und haben auch zugleich unser Studium beendet. Wir waren die besten Freunde, wir beide.«

»Sind, Herr Dr. Engler. Sie sind die beschten Freunde. Noch isch er ja ned tot«, wieder der Hanspeter.

»Oder ist was vorgefallen, dass Sie keine Freunde mehr sind?«, wollte der Sanktus da sofort wissen, weil jetzt Motiv, weißt du.

»Nee, nicht im Geringsten. Ach ja. Das waren Zeiten. Oh alte Burschenherrlichkeit, wohin bist du entschwunden?«, hat der Drengler geschwelgt.

»Welche Herrlichkeit?«, wollte der Hanspeter wissen.

»Burschen, Hanspeter, Burschen«, hat der Sanktus gesagt.

»Mir han in unserm Dörfle auch an Burschenverein. Da war ich Vorstand.«

»Ja, Hanspeter, aber er redet von der Studentenverbindung. Da werden sie auch Burschen genannt.«

»Exakt so ist es«, hat der Drengler weitergeredet. »Wir haben dann nach dem Studium zuerst einige Jahre in verschiedenen Kanzleien gearbeitet. Der Heinrich hat sich auf Strafrecht und ich auf Steuerrecht spezialisiert. Seit 2010 haben wir diese Kanzlei. Wir hatten nie Probleme. Nie! Wir hatten sozusagen einen ›Run‹. Es ging immer weiter bergauf. Und nun das. Es ist für mich unverständlich.«

»Herr Engler«, hat der Sanktus angefangen. »Haben Sie eigentlich eine Vermutung, warum Sie und der Kammerlander beide so ein Mail erhalten haben? Ich mein, gibt's irgendwas, was Sie, der Kübrich und der Bene gemeinsam haben? Irgendwas?«

»Gemeinsame Feinde, ein gemeinsames Geheimnis, ein gemeinsames Erlebnis?«, hat der Hanspeter vervollständigt.

»Auf Anhieb fällt mir da nichts ein, Sanktus. Wir waren alle in der gleichen Studentenverbindung. Das ist eigentlich alles. Sonst fällt mir nichts ein. Aber sei's drum. Trinken wir noch einen auf den Heinrich?«

»Süüücherlich!«, kam's vom Sanktus.

Und so hat der Drengler noch ein paarmal nachgeschenkt, und man hat immer wieder auf die Gesundheit des Herrn Kübrich getrunken. Hat es nutzen mögen.

Es haben noch einige Whiskygläser die Runde gemacht, bis es plötzlich an der Tür des Büros geklopft hat und der junge Plodek hereingekommen ist. Der hat nur fassungslos geschaut und gemeint: »Oh, guten Tag zusammen. Was gibt's denn in diesen Tagen zu feiern? Ist unser Bundesbruder Heinrich wieder aufgetaucht?«

Das Dreimäderlhaus hat nur verzückt auf den Plodek geschaut und den Kopf geschüttelt und verneint.

»Nicht zu fassen!«, hat der Plodek geröchelt. »Nicht zu fassen! Du bist einfach … widerwärtig!« Dann hat er die Tür geknallt und war verschwunden.

»Was isch denn jetzt in den g'fahra?«, wollte der Hanspeter wissen. »Der isch ja wie von der Tarantel g'stochen.«

»Achim ist ziemlich einfühlsam und hat nahe am Wasser gebaut. Er hat sich sehr gut mit Heinrich verstanden. Hat eigentlich nur für ihn gearbeitet. Ist auch in seiner Bierfamilie.«

»Was isch denn a Bierfamilie?«, hat der Hanspeter gelallt.

»Jeder Fuchs hat einen direkten Ansprechpartner in der Verbindung«, jetzt schleppende Drengler-Erklärung. »Das ist der Leibbursche. Der Fuchs ist der Leibfuchs. Der Leibfuchs führt den Leibburschen … nein … anders herum. Der Leibdings, also – Leibbursche burscht, äh, führt den Fuchs in die Verbindung ein. Das gibt ganze Stammbäume von Leibfuchsen und Leibburschen, also Opa und Uropa und so weiter. Das ist die Bierfamilie. Klar?«

»Ja«, der Sanktus und der Häberle.

»Aber ich habe noch was für euch. Erklärt ihr auf Cerevis, dass ihr dicht haltet?«, hat der Drengler mit eindrucksvoller Stimme beschworen.

»Hä?«, der Sanktus und der Häberle.

»Ich sehe schon, ihr beiden seid nicht korporiert!«, hat der Drengler gelallt und mit seinem Finger herumgefuchtelt. »Will sagen, schwört ihr bei eurer Ehre?«

»Jawoll ja!«, der Sanktus und der Häberle.

»Wirklich. Auf Ehrenwort? Sonst geht's in den Bierverschiss!«

»Hä?«, der Sanktus und der Häberle.

»Sonst gibt's kein Bier mehr! Verstanden?«

»Dann ja«, der Sanktus und der Häberle.

»Ich hab etwas extrem Wichtiges retten können. Vor den Gendarmen, also der Purzelei, nein Posilei. Poool-izei!«

»Was?«, der Sanktus und der Häberle.

»Heinrichs Notizbuch! Da staunt ihr, wa?«, hat der Drengler inzwischen geplärrt. »Hinterlistig wie 'n echter Bayer!«

»Mmh?«, der Sanktus und der Häberle.

»Hier, könnt ihr haben, ihr zwei Meisterdetektive!«

Der Sanktus hat das Notizbuch genommen und den Sonntag aufgeschlagen. Keine Eintragung.

Betretenes Schweigen und Achselzucken bei Häberle und Drengler. In diesem Moment ist ein verknittertes Foto einer blonden, gut aussehenden Jugendlichen aus dem Bücherl gefallen.

»Hoppala«, ist es dem Sanktus entfahren, »wer ist denn das? Sehr nette Dame!«

»Oh«, hat der Drengler gesagt, »das ist ja …«

»Wer?«, der Sanktus und der Häberle.

»Die Jo! Wie hieß die nun gleich wieder mit Nachnamen? Auf die waren alle scharf. Jo …? Jo …? Leider ist sie bei einem Unfall ums Leben gekommen. Unsere große Liebe, Sanktus. Große Liebe!«, hat der Drengler geseufzt, den Zeigefinger nach oben gereckt, verzückt die Augen verdreht und ist auf dem Sofa in sitzender Position eingeschlafen.

Am Nachmittag, nachdem der Sanktus die Martina von der Schule abgeholt und nach den Hausaufgaben zu ihrer Freundin gebracht hatte, hat er seinen Dienst im Sternbräu-Biergarten angetreten. Das Einschenken der Maßen war eine seiner leichtesten Tätigkeiten. Eindeutig das Wichtigste war die Haltung. Gerade stehen und nicht verkrampfen. Und immer flüssig einschenken. Die rhythmische Bewegung war ihm in Fleisch und Blut übergegangen. Während er einen Maßkrug am Zapfhahn befüllt hat, hat er mit der freien Hand den nächsten leeren Krug aufgenommen, unter den ersten Krug gehalten und gewechselt. Ersten Krug voll auf den Tresen und den nächsten leeren aufnehmen. Einmal rechts, einmal links. Oft hat er lachen müssen, wenn solche Möchtegernkollegen recht ›herumgebaatzt‹ haben, wie er es immer genannt hat, also wenn mehr Bier am Boden als im Krug war, oder die Maß so schlecht eingeschenkt war, dass du dich hättest schämen müssen.

Der Sanktus hat gerade ein bisschen Pause gehabt, da ist der Pinzl Ade um die Ecke zur Schenke gekommen. Der Ade war um die 60 und hat einen riesigen walrossartigen Schnauzbart gehabt und war – wie immer – in kurzer Lederhose mit bestickten Trägern, Trachtenhemd, Haferlschuhen, Wadelstrümpf und Hut mit Feder bekleidet.

»Hä, Bierbrauer, odrahter!«, hat er schon von Weitem gerufen. »Host ebba a Maßerl übrig für so an oiden Krauterer wia mi?«

»Freilich, Ade, freilich!«, hat der Sanktus geantwortet, die Maß gezapft und sie dem Ade hingeschoben. Der ist postwendend zum Stammtisch, wo schon vier weitere Rentner gesessen sind. Großes Hallo gar nix dagegen.

Am Stammtisch bereits eine große Diskussion im Gange. Erhitzte Gemüter kein Ausdruck.

»Und da brauchst du für einen jeden Schmarrn ein App, gell«, hast du es hören können.

»Was ist denn ein Epp?«, wollte der Gschwendtner Hans wissen.

»Epplikäschn, oder so«, hat der Ade geplärrt. »Sagen s' zumindest immer. Da kannst dein Handy senkrecht in den Himmel recken, na sagt's dir das Sternenbild. Klick – großer Wagen. Klick – kleiner Wagen und so weiter. Brauchst du in der Schule nix mehr lernen. Hast ein App, bist kein Depp. Ha. Reimt sich. Und was sich reimt, ist gut. Hat schon der Pumuckl gsagt. Wird heut kein Kind mehr kennen. Gibt's ja auch kein Pumuckl-App. Zeigst auf den Fernseher, und die App sagt dir den Titel von der Folge oder wie viel Halbe der Meister Eder schon intus hat. Wär was, ha? Na ja, Sponge Bob und so an Scheiß gibt's halt heutzutag leider nur noch.«

»Uiuiui. Heut is er wieder guad drauf«, hat der Nussrainer Franz gemeint. »Gefährlich guad. Scherenschleifer-Goschn. Hast a Übersetzungs-App für Bayrisch-Hochdeutsch, Ade?«

»Logisch. Mit 'm Franz Beckenbauer seiner Stimme. *Naa, gut, äh* …«, hat der Ade gekontert.

»Könnts ihr euch mal wieder normal unterhalten?«, hat der Fridolin, seines Zeichens pensionierter Gymnasiallehrer und intellektuell am weitesten vorne, gemeint. »Hält ja keiner aus. Beckenbauer-App! Ich mein, recht habt ihr schon. Bald gibt's wahrscheinlich Apps für alles, und man muss gar nicht mehr aus dem Haus. Alles wird virtuell laufen. Beängstigend, oder?«

»Dann kauf ma uns jetzt amal noch eine virtuelle Maß«, hat der Ade gerufen und mit einem »Buahah« laut rausgelacht. Er hat ein richtiges dreckiges brüllendes Lachen gehabt, der Ade. Der Fridolin hat den Kopf geschüttelt.

»Wunderbar!«, hat der Nussrainer Franz gerufen. »Die Kinder sitzen sowieso schon statt Kindergarten vor der Glotze. Die Schule machen wir Online im Internet. Prüfungen kreuzen wir online an, und Fernstudium is ja eh in. Bundeswehr gibt's nicht mehr. Wär aber auch ned schlimm. Das könnt ma dann über die Playstation abdecken. Da kann man auch ballern. Ah! Führerschein! Da gibt's wieder ein App! Brauchst du dein Smartphone nur ins Auto hängen und los geht's mit einem virtuellen Fahrlehrer. Den kannst na ausschalten, wenn er dich zu sehr hunzt.«

»Was is denn ein Smartphone, Herr Nussrainer?«, wollte der Gschwendtner Hans wissen.

»Na des Kastl, des s' immer und überall streicheln«, hat der Ade in die Runde geplärrt.

»Wischen, ned streicheln«, hat der Nussrainer Franz den Ade gerügt. »Streicheln tun s' nur de virtuellen Haustiere. De Tamagotschis da!«

»Und arbeiten kann man dann auch von zu Hause«, hat der Fridolin gemeint. »Essen bestellen wir im Internet. Wird frei Haus geliefert. Und am Abend chatten wir dann im Web. Da sinkt der Alkoholkonsum, weil keiner mehr ausgeht. Ist doch super!«

»Des wird aber fad!«, hat der Gschwendtner gemeint. »So ein virtuelles Bier. Des schmeckt doch bestimmt ganz leer, oder. Ich stell mir des wie Wasser vor. Furchtbar! Bestimmt, ha?«

Der Ade hat jetzt sein Handy, einen recht alten Knochen in Richtung Schenke zum Sanktus gehalten und hat immer »Biep, biep, biep« gerufen. Dann hat er geschrien: »Sanktus. Kannst du mir noch eine Maß machen? Ich muss leider so bestellen. Meine Bestell-App ist blöderweise kaputt!« Wieder »Buahah«

»Naa«, hat der Sanktus geantwortet. »Die geht schon noch. Wir haben da nur so ein wahnsinnig schlechtes Netz in dem Biergarten! Soll ich sie dir bringen oder per Mail schicken, deine Maß?«

Der Stammtisch hat sich jetzt gebogen vor Lachen.

»Schick sie per Mail«, hat der Fridolin geantwortet. »So viele MBs sollten wir noch zum Download freihaben.«

»MBs, Download, mei o mei. Ich kapier gar nix. Ich bin total out«, hat der Gschwendtner gewinselt. »Einfach zu alt für das.«

»Ach, was, Herr Gschwendtner«, hat der Nussrainer gemeint. »Sie müssen halt mit der Zeit gehen. Loggen S' sich ein, chatten S', surfen S' durch's Cyberweb. Auf geht's!«

»Ich sitz lieber da und unterhalt mich mit euch«, hat der Gschwendtner gekontert. »Ohne Web und Schmarrn. A-na-log sozusagen. Einfach wunderbar. Hört's die Vögel zwitschern. Später auf d' Nacht kann man hier im Biergarten auch die Grillen zirpen hören. Wie im Urlaub im Süden. Naa. Naa, wirklich ned. Des muss ohne Epp gehen. So schaut's aus. Und jetzt is a Ruah mit diesem Käs. Prost, Gemeinde!«

Der Sanktus hat sich einen Pfiff runtergelassen und hat sich zu der vitalen Runde dazugesellt. Gott sei Dank war heut nicht viel los, obwohl die Nacht so schön lau war. Ganz ohne Wetter-App.

Bevor der Sanktus heimgegangen ist, ist er noch auf einen kurzen Absacker in die Neue Kirche gegangen. Dort war auch nicht viel los, und so haben sich die Ramona und der Bhupinder zum Sanktus draußen an den Tisch gesetzt. Der Bhupinder war wie immer viel zu gut drauf.

»Oh, Sanktus, was sags du su de Wetta? Isse nick herrlitsch? Die Nack so lau. Fast wie in Delhi.«

»Ja, Hanse. Fast wie in Delhi. Nur wir in München haben eigentlich immer einen klaren Himmel, wenn die Sonne scheint, und in Delhi is halt eher Smog, gell.«

»Ja, Sanktus, aber drüber sind die Sterne. Ramakrishna sag: Du siehst nacks viele Sterne am Himmel, aber findest sie bei Sonnenaufgang nick mehr. Kanns du deshalb sagen, dass tagsüber keine Sterne am Himmel stehen? So sage auch nick, dass es keinen Gott gibt, weil du ihn in de Tage deiner Unwissenheit nick siehst.«

»So, sagt er das, der Ramakrishna?«, hat der Sanktus gefrotzelt.

»Jetzt ärger doch den Bhupi ned dauernd!«, hat sich die Ramona eingemischt. »Drum isser ja da in München, weil's ihm besser gfällt wie in Delhi.«

»Oh, Ramona, Münschen is schön. Aber mit solsche Leute wie de Sanktus, Münschen wird mehr und mehr düster. Brenn kein Lischt in seine Herz. Diese Mann immer grantig.«

»Der Mensch macht mich *wahnsinnig*! Hanse, sei mir ned bös, aber ich hab jetzt überhaupt keine Lust auf deine Hindu-Weisheiten. Ich hab heut einen stressigen Tag hinter mir. Ermitteln, Schnaps trinken und dann noch im

Biergarten ausschenken. Jetzt möcht ich in Ruhe ein Bier trinken. Nach der Pflicht der Arbeit zum Feierabend.«

»Oh Sanktus, Ramakrishna sag: Arbeit und Pflickt sind kein Siel an sick, sondern immer nur Weg sum Siel. Das Siel ist Gott«, hat der Bhupinder den Sanktus belehrt.

»Ramona, zahlen! Ich halt den Kerl nimmer aus. Der wenn mir jetzt noch einmal mit seinem Ramakrishna kommt, dann … dann … ach was weiß ich.«

»Also weißt, Bhupi. Du bist ganz derselbe!«, hat die Ramona geschimpft. »Ihr seids solche Kindsköpf, ihr zwei. Furchtbar!«

»Okay«, hat der Bhupinder gemeint. »Na trink du mit mir nock ein Bier, Sanktus?«

»Hast ein indisches Kingfisher, Hanse? Weil ein anderes mag ich heut nimmer.«

»Du bis ein Depp, Sanktus. Und des sagt ned nur der Ramakrishna!«

IRGENDWO IN MÜNCHEN

Blau, blau, immer nur blau. Blau funkelnd. Grelles Blau. Das Blau des Wassers war so hell, dass es in seinen Augen schmerzte. Die Augen und der ganze Kopf. Er musste blinzeln. Die Wellen des Meeres wogten gerade noch weit draußen auf dem weiten Ozean, und schon tanzten sie im Kreis um ihn herum wie ein riesiger Malstrom. Das beruhigende Plätschern des Wassers war zu hören. Es klang jedoch nicht wie normales Plätschern, es klang eigentlich wie Musik, beruhigende Musik weit draußen auf hoher See. Er musste in der Südsee gelandet sein, da das Wasser so außerordentlich hell und klar war. Die Kälte sprach jedoch nicht dafür. Erst jetzt fiel ihm auf, dass er fror. Er wollte sich mit den Händen warm rubbeln, konnte sie aber nicht bewegen. Vorsichtig öffnete er wieder die Augen. Da war es wieder, das hell schimmernde Blau. Das Wasser mit seinem melodischen Rauschen. Er musste über Kopf hängen, denn das Wasser schien sich direkt über ihm zu bewegen. Oder war es unter ihm? Er wollte sich drehen, wollte sich aufrichten, doch nichts von beidem war möglich. Erst jetzt begriff er, dass er an Händen und Füßen gefesselt und das Wasser lediglich ein Leuchten an der Decke über ihm war.

Er wusste nur noch, dass er bis spät in die Nacht Bier getrunken und sich zu Fuß auf den Nachhauseweg gemacht hatte. Mehr wusste er nicht mehr. Wenn nicht diese extremen Kopfschmerzen gewesen wären, sodass er einen klaren Gedanken hätte fassen können. Er fühlte sich so schlecht wie noch nie zuvor in seinem Leben. Schwindel überkam ihn, und das Wasser verschwamm erneut vor seinen Augen und begann sich wieder zu drehen. Das melodische Rauschen des Meeres schwoll wieder an. Eine Melodie, die ihm sehr vertraut vorkam. Woher er sie kannte, wusste er nicht. Halb im Delirium hatte er noch kurz den Eindruck, eine Art Neptun oder Wassermensch ganz in Blau mit einem Dreizack würde auf ihn zu schwimmen und ihn mit in die Tiefe reißen. Dann wurde er ohnmächtig.

MITTWOCH

Die Pest, genannt ›Das große Sterben‹ oder ›Der schwarze Tod‹, brach im 14. Jahrhundert über Europa herein. Sie hatte ihren Ausgangspunkt in Asien und erreichte Europa über die Handelsrouten, und Bayern über die Alpen. Sie wurde von Flöhen, Ratten und Mäusen übertragen. Die Krankheitsbilder waren Fieber, Kopf- und Gliederschmerzen, Bewusstseinsstörungen, innere und äußere Blutungen sowie Beulen, die durch die Infektion der Lymphknoten und -gefäße entstanden. In Deutschland starb jeder Zehnte an dieser Pandemie. München wurde erstmals im Jahr 1349 und im Laufe der Jahrhunderte mehrere Male von der Pest heimgesucht. Der Legende nach wagten die Münchner Schäffler 1517 als Erste nach einer großen Pestwelle den Weg zurück in Münchens Straßen, um den Leuten zu zeigen, dass die Gefahr vorüber war. Licht am Ende des langen Siechtums. Der Schäfflertanz war entstanden und wird heute noch aufgeführt.

Wie hat nur ein ganz normaler Mittwoch so beschissen anfangen können? Nicht, dass du meinst, der Morgen war so schlecht wegen der Anna. Also schon, aber eher dann doch nicht. Die Anna war die Schwester vom Sanktus, die ältere. Der Sanktus hat eigentlich immer eine gute Beziehung zu ihr gehabt, und das war auch immer noch so. Außer, sie hat von ihm erzählt, vom Jean-Pièrre. Der Jean-Pièrre!

73

Dem Sanktus ein Dorn im Auge. Autohausbesitzer und vor allem neureicher Armanitarzan. Schickimicki pur. Und das dem Sanktus, bei seiner eigenen Schwester. Wahnsinn, oder?

Am Mittwoch hat es sich so eingebürgert gehabt, dass die Anna zum Frühstück gekommen ist. Die Martina hat erst um dreiviertel neun Schule gehabt, der Sanktus hat normalerweise nicht ausschenken müssen, und die Kathi hat dann auch später anfangen können. Eigentlich immer eine schöne Sache. Familienidyll Anfänger. Aber heute …

»… und dann waren wir zuerst schick essen und dann sind wir noch in so eine Nobelbar«, hat die Anna geschwärmt.

Der Sanktus hat in seinem Joghurt gestochert, als hätte er die links- und rechtsdrehenden L-Casei-Kulturen einzeln auseinander treiben müssen. Kein Blick rechts, kein Blick links. Beide, die Martina und die Kathi, haben gebannt zugehört. Weiber!

»Der Jean-Pièrre ist ja so großzügig. Und gebildet ist er auch. Was der alles weiß! Und der ist so süß«, hat sie weiter gemacht.

Süß, wenn schon was *süß* war. Und hochdeutsch hat sie auf einmal auch geredet, die Anna, also gesprochen. Hätt sie der Jean-Pièrre wahrscheinlich anders ja auch nicht verstanden. Ein Isar-Preiß, also ein hochdeutsch sprechender Münchner, war er nämlich. Fehlt jetzt nur noch, dass sie mit dem Heiraten anfängt, nachdem sie ihn grad mal ein Vierteljahr kennt.

»… und dann möcht er mit mir auf Weltreise gehen. Indien und so, wissts. Und dann! Und jetzt halts euch fest, möcht er mich heiraten!« Jubel, Staunen und Neid unter den Frauen. Sanktus blass bis weiß. Weißes Leintuch Scheißdreck dagegen. Na bravo! Dieser Mensch sein

Schwager? Niemals in diesem Leben. Und wenn er ihn hätte umbringen müssen.

»Du spinnst doch«, hat der Sanktus nur kurz von sich gegeben. »Diesen Volldeppen? Such dir an G'scheiten und geh mir mit dem Affen.«

»Volldepp, Aff? Aha!«, hat die Anna gekeift, komischerweise wieder bayerisch. »Is ihm wohl ned gut gnug, dem Herrn Sanktjohanser. Jahrelang hab ich mich um dich kleinen Bruder gekümmert. Nie hab ich einen kennenglernt. Und jetzt vergönnst du mir ned amal den Jean-Pièrre, oder was? Is er dir z' noblig. Passt er ned in deinen München-Traum. Irgendwie und sowieso, oder?«

Jetzt musst du wissen, dass der Sanktus einer war, der das frühere München gern ein bisserl verklärt gesehen hat. Als Brauer denkst du halt gerne an die Zeit zurück, wo das Bier noch dunkel war und es kein Brauereisterben gegeben hat. Königlich Bayerisches Amtsgericht, Ludwig Thoma, aber auch die relaxte Zeit der Münchner Geschichten und der Kultserien der 70er und 80er Jahre. Wenn man vom Geist dieser Zeiten eine Kleinigkeit in die Gegenwart hätte transferieren können, vielleicht wäre es heute schöner, hat er halt gemeint.

»Bei *Irgendwie und Sowieso* hat's genau den Deppen gegeben. Der im weißen Anzug, auf den die Christl gesponnen hat ...« Aber weiter ist er nicht gekommen, da hat die Anna schon weiter geplärrt.

»Hör doch auf mit dem Schmarrn. Und beim Charlie war er dabei und beim Monaco Franze bestimmt auch!«

»Ja genau. Der Doktor Schönfärber. Weißt, wie er in der ersten Folge ...«

Jetzt hast du nur noch die Tür knallen gehört. Hinter der Anna.

»Hat des jetzt sein müssen?«, hat die Kathi wissen wollen. »Sie ist doch deine Schwester. Gönn ihr halt ihren Jean-Pièrre. Vielleicht is er ja doch ganz in Ordnung.«

Der Jean-Pièrre hätte wie der Drengler vergoldet sein können. Keine Chance beim Sanktus!

»Ein Schnösel ist er. Und ganz hasenrein ist der bestimmt ned. Das hab ich im Urin!«

»Was hast du da? Bist du krank?«, wollte die Martina wissen.

»Nein, ist er nicht. Das sagt man bloß so. Im Gefühl hat er's«, hat die Kathi erklärt.

»Dann hab ich den gleichen Urin wie der Sanktus«, hat die Martina gemeint. »Ich mag den nämlich auch nicht. Der riecht so komisch.«

»Schau, Kattl. Kinder und Narren sagen die Wahrheit. Sogar die Martina hat das im Gefühl. Martina, recht hast. Gell, wir verstehen uns. Das ist ein richtiges A…«

»Sanktus!«, hat ihn die Kathi lautstark ermahnt. »Jetzt machst aber mal einen Punkt. Das geht euch zwei gar nichts an. Lassts die Anna in Ruh und vergönnts ihr ihr Glück. So! Und jetzt möcht ich nichts mehr von euch hören. Esst euch z'samm. Wir müssen dann los.«

Der Sanktus hat die Martina zur Schule gebracht. Zum Abschied haben die beiden wieder ihre Fäuste zusammengestoßen. Sozusagen der Freimaurer-Sanktus-Martina-Blindes-Verständnis-Gruß.

»Gell, Martina, wir verstehen uns, wir zwei.«

»Logisch, Sanktus!« Grinsen beiderseits.

Daheim hat der Sanktus den Frühstückstisch auf- und die Spülmaschine eingeräumt. Die Geschichte mit dem

Jean-Pièrre ist ihm nicht aus dem Kopf gegangen. Er hat schon immer einen guten Riecher gehabt, was Charaktere betroffen hat. Und am Charakter vom Jean-Pièrre war definitiv etwas faul. 100-prozentig. Und das würde er herausfinden. Sherlock Holmes Anfänger. Rattern würde sein Hirn, wie bei dem Cumberbatch aus den neuen Folgen. So ungefähr: Nicht rasiert, lässt eine Nacht auswärts vermuten, also One-Night-Stand? Ringe unter den Augen lassen auf eine kurze Nacht schließen, am Hotel am Ostbahnhof ist eine Nachtbaustelle, also Ort geklärt. Der Geruch von Parfüm an ihm, aber nicht die Marke von der Anna, also Beweisführung geschlossen. Er hat eine andere, die Anna lässt ihn laufen, der Sanktus zufrieden, da Rettung in letzter Minute, und das Telefon klingelt. Telefon klingelt? Tatsächlich. Jetzt abrupter Brainstorming-Stopp. Der Sanktus noch ganz siegessicher, aber schon am Telefon.

»Guten Morgen, Sanktus. Hier ist Jens. Jens Engler. Ich bin völlig außer mir. Kommissar Bichlmaier hat mich gerade angerufen. Sie haben Heinrich aus dem Kleinhesseloher See gefischt. Wissen Sie, wo der ist? Der ist so idyllisch im Englischen Garten ...«

»Ja, beim Seehaus. Weiß ich!«, der Sanktus. Hat der eigentlich gemeint, er ist ein Volldepp?

»Da hat man ihn heute Morgen gefunden!«, hat der Drengler völlig verstört weitergemacht. »Tot. Mausetot! Ich ... ich ... ich bin völlig neben mir. Wir haben heute die Kanzlei geschlossen aufgrund dieses Ereignisses.«

»Okay, ich ruf mal den Bichä an und schau amal, was der so sagt. Also dann, bis später!«

»Halt. Haaaalt, Sanktus. Ich habe heute wieder Mails erhalten. Zwei. Eines von einer neuen fiktiven Kundenadresse. Es zeigt wieder Wasser, jedoch in anderer Ausprägung.«

Wie kann man, obwohl man so hysterisch ist, noch so geschwollen daherreden? Totales Unverständnis seitens Sanktus!

»Die zweite Mail ist von der gleichen Adresse wie das erste Wasserbild. Es kam eigentlich schon gestern um 23.37 Uhr. Es beinhaltet Koordinaten und einen Stich oder eine Tuschezeichnung. Nur eine Zeile. Verrückt, nö?«, hat der Drengler weiter berichtet.

»Beides ausdrucken!«, hat der Sanktus angeschafft. »In einer Viertelstunde steh ich unten, und Sie holen mich ab. Wir fahren zum Bichä. Jetzt wird's interessant.«

»Und nicht vergessen! Heute Abend ist Treffen auf der Jubiläumskneipe mit Herrn Kammerlander, Sanktus!«

»Ja, aber erst heut Abend, also Drehzahl, Vollgas jetzt!«

Der Sanktus ist also vor seinem Haus am Johannisplatz gestanden und hat sich gedacht, der Drengler kommt sowieso nicht vor einer halben Stunde, weil irgendwo muss der sowieso noch eine Rede halten oder was erklären oder so ähnlich.

Prompt ist er schon nach zwölf Minuten mit seinem Jaguar XF vor dem Sanktus gestanden.

»Sie haben wohl geglaubt, ich komme erst in einer halben Stunde, nicht?«, hat der Drengler angefangen.

»Ah woher«, hat der Sanktus geflunkert. »Gehn S' zu. Schmarrn! Ich doch ned. Also los geht's. In die Löwengrube müss ma.«

»Ich denke, Sie wollten zur Polizei, Sanktus?«, hat der Drengler gefragt.

»Ja, in die Löwengrube, oder Ettstraß.«

»Ett was?«

»Ettstraße! Innenstadt. Polizeipräsidium!«, hat der Sanktus langsam verdeutlicht und es sich nicht nehmen lassen, den Kopf zu schütteln und zu seufzen.

»Brauchen wir da ein Navigationsgerät?«, hat der Drengler gemeint.

»Ja genau!«, hat der Sanktus geblafft. »Ich werd durch München mit dem Navi fahren. Geht's noch. Ich bin doch von da. Das wenn einer sieht, der hält mich ja für total deppert. Also, raus auf die Innere Wienerstraße und runter zum Deutschen Museum … Herrschaftszeiten! Auf geht's jetzt!« Sanktus kurz vor dem Durchdrehen.

»Schon verstanden«, hat der Drengler gegrinst. »I bin dar Sanktus und da bin i da-ho-am.« Bayerische Aussprache verheerend kein Ausdruck.

Vielleicht hätte der Sanktus den Drengler nicht so drängen sollen, weil der ist gerade durch die Innenstadt geschossen, dass du meinst, der will eher dem Nürburgring Konkurrenz machen. Wie er in den Altstadtring eingebogen ist, hat es um ein Haar gefehlt und er hätte den Dackel samt seiner Besitzerin auf den Asphalt gepickt. Der Sanktus hat immer gemeint, der Griff in der rechten Tür ist zum Zuziehen. Heute hat er festgestellt, dass er zum Anhalten auch nicht schlecht war. Außerdem war er sich nicht sicher, ob der Drengler rot-grün-blind war, weil das mit den Verkehrsampeln hat er anscheinend auch noch nicht ganz verstanden gehabt. Der Sanktus also eine Heidenangst und kurz vor Kotzen. Zugegeben hätt er's natürlich nie in diesem Leben. Nicht mal unter Folter. Bei jedem anderen ja, aber beim Drengler? Das war eine Sache der Ehre.

So ist der Sanktus also etwas blass ums Näschen in der Ettstraße aus dem Jaguar ausgestiegen. Zefix, jetzt nur nicht aus der Rolle fallen, hat er sich gedacht, sonst peinlich nichts dagegen.

Langsam und bedächtig sind die zwei nun durch die Gänge des Polizeipräsidiums gewandelt. Der Geist der Tatortkommissare der letzten Jahrzehnte war für den Sanktus direkt spürbar. Gleich würden die Kommissare Leitmayr und Batic ums Eck kommen. Ganz gewiss! Der Einzige, der ums Eck gekommen ist, war aber der Bichlmaier. In seinem Büro hat er den Besuchern seinen neuen Partner, den Kriminalassistenten Demuth aus dem schönen Franken, wie er selbst gemeint hat, vorgestellt. Der Demuth war, was du einen typischen Streber nennen tätest. Exakter Scheitel, dicke Brille und, jetzt kommt's: karierter Pullunder und graue Hose. Wahnsinn, oder?

Der Drengler jetzt sofort Rapport über die erste und die beiden neuen Mails.

»Allmächt, Allmächt«, hat der Assistent gemeint. »Des is scho a weng a verzwickte Sach.«

»Ja, Demuth. Ist's wirklich«, hat ihn der Bichlmaier abgewürgt. Der Demuth hat das nicht gemerkt und hat ganz geschäftig weitergeredet.

»Ja, Chef. Ich mein, des is doch von langer Hand geplant, wenn aaner solche Mails verschickt.«

»Ja, Demuth. Ja. Jetzt müss ma aber erst amal die Herren da vernehmen.«

»Soll ich a Protokoll schreiben?«, wollte der Demuth wissen. Protokoll hat er natürlich *Brodogoll* ausgesprochen. Mit weichem P, also B!

»Demuth! Sehr gut«, hat ihn der Bichä gelobt und auf die Schulter geklopft. »Das ist ein Wort. So mach ma 's.

Schreiben S' bitte genau mit. Also, Sanktus. Was bedeutet jetzt das neue Wasserbild für uns?«

»Das würd ja dann unter Umständen bedeuten, dass ein erneutes Opfer entführt worden ist«, hat sich der Demuth eingemischt. »Und überhaupt würd mich interessieren, was das für Koordinaten sind und vor allem auch, warum da so a Bildla dabei is.«

»Ja, Demuth. Uns auch!«, hat der Kommissar genervt erwidert. Der Sanktus hat sich gedacht, dass er gar nicht so unrecht hat, der fränkische Kriminalassistent. »Zeigen S' amal her, Herr Engler. Aha, N48,1599 E 11,5958. Was das wohl sein könnt?«

»Chef! Chef!«, hast du den Demuth rufen hören können. »Chef, ich werd verrückt. Das ist genau die Stelle im Kleinhesseloher See, wo wir den Kübrich gefunden haben!«

Allgemeines Staunen.

»Jetzt schlägt's 13«, hat der Sanktus in den Raum geworfen. »Des is ned guad. Gar ned guad. Leck mich doch! Der wollt, dass wir wissen, dass er ihn versenkt, oder?«

»Was spielt der für ein Spiel?«, hat der Bichlmaier die Frage in den Raum geworfen.

Der Drengler hat auf einmal ganz betroffen geschaut und gerufen: »Oh Gott. Oh Gott. Wir hätten Heinrich noch retten können, wenn ich meinen Posteingang gecheckt hätte.«

Dann ist er praktisch in sich zusammengesackt.

»Schmarrn!«, haben der Sanktus und der Kommissar simultan gerufen. »Der will uns ein schlechtes Gewissen machen. Ist doch klar, dass um elf auf d' Nacht keiner mehr reinschaut. Wenn er uns die Chance hätt geben wollen, hätt er früher geschrieben. Das g'hört zu seinem Spiel. Aber zu welchem?«

»Gut, aber was ist nun mit der Wassermail?«, wollte der Drengler, zwar immer noch zitternd, aber schon wieder ruhiger, wissen.

»Zeigen S' mal her!«, hat der Bichlmaier gesagt.

Der Ausdruck hat ein schönes Bild einer blauen Wasseroberfläche gezeigt. Wahrscheinlich ein See, da das Wasser einen gewissen Grünschimmer hatte. Der Anblick hat etwas Beruhigendes gehabt.

»Wasser, sonst nix. Wenn's blöd läuft, haben wir ein zweites Opfer. Zuerst schickt der Mörder ein Bild vom Wasser und dann die Koordinaten vom Fundort. Sakrament. Des is ned guad!«, hat sich der Sanktus wiederholt.

»Des Bildla ned vergessn, des Bildlaaa«, hat der Demuth genörgelt.

»Jessas ja«, hat der Bichlmaier gemeint, »logisch. Zeigens des amal her. Was soll denn das sein?«

Jetzt hast du den Rauch fast sehen können, der über den Köpfen des Quartetts aufgestiegen ist, als sie das Bild begutachtet haben. Es hat die Hinrichtung einer Frau durch die Guillotine gezeigt. Die Frau war mit einem langen pompösen Gewand bekleidet und ist von einem Herrn zum Schafott geführt worden. Andere haben die Szene betrachtet.

»Kennt des jemand?«, hat der Sanktus gefragt. Großes Verneinen jetzt angesagt.

»Dusche«, hat der Demuth gemeint. »Ich sach nur Dusche.«

Jetzt fragende Blicke von allen.

»Ich mein natürlich Dusche, ned Dusche«, hat der Demuth gebrabbelt. »Kreizdeiflnochamalhimmelherrgottsaggrament! Dass hier kaaner einen Franken versteht. Mit hartem D. Duschezeichnung!! Duuuusche!«

»Tusche meint Herr Demuth, Kollegen«, hat sich der Drengler eingemischt.

»Na, jetzt wiss ma's auch«, hat der Sanktus gefrotzelt und bei dem Wort »Kollegen« erst mal die Augen verdreht.

»Also ich mein«, hat sich der Kommissar wieder zu Wort gemeldet, »dass die Guillotine auf eine Hinrichtung hinweisen soll. Der Herr Kübrich ist bewusst aus irgendeinem Grund ermordet, also hingerichtet worden. Also haben wir als Tatmotiv eher …«

»Rache oder Vergeltung!«, hat der Demuth den Satz fertiggemacht.

»Ja genau. Danke, Demuth. Danke«, hat der Bichlmaier abgeschlossen und wieder einmal tief geseufzt. »Herr Engler, haben Sie irgendeine Erklärung, warum jemand Ihrem Partner, Herrn Kübrich, etwas antun wollte? Und wenn ja, können Sie sich vorstellen, ob es noch ein Opfer geben könnte? Was könnte der Hintergrund sein? Und warum das Wasser-Motto? Was kann der Grund dafür sein? Denken S' nach. Es ist extrem wichtig!«

Du hast sehen können, wie es im Drengler-Hirn gerattert hat. Minutenlang. Dann nur Kopfschütteln.

»Nein. Keinen blassen Schimmer. Ich weiß es einfach nicht.«

Du hast gemerkt, dass der Drengler wirklich die Wahrheit gesagt hat. Geschwitzt und gezittert hat er. Da hat er dem Sanktus fast leidgetan.

Jetzt muss er doch was vom Kammerlander sagen, ist es dem Sanktus durch den Kopf geschossen.

»Dr. Kammerlander«, hat der Drengler gesagt. Also praktisch Gedankenübertragung. »Dr. Kammerlander hat auch eine Wasser-Mail erhalten. Also das erste. Herr Sanktjohanser und ich treffen ihn heute Abend auf unserem Haus!«

»In welchem Haus?«, hat der Bichlmaier gefragt.

»*Auf* dem Haus, Chef«, hat sich der Demuth eingemischt. »Studentenhaus. Also Bundesheim. Da spricht man im Allgemeinen von *auf* dem Haus, nicht in dem Haus.«

Der Bichlmaier und der Sanktus haben geschnauft. Das Drengler-Gesicht hat sich freudig geöffnet und gefragt: »Wohl auch korporiert?«

»Ja«, hat der Demuth geantwortet. Du hast gemerkt, es war ihm vor dem Bichlmaier peinlich, aber hat sich gefreut, im Drengler einen Gleichgesinnten zu treffen. »Landsmannschaft Franconia zu Bayreuth.«

»Sehr angenehm. Burschenschaft Swapingia. Sie sind ja pflichtschlagend. Das lob ich mir.«

Sanktus und Bichlmaier jetzt Augen verdrehen, dass du nur noch das Weiße sehen hast können.

»Selbstverständlich, selbstverständlich, ja, ja.«

»Wir sind ja nur fakultativ schlagend, wobei ich die Mensur stets pflegte. Würde mich sehr über eine Kreuzkneipe freuen«, hat der Drengler freudig weiterdiskutiert.

Der Sanktus und der Bichlmaier haben sich lautstark geräuspert, um wieder die Aufmerksamkeit auf das Wesentliche zu lenken.

»Oh Entschuldigung«, haben die beiden verlegen gesäuselt.

»Gut, also ihr trefft heut den Kammerlander«, hat der Kommissar gefragt. »Ich würd euch bitten, die E-Mails mit ihm zu besprechen. Vielleicht bringts ihr schon was raus. Ich geb euch meine Karte. Er soll sich dann morgen bei mir melden. Sanktus, wir telefonieren vorher, und du gibst mir Bescheid, was du rausgekriegt hast. Aber machts mir keinen Schmarrn und vor allem keine Alleingänge. Ist das klar? Vor allem dir, Sanktus!«

»Eh klar, Bichä. Was glaubst denn?«, die Antwort vom Sanktus.

»Dass du ein ausgekochter Bazi bist und grad machst, was dir passt! Des glaub i«, hat der Bichlmaier geendet.

»Sanktus, ich hol Sie um Viertel nach sieben ab«, hat der Drengler gemeint.

»Dann viel Spaß, Sanktus. Des gfällt dir bestimmt. Lauter eloquente Herren«, hat der Bichlmaier süffisant hinzugefügt und geschmunzelt.

»Du mi aa, Depp!«, seitens Sanktus.

Der Sanktus hat sich gegen Abend in seinen einzigen schwarzen Anzug hineingezwängt und hat feststellen müssen, dass er, seit er ein einigermaßen geregeltes Leben mit der Kathi führt, sauber an Gewicht zulegt hatte.

»Kathi, der passt ned! Ich komm mir vor wie ein Presssack. Und ich krieg keine Luft!«

»Des is 's Bier. Sag ich doch immer. Lass halt amal eine Halbe am Tag weg, na kommst in alles wieder rein«, hat die Kathi gekontert. »Aber der Herr Sanktjohanser behauptet ja immer, Bier macht nicht dick.«

»Macht's auch ned. Des is bewiesen. Es is nur der Schweinsbraten dazu. Oder halt die Chips.«

»Genau. Auf die man ohne Bier gar keine Gelüste hätte. Geh spar dir den Schmarrn. Lass mal sehen. Für heut geht's scho. Hab dich ned so. Männer! Immer wehleidig. Ich weiß ned, wie ihr das Weltgeschehen der letzten Jahrhunderte lenken habts können.«

»Nur mit einer starken Frau an unserer Seite. Nur so, Kattl. Ist doch klar«, hat der Sanktus gesäuselt und der Kathi ein Bussi gegeben.

»Wahrscheinlich hast sogar recht. So, jetzt lass dir die Krawatte binden, dass d' was hermachst. Ned amal das kann er, mein Mann. Der Wahnsinn is des schon. Übrigens von morgen bis Freitag bin ich auf Schulung. Da bist du allein mit der Martina. Erinnerst dich schon, gell?«

»Ich? Allein mit der Martina? Jaja. Freilich, Kattl, freilich erinner ich mich, freilich. Ganz klar!«, hat der Sanktus gestottert. Leider Sackgasse. Nachdenken! Aber da hätte er jetzt noch so lange in seinem Männerhirn herumgraben können. Diese Information wäre nicht zum Vorschein gekommen, weil schlicht und ergreifend nie wirklich angekommen und aufgenommen. Scheibenkleister.

Die Kathi hat nur »Mei, Sanktus« gesagt und gelächelt. Sie hat ihn halt doch nur zu gut gekannt.

Der Drengler hat den Sanktus Punkt 19.15 Uhr abgeholt. Zusammen sind sie mit der U5 zum Odeonsplatz und von dort mit der U6 weiter nach Schwabing. Die Burschenschaft Swapingia hat ihre Adresse in einer hochherrschaftlichen Villa am Rand des Englischen Gartens gehabt. Dem Sanktus ist ganz schwindlig geworden, als er die vielen Männer in Anzügen und Studentenmützen und dreifarbigen Bändern in das Haus hineingehen hat sehen. Das war halt gar nicht seine Welt.

Wie du weißt hat der Sanktus das Studieren auch schon ausprobiert. Brauwesen und Getränketechnologie in Weihenstephan. Aber hat nicht sollen sein. Schon in den ersten Vorlesungen, vor allem in Physik und Technischer Mechanik, hat er sehr schnell begriffen, dass das mit dem

Studieren eine Schnapsidee war. Rettender Studienabbruch, bevor alles zu spät war.

In Freising hat es auch Studentenverbindungen zum Saufüttern gegeben, aber der Sanktus hat sich nie dafür interessiert. Er wollte Bier trinken, wann und wo er wollte, und der Zwang der Fuchsenzeit war ihm sowieso ein Graus. Zwang überhaupt gar nichts für den Sanktus. Also totale Allergie.

Der Drengler hat nun ganz freudig seine Bundesbrüder und einige Gäste begrüßt. Vorher hat er aber dem Sanktus noch einmal erklärt, dass es hier durchaus nicht üblich sei, sich zu duzen. Nur die Bundesbrüder würden das bundesbrüderliche Du pflegen. Alle anderen seien »per Sie«, hat er gesagt. Man sei zwar *auf* einer, aber nicht *in* einer Kneipe. An diesem Punkt hätte ihm der Sanktus am liebsten eine gepatzt. Hat der Depp wirklich geglaubt, der Sanktus sei ein kompletter Idiot. Man sei nicht *in* einer Kneipe. Na wart, Bürscherl. Das kriegst du zurück. Den Kammerlander Bene hat der Drengler jedoch nicht ausmachen können. Nun ist ein etwas in die Jahre gekommener, aber sehr feiner Korporierter auf den Drengler zugekommen und hat ihn begrüßt.

»Ah, Bundesbruder Leberhart, Gott zum Gruße. Wie ist das werte Befinden?«

Leberhart! Er, der Drengler! Das muss sein Biername gewesen sein. Dass es so was bei Studentenverbindungen gibt, hat der Sanktus schon gewusst, aber Leberhart? Sehr gut, hat er sich gedacht. Na weiß man, wie der Drengler in seiner Fuchsenzeit drauf war? Der Rest zwischen den beiden war blabla. Thomastag, Nürnberg, Waffenbrüder und so weiter. Spanische Dörfer für den Sanktus.

»Guten Abend, von Sternberg«, hat der Herr den Sanktus begrüßt. »Wohl nicht farbentragend oder nicht korporiert?«

»Jaja. Sanktjohanser. Angenehm. Äh, nicht, Dings … genau«, hat der Sanktus gestottert und hat sich selbst verflucht, dass er sich zu so einer saudummen Veranstaltung hat überreden lassen. Jetzt wenn er daherkommt mit *das gibt's in den besten Familien*, aber dann …

»Tja, das gibt's wohl in den besten Familien. Aber machen Sie sich nichts draus. Werden Ihnen heute die Vorzüge der Studentenverbindung näher bringen, nich wahr, Leberhart?«

»Definitiv, lieber Bundesbruder Tristan. Selbstverständlich!«

Na bravo, hat sich der Sanktus gedacht. Tristan, Leberhart. Geht's noch? Heim! Schnell heim!

»Sanktus, kommen Sie«, hat der Drengler gesagt und ihn von dem älteren Herrn weggezogen. »Schauen Sie. Das da ist Doktor Schmidtke, Wahnsinnszahnarzt, kennen Sie bestimmt. Und da Professor von Bühring. Chirurg mit eigener Klinik. Und dort Hilmar Voss, Staranwalt. Kennen Sie sicher alle.«

Logisch, keine alte Sau hat der Sanktus gekannt. Das hat ein Abend werden können. Der, da war er sich sicher, der Sanktus, würde ihm noch lange im Gedächtnis bleiben. Aber mitgefangen, mitgehangen. Da hat er jetzt durch müssen.

Der Sanktus ist dem Drengler jetzt wie in Trance nachgeschlichen und hat gehofft, dass dieser wahnsinnige korporierte Spießrutenlauf bald vorbei sein würde. Er hat immer nur »Angenehm, Sanktjohanser« gemurmelt, sich etwas verbeugt und brav alle Hände geschüttelt. Plötzlich ist der Plodek vor ihm gestanden. Er hat ein Band mit nur zwei Farben über seine Brust gespannt gehabt.

»He, Plodek, hat's dir keine drei Farben geliehen«, hat der Sanktus gegluckst.

»Das ist ein Fuchsenband, Herr Sanktjohanser«, hat der Plodek gestochen verkündet. »Nach meiner Burschung erhalte ich das dreifarbige Burschenband der Swapingen.«

»Jaja!«, hat der Sanktus gemurmelt und sich im Stillen gedacht, was der Plodek wohl für ein Spießer sei und wie groß sein Stock im A... wohl sein hat mögen.

Irgendjemand hat dem Sanktus dann eine Halbe Bier in die Hand gedrückt, und schon hat er sich besser gefühlt. Inzwischen waren sie im Haus der Burschenschaft angelangt, und der Drengler hat den Sanktus in einen großen holzgetäfelten Saal mit drei langen Tischreihen geführt, wo sie dann an einer der langen Tafeln Platz genommen haben. Bevor der Sanktus gesessen ist, war sein erstes Bier leer und ein junger Student hat ihm ein neues in die Hand gedrückt. Na zumindest der Nachschub hat gepasst.

Der Drengler hat vergebens nach dem Kammerlander Bene gesucht. Auch über Handy hat er ihn nicht erreicht.

»Wie vom Erdboden verschluckt. Nicht aufzufinden«, hat er geseufzt.

Wunderbar, 1 A, hat sich der Sanktus gedacht. Völlig umsonst tu ich mir diesen Wahnsinn an. So ein Mist.

»Na ja. Wollen wir zumindest dann die Kneipe genießen«, hat der Drengler frohlockt. Der Sanktus der Verzweiflung nahe.

Der Drengler hat nun dem Sanktus alles erklärt: »Die Kneipe wird von vier Chargen geleitet. Der Senior, das ist der Sprecher. Der Consenior, sein Vertreter. Der Subsenior unser Fechtwart. Die Tafel in der Mitte ist die Fuchsentafel. Das sind sozusagen die Anfänger, also die Azubis in der Verbindung. Da ist auch Bundesbruder Plodek dabei. Ein großes Talent. Große Hoffnung. Wirklich. Der am Kopf der Tafel ist der Fuchsmajor, der vierte Charge …« Der Sanktus hätte am liebsten losgelacht. Denn dieser Typ hatte einen Fuchsschwanz auf dem Kopf. Also auf seiner Mütze, dem Cerevis, wie der Drengler erklärt hat. Den Sanktus haben diese Erklärungen ziemlich gelangweilt, aber er hat gute Miene zum bösen Spiel gemacht, weil der Drengler mit solcher Leidenschaft dabei war, dass der Sanktus ihm hat fast nicht böse sein können.

Der Senior hat nun seinen Schläger, der wie ein Degen ausgesehen hat, genommen und Vollgas auf ein Brett auf dem Tisch eingedroschen und die Kneipe eröffnet. Der Sanktus hat inzwischen herausgefunden gehabt, dass man nur laut »Bierschlepper!« schreien muss, und schon ist ein junger Fuchs angehastet gekommen und hat ein Bier gebracht. Das hat er unbedingt bei der Kathi ausprobieren müssen. Viel Erfolg hat er sich aber nicht versprochen. Alle im Saal haben nun das Bundeslied, quasi Nationalhymne der Verbindung, gesungen. Und da haben wirklich *alle* mitgesungen. Nicht so wie die deutsche Nationalmannschaft, wo nur noch die Hälfte singt. Dann hat der Senior alle Gäste begrüßt, sogar den Sanktus. Dem war das fast ein bisserl peinlich. Aber mei! Danach ist dem Bierspender des Abends ein großes Lob ausgesprochen und dann wieder gesungen worden. »O alte Burschenherrlichkeit.« Der Sanktus hat auch ein Gesangsbuch, das Kommersbuch, gekriegt, hat es aber vorgezogen, nicht zu singen, weil es ihm relativ egal war, wohin die Herrlichkeit entschwunden war. Er hat sich während des Gesangs in Ruhe in den Reihen umschauen können. Viele Sympathieträger hat er nicht entdecken können. Da hat er sich gefragt, ob es jetzt, falls der Kammerlander wirklich verschollen war, unter Umständen einen gäbe, der die ganze Sippschaft auslöschen will. Nicht so weit hergeholt, wenn du sie dir angeschaut hast.

Nachdem der »herrliche Cantus verklungen war«, wie der Senior verkündet hat, hat der Sanktus erst einmal aus vollem Halse »Bierschlepper« gerufen und gleich schon wieder eine Halbe in der Hand gehabt. Schön langsam hat er das Bier gespürt, und es war erst der Anfang des Abends.

Danach hat's eine Gedenkminute für den verstorbenen Kübrich gegeben, und der Altherrenvorsitzende hat einen Nachruf verlesen. So einen tollen Hecht wie den Kübrich hast du anscheinend lang suchen müssen. Dann Colloquium, also ratschen erlaubt. Der Sanktus hat in sein Bier hinein gestarrt.

»Sanktus, mir ist nicht wohl! Gar nicht wohl«, hat der Drengler angefangen. »Dass Ben nicht da ist, gefällt mir gar nicht.«

»Welcher Ben?«, hat der Sanktus wissen wollen.

»Der Dr. Kammerlander natürlich. Wer sonst?«

»Naa, des is der Bene, ned der Ben!« Der Sanktus hat jetzt gemerkt, dass das Bier schön langsam seine Aussprache beeinträchtigt hat.

»Na, der Benni war er wohl in Ihrer Kindheit, jetzt ist er wohl …«, aber weiter ist er nicht gekommen, da die Kneipe schon weitergegangen ist. Wieder Cantus verklungen und Prost und Bierschlepper. Dann war eine längere Pause. »Tempus« haben sie dazu gesagt. Der

Sanktus ist zuerst aufs Klo und dann an die frische Luft gegangen. Die Villa der Studentenverbindung war höchst imposant. Alle Wände des Saals waren mit edelstem Holz vertäfelt, Kristalllüster haben die Räume erhellt, und der Marmorboden war auch nicht von schlechten Eltern. Nobel, nobel. Da ist das Geld daheim, hat sich der Sanktus gedacht. Wieder drinnen hat er sich die Fotos an den Wänden angeschaut. Da waren viele Jahrgänge von Studenten der Verbindung abgelichtet. Bilder von lebensfrohen Jugendlichen auf Burschenausflügen und ein Bild mit drei Jungen und einem frisch gefangenen Fisch. Der eine war der Kammerlander Bene und der zweite anscheinend der junge Drengler. Den dritten hat der Sanktus nicht gekannt.

»Das Forellenterzett sozusagen«, hat eine unbekannte Stimme hinter dem Sanktus gesagt. Der Sanktus hat sich umgedreht und in das Gesicht eines unsympathischen, spitzbärtigen mittelalterlichen Korporierten geblickt. »Kübrich, Engler und Kammerlander. Unzertrennlich. ›Die drei von der Tankstelle‹, könnte man sagen, wenn man ihren Alkoholkonsum zum Vergleich ziehen würde. Darf ich mich übrigens vorstellen. Dr. Meinert, Klaus Meinert. Staatssekretär der Bayerischen Staatsregierung.«

Der Kerl war genau ein Fall für den Sanktus. Doktor und arrogant, Schnösel und unsympathisch, wunderbar.

»Schwarz oder gelb?«, wollte der Sanktus wissen.

»Aber Herr Sanktjohanser«, hat der Meinert geantwortet, »diese Frage sollte sich doch in diesem unserem Bayernlande gar nicht stellen, oder?«

»Nein, eigentlich nicht bei Ihnen. Haben S' recht. Entschuldigen S' vielmals.«

»Ah, Bundesbruder Pavarotti«, hast du den Drengler aus dem Off kommend schallen hören können. »Hast du dich schon mit meinem Gast bekannt gemacht?«

»Ja, wir verstehen uns prächtig, der Herr und ich.«

»Wunderbar. Schaut ihr gerade die alten Bilder an? Ach, was waren wir da noch jung. Famos, nicht wahr?«, hat der Drengler geschwelgt. »Das ist übrigens Heinrich. Da waren wir am Starnberger See auf einem Ausflug unserer Verbindung. Wir hatten einen riesigen Hecht gefangen. Ach, das waren noch Zeiten.«

»Soso«, der Sanktus hat schon ein bisserl gelallt. »Soso, ihr drei. Soso. Keine Forelle, Herr Meinert?« Der war aber schon wieder weg. Weiter hinten hat er sich gerade angeregt mit dem Plodek unterhalten. Jawohl, die passen wunderbar zusammen, hat sich der Sanktus gedacht und geschmunzelt.

Und die wollen nichts gemeinsam haben? Verarschen kann er sich selber, der Drengler! Wie der Sanktus noch einmal genauer hingesehen hat, hat er gemeint, ganz hinten auf dem vergilbten Foto eine Person sehen zu können, die dem Dr. Meinert extrem ähnlich gesehen hat, also Meinert in jünger. Ob er's wirklich war, hat der Sanktus nicht sagen können. Die Person war im Gespräch mit einer blonden Frau.

»Wollen wir wieder reingehen. Die Fidulität fängt gleich an. Das ist der lustige Teil der Kneipe. Vier alte Herren, so nennt man übrigens die abgeschlossenen Absolventen, müssen nun die Chargenämter übernehmen und die Kneipe leiten«, hat der Drengler doziert und den Sanktus wieder auf seinen Platz gezogen.

Jetzt war das Ganze nicht mehr so steif, und dem Sanktus hat es fast gefallen. Es wurden lustigere Lieder gesungen und Witze oder lustige Anekdoten, sogenannte Bierschwefel, erzählt. Die Bierschlepper waren wieder am Rotieren, und der Sanktus war inzwischen schon ziemlich betrunken. Dann ist auf einmal eine Bierstafette annonciert worden, sprich Wetttrinken von zwei Gruppen. Alte Herren gegen Fuchsen. Die Gruppe der Alten Herren sollte der Drengler anführen, was den Sanktus komischerweise in dessen Team gebracht hat. Die Mannschaften haben sich gegenüber aufgestellt und der Sanktus war der Letzte in der Reihe. Der Schiedsrichter hat ihnen ein Losungswort gegeben, das der Letzte der Gruppe sagen hat müssen, wenn er ausgetrunken hatte. Die Gruppe, die als Erstes ausgetrunken und das Losungswort richtig gesagt habe, sei der Gewinner der Stafette. Bei der Fuchsengruppe war der Plodek dabei. Na, Bürscherl, wart', hat sich der Sanktus gedacht.

Der Sanktus hätte eigentlich kein Bier mehr gebraucht, aber was hilft's? Nach dem Start ist es eigentlich recht gut gelaufen. Der Drengler hat seine Halbe Bier recht schnell ausgetrunken gehabt. Der Plodek war elendig langsam. Dann hat der zweite Trinker angesetzt. Nun der Dritte, der Vierte, und dann war der Sanktus dran. Er hat angesetzt und sich das kalte kohlensäurehaltige Bier hinunter gezwängt, Kreiselpumpe Anfänger. Wie er bei der Hälfte war, hat ihm gegenüber ein Fuchs, ein kleiner junger Chinese, die Halbe genommen, ihm gewinkt, mit zwei Fingern in Richtung seiner Augen gedeutet, der Sanktus möge ihm jetzt zuschauen, hat das Bier kurz auf den Tisch abgesetzt und dann mit einem Schluck geleert. Einfach so weg, leer! Der Sanktus hat sich angesichts dieser Geschwindigkeit verschluckt und nur noch geprustet. Bierstafette verloren wegen Sanktus.

Peinlich und schlechte Publicity. Der Drengler hat ihm trotzdem auf die Schulter geklopft und »Gut geschlagen!« gemurmelt.

Zwei Sachen haben den Sanktus jetzt gepeinigt. Erstens die vielen Halben, die der Bierschlepper nur zu brav gebracht hatte, und zweitens der extreme Schluckauf, den der Sanktus seit der Bierstafette gehabt hat. Schön langsam hat er gemerkt, wie ihm das Bier immer weiter vom Magen den Hals raufgekommen ist. Jetzt Alarm im Weltall und nichts wie aufs Klo. Gott sei Dank haben die Verbindungen da etwas vorbereitet. Im Klo hat's einen Papst gegeben, sprich Kotzbecken. Gibt's auf Schiffen auch wegen seekrank. Hier wegen bierkrank. Da kannst du dich seitlich an zwei Griffen einhalten und dich in aller Ruhe deiner 15 Halben entledigen. Ruhe aber eher Gegenteil, weil der Sanktus jetzt so was von in das Becken hineingeplärrt hat, dass du gemeint hast, ein röhrender Hirsch am Klo. Dann ist plötzlich auch noch der Drengler neben ihm gestanden und hat ihn gefragt, ob's ihm nicht gut gehe. Blöde Frage, wenn du den Sanktus hättest sehen können. Also Blamage perfekt.

Nachdem er fertig war, hat er sich sein Gesicht noch mit Wasser befeuchtet. Seine Augen im Spiegel waren rot und von Augenringen untermalt. Na bravo! Ganz großes Kino!

Zurück im Saal neben dem Drengler hat der Sanktus sofort »Bierschlepper!« gerufen, also eher gekrächzt, weil der Hals von der Säure noch etwas mitgenommen.

»Ah, der Sanktus paukt sich wieder ein!«, hat der Nachbar vom Drengler lobend gesäuselt. Woher der gewusst hat, dass der Sanktus Sanktus heißt ... War ihm aber jetzt auch egal.

»Jaja«, hat der Drengler gemeint, »selbstverständlich. Hatte sich nur verschluckt bei der Stafette.«

Der Sanktus hat jetzt sein neues Bier in kleinen Schlucken in sich hineingetrunken. Genuss war was anderes. Einpauken, Stafette, so ein Schmarrn.

Kurz danach haben die rechtmäßigen, also die normalen Chargen die Kneipe wieder übernommen, und das Ganze hat sich dem Ende zugeneigt.

»Herrliche Kneipe ex!«, hat der Senior verkündet, mit seinem Schläger noch einmal in den Tisch gedroschen und noch einen schönen Abend gewünscht. Sanktus jetzt mehr als froh.

»Na, Sanktus. Ein Bierchen geht noch, oder?«, hat der Drengler gemeint.

Der Sanktus, bei dem eigentlich nichts mehr gegangen ist, hat lauthals »Freillä!« verkündet. Nur nix zugeben, jetzt Devise. Immer schön das Gesicht wahren.

Und so sind sie am Tresen des großen Aufenthaltsraums, dem Vorraum des Kneipsaals, übrigens genauso schön getäfelt, gestanden und haben die nächste Halbe getrunken.

Plötzlich ist der Plodek neben den beiden gestanden und hat gefragt, ob sie schon was über den Kübrichfall rausgefunden hätten. Und so schnell hast du gar nicht schauen können, sind zwei, drei weitere Bundesbrüder am Tresen gestanden und haben sich am Gespräch beteiligt. Jeder hat ein anderes Tatmotiv gehabt. Wirtschaftskriminalität, Rache eines Mandanten, Eifersucht und so weiter. Déjà-vu für den Sanktus. Gleiche Situation wie vor vier Jahren im Bräustüberl bei den Brauereimorden. Nur keine Magister, Doktoren und Professoren, sondern seinerzeit seine Brauerspezln. Waren ihm auch viel lieber. Aber hilft jetzt in dieser Situation nicht.

Der Sanktus hat in die Runde gefragt, wann der Kammerlander zum letzten Mal gesehen worden war.

Ein Ingenieur Biene, der einige Schmisse im Gesicht gehabt hat, hat sich erinnern können, dass er den Kammerlander seit der letzten Kneipe gar nicht mehr gesehen hatte.

Der Dr. Mattert, ein kleiner untersetzter Herr, hat Stein und Bein geschworen, dass er noch am Montag eine Mail vom Kammerlander bezüglich eines Ärztekongresses erhalten hatte. Er hat versprochen, dass er die Mail dem Sanktus und dem Drengler weiterleiten würde. Leider war der Herr schon so betrunken, dass der Sanktus daran gezweifelt hat, dass er sich noch 100-prozentig an das Datum erinnern hat können. Der Rest hat keine Aussage machen können. Ein extrem angetrunkener Verbindungsbruder hat sogar behauptet, dass der Kammerlander gar nicht Mitglied in dieser Studentenverbindung sei. Seine Freunde haben ihm dann gleich ein Taxi gerufen und den Delinquenten hinein verfrachtet.

Der Drengler hat dann noch großkotzig verkündet, dass er höchstpersönlich mit dem Sanktus die Polizeiarbeit unterstützen würde, und sie den Täter auf jeden Fall zur Strecke bringen täten. Am nächsten Stiftungsfest sei der hinter Schloss und Riegel, hat er immer wieder behauptet. Der Sanktus hätte ihm am liebsten schon wieder eine Watschn gegeben, hat sich das aber hier nicht getraut. Außerdem ist das Bild der Alten Herren am Tresen langsam aber sicher vor seinen Augen verschwommen. Der Plodek hat schon wieder von ihm wissen wollen, wie weit er mit seinen Ermittlungen sei. Erstens war aber noch kein Ergebnis vorhanden, zweitens hätt es ihm der Sanktus nicht sagen wollen und drittens auch nicht sagen können, da er jetzt schon große Probleme mit dem Artikulieren gehabt hat.

Gegen drei Uhr in der Früh hat der Drengler ein Taxi kommen lassen, und die beiden sind heim nach Haidhausen gefahren. Beim Aussteigen am Johannisplatz ist der Sanktus wieder einmal, wie so oft, mit dem Fuß an der Autotür hängen geblieben und der Länge nach auf dem Trottoir aufgeschlagen. Der Drengler hat irgendwas aus dem Taxi hinausgelallt, aber der Sanktus hat abgewinkt und sich wieder aufgerafft. Er hat nichts mehr vom Drengler hören wollen.

Aufsperren wie immer ein Problem. Nach einigen Versuchen hat es dann doch geklappt, und der Sanktus ist in den dritten Stock hinaufgestiegen. Langsam und bedächtig. Auf der letzten Stufe ist er dann doch noch gestolpert und hat dabei einen Riesenradau gemacht. In der Wohnung hat er sich im Bad ausgezogen, die Zähne geputzt und sich ins Bett geschlichen.

»Schaaatzi, dein Sanktus ist wieder da«, hat er der Kathi ins Ohr gehaucht.

Die hat sich nur angeekelt weggedreht und irgendwas von »schöner Rausch« gemurmelt. Der Sanktus: »Freut mich, dass er dir auch gfallt«, und ist sofort in einen tiefen und traumlosen Schlaf gesunken. Geschnarcht hat er, dass du wirklich Angst hast haben müssen, also um die Bäume im Englischen Garten.

IRGENDWO IN MÜNCHEN

Er konnte das fröhliche Plätschern der Quellen vernehmen. Flöten, die das jungfräuliche Entspringen des Flusses darstellten. Die Moldau! Er konnte schwer zwischen Wirklichkeit und Musikstück unterscheiden. Er hatte das Gefühl, in den Quellen zu baden. Ein erfrischendes Gefühl. Nun übernahmen die Streicher, und er trieb mit dem wehmütigen Hauptmotiv des Musikstücks und dem Fluss durch die böhmischen Lande. Ein befreiendes und erhebendes Gefühl der Schwerelosigkeit. Er sah den blauen Himmel, grüne Wiesen und goldene Felder vor sich. Die Hörner einer Jagd schallten, und die Musik einer fröhlichen Bauernhochzeit erklang. Fast schienen ihm die Szenen in seinem Delirium real. Wie schön wäre es, aus dem Fluss zu steigen, mit zu feiern und zu tanzen? Nun wurde die Musik wieder ruhiger, und er wusste, dass nun die Nacht über den Fluss hereinbrechen würde. War es eigentlich Tag oder Nacht? Er konnte es nicht beurteilen. Wie lange war er schon in diesem Raum gefangen? Unmöglich zu sagen. Wann würde die Nacht über *ihn* hereinbrechen? Wann würde diese Marter zu Ende sein? Wieder war er kurz vor dem Wegdriften. Er glaubte, die Nymphen, die im Mondschein einen Reigen tanzten, vor sich sehen zu können. Er mochte dieses Bild. Es strahlte so eine wahnsinnige Ruhe und Harmonie aus, doch schon riss ihn die Moldau aus dieser Vorstellung, und er trieb mit dem Strom hinweg. Als er die Augen öffnete, konnte er wieder das blaue Licht an der Decke des Raums flackern sehen. Es schien mit ihm und dem Fluss mitzutreiben. Nun schwoll die Musik an. Gefahr in Verzug. Blechbläser. Rauschendes Wasser. Er wurde nervös. Langsam, aber sicher wurde ihm bewusst, dass es nicht nur die Musik war, die ihn alarmierte, sondern sein Instinkt ließ ihn wach werden. Das Wasser stieg rasant an. Er drohte, in den akustischen Stromschnellen der Moldau zu ertrinken. Plötzlich war er völlig klar im Kopf und versuchte, von seinen Fesseln freizukommen, doch auch das kräftigste Aufbäumen blieb wirkungslos. Die Moldau hatte die Stromschnellen verlassen, und Smetana ließ sie mit einem letzten Hauptmotiv in das böhmische Land entschwinden.

DONNERSTAG

Dieser Lärm! Dieser immense Lärm. Was war denn los? Krieg, Revolution, ein Massaker?

Als der Wecker um halb sieben geklingelt hat, hat der Sanktus überhaupt nicht gewusst, was sein Auftrag war. Nur Kopf- und Halsweh. Kopfweh vom Kater, verursacht durch die unzähligen Biere am gestrigen Abend, und Halsweh vom Schnarchen. Kennst du das Gefühl, wenn du nicht einmal mehr schlucken kannst. Nur Trockenheit und Schmerz. Extremer Schmerz.

Der Sanktus hat immer noch den Hopfen und den Alkohol in seinem Mund schmecken können. Dieser morgendliche Geschmack war nichts für schlechte Mägen. Pech jetzt nur, sein Magen so schlecht wie schon lange nicht mehr. Ganz zu schweigen von dem Druck unter der ganzen Schädelplatte. Dieser Druck, dieser immense Druck! Irgendwo hatte er das schon mal im Radio gehört, und jetzt hat es wie die Faust aufs Auge gepasst.

Langsam hat er versucht, die Augen zu öffnen und sich dem Tageslicht zu stellen. Zuerst hat er außer verschwommen erst einmal gar nichts gesehen. Schemenhaft hat er die Kathi ausmachen können, die für seine Verhältnisse viel zu schnell im Schlafzimmer herumgewuselt ist. Irgendwas war heute. Leider hat sich der Sanktus nicht mehr daran erinnern können.

So hat er sich dann langsam aufgesetzt, natürlich stets

vorsichtig, sodass sich die schwankenden Druckverhältnisse nicht auf das Berstverhalten seines Kopfes auswirken würden. Sitzenderweise ist sein Blick klarer geworden, und er hat den Gesichtsausdruck der Kathi sehen können. Da hat er sich ganz schnell wieder den Schleierblick zurückgewünscht. Zitrone Scheißdreck dagegen. Fürchterlich.

Auf dem Weg zum Klo ist der Sanktus volle Kanne mit seiner Schulter am Schlafzimmertürstock hängen geblieben. Schulter jetzt also auch noch im Eimer. Sein Knie ebenfalls höllischer Schmerz. Er war anscheinend irgendwo hingefallen. Wo, würde ihm schon noch einfallen. Das Pinkeln war eine reine Erlösung. Nicht nur der spontane Druckabfall, sogar das plätschernde Rauschen hat eine beruhigende Wirkung gehabt. So ist der Sanktus wenigstens von einem Leiden erlöst worden. Die Erlösung hat aber nur kurz angedauert, da ihm ein schneidender Schmerz, ausgehend von seinen Ohren, ins Gehirn gefahren ist. Auslöser Kathiplärrer.

»Hinsetzen«, hat er sie donnern hören, »Zefix noch einmal. Ich hab heute Nacht schon einmal die ganze Soß' z'sammgwischt. Du b'soffens Wagscheitl. Alles versaut. Musst du eigentlich immer so Gas geben?«

»Nein«, hat der Sanktus gemeint, »ich muss nicht. Ich mach das freiwillig!«

Galgenhumor halt! Den Blick von der Kathi kannst du dir, Gott sei Dank, nicht vorstellen. Der Sanktus hat sich aber sofort auf das Klo gesetzt und jeglichen weiteren Kommentar unterlassen.

»Du bringst jetzt sofort die Martina in die Schule. Hast du verstanden?«

»Ja, Kathi!«

»Und heut und morgen kümmerst du dich nur um das Kind. Hast du das auch verstanden?«

»Ja, Kathi.«

»Ich bin morgen Abend wieder da.«

»Ja, Kathi!«

»Und sauf nimmer so!«

Dann hat ihm die Kathi noch ein Abschiedsbussi gegeben, und der Sanktus hat sich gefragt, wie sie das aushält bei seinem Mundgeruch. So ist er auf dem Klo gesessen und hat sich selber fast ein bisserl leidgetan.

Nachdem der Sanktus kontrolliert hatte, ob sein Mobiltelefon, seine Schlüssel und sein Geldbeutel brav auf dem Kasterl im Eingang drapiert waren – komischerweise hat er das im größten Delirium immer noch geschafft – ist er mit der Martina gestartet. Der Weg zu Fuß zur Schule ist einigermaßen gegangen. Gott sei Dank hat der Sanktus noch Einiges an Promille intus gehabt, sodass der komplette Schmerz noch nicht durchgekommen war. Die Sonne war ihm viel zu hell und die Außentemperatur zu warm. Das Geschehen der Straße hat sich irgendwie in einer gewissen Distanz für ihn abgespielt. Alles war so unwirklich und hat wie gestellt gewirkt. Ihm hat es inzwischen auch wahnsinnig gestunken, dass er so schlecht beieinander war. Ein Ochs hört auf, wenn er genug hat, hat ihn die Anna immer ermahnt. Leider war er sich sicher, dass es nicht das letzte Mal gewesen war, dass er in so einem Zustand aufwachen würde. Jaja, ein kleines Kind langt nur einmal auf die Herdplatte …

Wieder daheim hat der Sanktus zwei Schmerztabletten genommen, ein Konterweißbier getrunken und sich wieder ins Bett gelegt. Er hat eine ganze Zeit nicht einschlafen können und hat geschwitzt, dass du dich fürchten würdest. Irgendwann ist er dann eingeschlummert, aber alle 20 Minuten aufgewacht, weil er immer wieder geträumt hat, der Drengler ruft an und will mit ihm weiter ermitteln. So ist es hin und her gegangen, bis das Telefon wirklich geklingelt hat.

Das stöhnende »Ja, Sanktjohanser« hat das Gegenüber in der Leitung erst einmal kurz verstummen lassen.

Pause. »Hallo, Sanktus! Bischt du krank? Isch was? Soll i komma?«, hast du den Hanspeter völlig besorgt hören können. »Oder war's geschtern so schlimm? Heiligs Blechle, du warsch ja auf dem Feschtle da.«

»Kneipe, ned Feschtle. Außerdem hoaßt des bei uns in Bayern Festl, hast mi? Au, mein Schädel. Mei, is mir schlecht!«

»Bischt du aufnahmefähig? Es isch nämlich so, dass unsere Kollegen scho ebbes über die Swapingia rausgefunden ham. Es isch folgendermaßen …«

Zwickmühle grad gar nix dagegen. Der Sanktus hätte jetzt alles gegeben, dass er sich das Geschwalle vom Hanspeter hätte *nicht* anhören müssen, aber er hat diese Nachforschung ja explizit angeschafft gehabt. Also was willst du da machen, außer gute Miene zum bösen Spiel?

»… die Verbindung wurde 1885 in München gegründet. Von Jurastudenten logischerweise. Die waren früher no pflichtschlagend, sprich, die han scho immer ihre Mensuren ghät. Bis zum zweiten Weltkrieg waren die eher a bissle für ihre rechte Tendenz bekannt. Sind aber trotzdem im Dritten Reich verboten worden. Vielleicht waren se zu links für den Hitler. Was meinsch? Ha, ha! Kloins Späßle. Die sind ja alle verboten worden. Wiedergründung war dann sofort 1948. Seitdem haben sie das Anwesen an den Isarauen. In die Zeitung sind die immer wieder mal gekommen. Mal waren se gewalttätig im Suff, na hat sich wieder oinr mit 'm Porsche vom reichen Papa darennt und so weiter. Während manchen Kneipen sind sogar Leute im Suff so verunfallt, dass sie g'storben sind.«

»Verunfallt?«, hat der Sanktus eingehakt.

»Sagt ma denn ned so? I mein, i hon des scho amal in so am Bericht ghört. Also, so bsoffen, dass sie zum Beispiel die Treppe nagfallen sind und so ebbes. Einmal isch sogar auf einem Ausflug a Mädle ertrunken.«

»So meinst, des war die von dem Bild? Da sollt ma noch a bisserl nachforschen, oder? Was meinst, Hanspeter?«

»Isch scho komisch, des isch klar. Vielleicht sollten ma auch mal rausfinden, was für Feinde der Kübrich und der Kammerlander han«, hat der Hanspeter angeführt.

»Hast eigentlich recht. Der Drengler ruft nachher bestimmt eh an. Dann werd ich des in Erfahrung bringen. Wie schaut's sonst aus bei dir?«, hat der Sanktus wissen wollen.

»Gut. I bin fast mit der Frühschicht fertig. Der Master isch heut wieder furchtbar. Je früher, dass ich rauskomm, deschto besser. Falls was zum Ermitteln isch, ruf mi oinfach an. Tschüssle, Sanktus.«

Tschüssle! Falls was zum Ermitteln ist! Sauber! So ein Kasperl. Aber mehr hat sich der Sanktus gar nicht aufregen können, weil ihm ein Stich in seinen Münchner Dickkopf solche Schmerzen verursacht hat, dass er sich nach einem erneuten Gang zum Klo sofort wieder hat hinlegen müssen.

Bis halt bald wieder das Telefon geklingelt hat. Da ist der Sanktus nach dem Abheben gar nicht zum Melden gekommen.

»Moinsen, alter Junge. Ausgeschlafen? Alles klar bei dir?«, hat der Drengler in den Hörer hineingeplärrt, dass du meinst, er wär am Vorabend nüchtern und um sieben ins Bett gegangen. Außerdem war dem Sanktus eigentlich gar nicht bewusst, dass sie gestern irgendetwas in Richtung »per Du« unternommen hätten. Aber wieder einmal ist ihm seine extrem schlechte Konstitution dazwischengekommen, weil wirklich keine Energie zum Streiten.

»Drei bis vier, ungefähr«, hat der Sanktus geantwortet.

»Mann, Mann, die jungen Leute heutzutage vertragen gar nichts mehr. Wir mussten als Fuchsen nach so 'ner Kneipe um sieben vor der Uni noch zum Pauken …«

Den Sanktus hat jetzt überhaupt gar nicht interessiert, was der Drengler mit Pauken gemeint hat, aber Drengler schneller.

»… das ist das Fechttraining am Morgen. Da wird man abgehärtet. Also wie steht's, Sherlock?«

»Schlecht, Watson, schlecht. Die Drogen hinterlassen auch bei einem Meisterdetektiv Spuren. Ich kann weder Geige spielen noch kombinieren«, hat der Sanktus so daher gefaselt und gehofft, er sei ein bisserl lustig, sodass der Drengler nicht gar so merkt, dass es ihm so schlecht gegangen ist.

»Macht nichts, macht nichts, mein lieber Holmes. Ich war bereits ermittelnd tätig. Ich habe heute Morgen einen lieben Freund konsultiert, dem ich das Gemälde der Todesmail gezeigt habe. Es handelt sich um Olympe de Gouges!«

»Is der scho schwul, wenn der Olympe heißt?«, hat der Sanktus wissen wollen.

»Mensch, Sanktus, Olympe de Gouges? Frankreich, 18. Jahrhundert? Französische Revolution? Konstitutionelle Monarchie? Kein Begriff? Zumindest Robespierre, oder? Mach mich jetzt bitte nicht schwach. Die Tuschezeichnung von Lavis de Mettais von 1793.«

»Herr Engler …«

»Jens! Sag doch bitte Jens zu mir. Ich denke, seit gestern Abend sollten wir dem Du frönen, nicht wahr? Sozusagen als Verbündete, als Stafettenteam, nö!«, hat der Drengler nicht aufgehört zu faseln.

»Wegen meiner. Also, Jens, ich bin heut leider nicht für die Französische Revolution zu haben. Ich hab eine Revolution im Magen und im Schädel. Des langt voll und ganz. Und der Olympe geht mir grad *so* was von am Arsch vorbei, dass alles zu spät ist.«

»Aber, aber, Sanktus«, hat der Drengler gekontert, »das ist die Dame auf dem Bild der Mail. Wenn das eine versteckte Botschaft ist und uns zum Mörder führen sollte, wehe uns, wenn wir dem nicht nachgingen. Das sollten wir Heinrich schuldig sein.«

»Wir? Warum wir?«

»Teamplayer? Partner, Sanktus? Also es ist folgendermaßen …«

Der Sanktus hat die Augen geschlossen, sich auf den Rücken gelegt und die Hand auf seine schmerzende Stirn gelegt. Kühlung bei so viel heißer Luft jetzt angesagt.

»… also Olympe wurde 1748 als Marie Gouze in der Region der Midi-Pyrénées in Südfrankreich geboren. Sie stammte anscheinend aus einem unehelichen Verhältnis ihrer Mutter zu einem Marquis de Pompignan, einem reichen Landadeligen und bekannten Widersacher Voltaires. Sehr interessant, nö?«

»Hm? Jaja. Der Voltaire. Sehr interessant.«

»Na, hab ich mir doch gedacht. Später kam sie nach Paris und hat dort ihr erstes Theaterstück eingereicht. Weiterhin verfasste sie als Aufklärerin feministische Schriften. Auch kritisierte sie die Scheinmoral. Könnte vielleicht mit unserem Mord zusammenhängen. Wer weiß? Sie legte sich dort auch den Künstlernamen Olympe de Gouges zu. Während der Revolution wurde sie eine vehemente Verfechterin der Menschenrechte der Frau, also der Bürgerinnenrechte. Sie schrieb in dieser Zeit sehr viele politische Texte zu diesem Thema, was 1791 in der ›Déclaration des droits de la Femme et de la Citoyenne‹, der Erklärung der Rechte der Frau und Bürgerin gipfelte. Hast du bestimmt schon was davon gehört, nö? Sanktus? Hörst du mir noch zu? Sanktus?«

»Ha? Jaja. Red nur weiter.« Dem Sanktus war jetzt alles wurscht. Hauptsache, er hat keine Fragen mehr beantworten müssen.

»Gut, leider war die noch im Druck, als die bürgerliche Verfassung angenommen wurde. Olympe forderte trotzdem von der Nationalversammlung, dass die Rechte der Frau …«

»Kann ma des a bisserl abkürzen, Jens? Bitte nur a bisserl«, hat der Sanktus gestöhnt.

»Gut, wenn du meinst. Robespierre ließ sie 1793 auf der Place de la Concorde köpfen.«

»Welches Datum?«

»Wie?«

»Ja, an welchem Datum war des?«, hat der Sanktus wiederholt.

»Keine Ahnung, Sanktus. Irgendwann im November, glaube ich zumindest.«

»Was weißt du eigentlich, Jens, ha?«, hat der Sanktus gemeint und trotz der heftigen Kopfschmerzen lachen müssen.

»Pfeife!«

»Du mich auch! Also was folgerst du? Weil, ich mein, den Kübrich haben sie ja nicht geköpft, sondern ersäuft.«

»Schon, schon. Ich meine, vielleicht will uns der Täter etwas zum Motiv sagen. Heinrich war immer für die Meinungsfreiheit und hat in vielen Fällen für die Gleichberechtigung der Frau Partei ergriffen. Vielleicht war er jemandem ein Dorn im Auge. Ich meine, das Bild der Olympe ist schon sehr bewegend. Der Kampf für Moral und höhere Werte in Bezug auf die Frau. In dieser Zeit war das schon äußerst gewagt. Oh la la!«

»Kann's vielleicht sein, dass der Mord gar nicht unbedingt mit deiner Olympe da zu tun hat? Vielleicht hat er ja mit irgendeinem Weibsbild in Paris … und so weiter und hat sie dann sitzen lassen. Und sie hätte ihm am liebsten den Schädel runtergerissen. Also bildlich runtergehauen. Und das war jetzt die Rache?«

»Nein, nein. Dazu habe ich Heinrich zu gut gekannt. Er ist das Opfer. Ganz bestimmt. Er ist Olympe.«

»Also doch schwul! Sag ich doch.«

»Sanktus. Bleib jetzt bitte sachlich. Nur weil er gerade Single war, ist das noch lange kein Grund. Nein, nein. Hier ist ein Bild dahinter. Eine Botschaft.«

»Wenn du schon einen Rachefeldzug vermutest, Jens, hat der Heinrich Feinde gehabt?«

»Da muss ich überlegen, Sanktus. Das dauert ein wenig. Ich rufe dich in einer halben Stunde wieder an.«

»Wunderbar. Servus … äh … Jens …«

Kaum gesprochen ist der Sanktus wieder eingeschlafen. Geträumt hat er, dass ihm der Drengler beim
Schichtl auf der Wiesn mit der Guillotine laut lachend
den Schädel runter haut. Na bravo.

Der nächste Anruf hat nicht lange auf sich warten lassen.

»Jens?«, hat der Sanktus sofort gefragt.

»Guten Tag, mein Name ist Schmidtke von der FLB
Bank Castrop-Rauxel. Dürfte ich kurz einige Minuten
Ihrer wertvollen Zeit in Anspruch nehmen?«

»Nein!«

»Gut. Vielen Dank. Es geht um ein neues Angebot zu
Ihrer Gold Kreditkarte …«

»Leck mich doch!«, hat der Sanktus ins Telefon
geplärrt, mit dem roten Knopf aufgelegt und das trag-
bare Telefon aus dem Bett geworfen. Schädel kurz vor
dem Platzen.

Das Telefon jetzt anscheinend sauber eingeschnappt und
daher nach circa 15 Minuten schon wieder Geklingle. Der
Sanktus nun tastend im ganzen Bett. Verzweiflung jetzt
gar nix. Warum hat er Depp das Telefon auch wegwerfen
müssen. Also keine andere Wahl, als raus aus dem Bett
und suchen. Das Aufstehen gerade noch in Ordnung,
aber das Bücken nach dem Telefon auf dem Schlafzim-
merboden war ein wahres Tal der Schmerzen.

»Jetzt wennst es wieder du Aff aus Castrop-Rauxel
bist …«

»Sanktus? Hier Jens. Ist was passiert?«, hat der Drengler wissen wollen.

»Nein. Passt scho, Jens. Was gibt's?«, hat der Sanktus geschnauft.

»Mir fiel etwas ein!«

»So? Fiel es dir?«

»Was?«

»Na ein!«

»Sanktus, du solltest nicht so viel Bier trinken. Du sprichst für mich heute in Rätseln. Also mir fiel etwas ein. Heinrich hatte natürlich genug Feinde. Als Anwalt für Strafrecht ist das natürlich ja kaum ein Problem. Aber ich benötigte einige Zeit, um den Bogen von Heinrich über Ben zu mir zu schlagen.«

»Bene, ned Ben!«

»Ben! Sanktus, bei mir heißt Ben immer noch Ben und nicht Benny!«

»Bene!«

»Nee, Ben. Also ich konnte einen Zusammenhang herstellen. Heinrich hat vor drei Jahren Ben in einem Fall vertreten. Und ich hatte Heinrich unterstützt, sodass wir alle drei in diesem Fall verwickelt waren. Der Fall Stangassinger.«

»Stangassinger. Hab ich mal ein Mädel in meiner Klasse gehabt. Aber lass dich ned aufhalten. Erzähl weiter.«

»Also«, ist der Drengler fortgefahren, »Ben hatte mal einen etwas unangenehmen Unfall. Wie soll ich sagen. Also, es war auch Alkohol im Spiel. Also bei Ben. Wir waren alle zusammen beim Abendessen. Etwas außerhalb Münchens. Wir hatten unseren Geburtstag gefeiert. Ben, Heinrich und ich haben im Zweitagesabstand im August Geburtstag. Heinrich und ich waren zusammen mit dem Auto, Siebener BMW, da. Ben kam aus einer anderen Richtung mit seiner S-Klasse. Ich weiß nur nicht mehr, was wir gegessen hatten. Der Wein war auf jeden Fall spitze. Ein Montrachet. Puligny Montrachet. Ich denke, wir hatten Fisch, da der Montrachet ja weiß ist, nö!«

»Is doch so was von wurscht, Jens. Erzähl bitte das Wichtige weiter. Mir platzt der Schädel! S-Klasse waren wir stehen geblieben«, jetzt totales Anflehen seitens Sanktus.

»Ja, Ben kam aus einer anderen Richtung mit seiner S-Klasse, sodass wir nach dem Essen mit zwei Fahrzeugen nach München heimfuhren. Wir waren natürlich alle nicht mehr ganz nüchtern. Ben am wenigsten. Auf der Heimfahrt kam Ben anscheinend ein Wagen auf seiner Fahrspur entgegen. Wäre Ben voll zurechnungsfähig gewesen, hätte er vielleicht ausweichen können. Die Unfallgegner behaupteten später, Ben sei auf ihrer Seite entgegengekommen. Auf jeden Fall kam der entgegenkommende Wagen von der Straße ab und krachte in einen Baum. Ben, der wusste, dass er mit seinem Alkoholpegel automatisch Teilschuld erhalten würde, ist in den Wald geflüchtet. Am nächsten Tag sprach er dann bei der Polizei vor. Er erklärte, er habe einen Schock erlitten und sei frühmorgens im Wald aufgewacht. Ein Bluttest hatte natürlich nach so langer Zeit kein stichhaltiges Ergebnis mehr vorzuweisen.«

»Und was war mit den Leuten im anderen Auto?«, wollte der Sanktus wissen.

»Der Wagen krachte mit der rechten Seite in einen Baum. Der Fahrer blieb relativ unverletzt, die Beifahrerin, seine Verlobte, war auf der Stelle tot. Die Schwester des Fahrers, die auf dem rechten Rücksitz saß, wurde schwer verletzt und verlor ein Bein.«

»Sauber, sag ich. Und wie ist's weiter gegangen?«, hat der Sanktus gefragt.

»Na ja. Es kam zum Prozess. Wir verteidigten Ben, wie schon gesagt. Da der Bluttest natürlich negativ war und wir aussagten, dass Ben fast nichts getrunken hatte, konnte ihm keine Teilschuld zugewiesen werden. Er wurde frei gesprochen, da die Reifenspuren ebenfalls für ihn sprachen. Ich kann mich noch genau erinnern, wie Herr Stangassinger im Gerichtsaal tobte und immer wieder drohte, sich an uns allen, der »gesamten Bagage«, wie er immer wieder schrie, zu rächen.«

»Des ist ja mal a saubere Gschicht. Sakrament, Sakrament. Jens. Der meineidige Jens. Und des als Anwalt«, hat der Sanktus gestichelt.

»Ja, ich weiß, Sanktus. Das war nicht unser Bravourstück. Ich schäme mich heute noch. Ich weiß auch nicht. Aber diese Stangassingers könnten doch hinter diesen Ereignissen stecken. Was meinst du?«, hat der Drengler gefragt.

»Klar! Warum nicht? Ist naheliegend. Wie haben die drei geheißen?«

»Der Fahrer hieß Leonhard Stangassinger. Seine Freundin, die gestorben ist, hieß Julia Schiedermeier oder so ähnlich. Die Schwester hieß Lea, glaube ich. Nein, Lena. Lena Stangassinger!«

»Kreuzkruzifix!«, ist es dem Sanktus entkommen. »Die kenn ich, weil so viele Lena Stangassinger wird's nicht geben. O mei. Des war so eine dicke Nudel. Keiner wollt der was in der Schule. So eine runde Brille hat s' g'habt. Schleiereule, weißt. Und die hat jetzt auch nur noch einen Fuß?«

»Aber so hässlich habe ich sie nicht in Erinnerung. Aber sie verlor nicht nur einen Fuß, sondern das ganze Bein!«, hat ihn der Drengler korrigiert.

»Sag ich doch, Jens. Fuaß! Also Fuß. In Bayern geht der Fuß von den Zehen bis zur Hüfte. Bein gibt's ned bei uns«, hat ihn der Sanktus aufgeklärt.

»Gut. Ist zwar nicht logisch, aber na ja. Und was machen wir jetzt?«, hat der Drengler wissen wollen.

»Anrufen!«, hat der Sanktus geantwortet. »Vielleicht wohnt sie ja noch in München. Wenn ja, treffen wir uns mit ihr und fragen sie a bisserl aus, oder?«

»Oh Sanktus. Das ist keine gute Idee, wenn die mich trifft. Könntest das nicht du übernehmen?«, der Drengler jetzt *so* klein mit Hut.

»Jaja. So ist er, der Preiß. Zuerst legt er falsches Zeugnis ab und dann zieht er den Schwanz ein. Mei, Jens. Aber ich versteh dich. Der Hanspeter möchte sowieso ›a bissle ermitteln‹ heut Nachmittag. Dann nehm ich den mit.«

»Danke, Sanktus. Das vergesse ich dir nie!«, hat der Drengler erleichtert ins Telefon gerufen. Sanktjohanser, der Retter der Witwen, Waisen und Verzweifelten. Was sagst du jetzt? Nichts mehr, gell!

Dann ist er doch einmal aufgestanden. Auf der Uhr war es kurz vor zwölf. Mit zwei weiteren Kopfwehtabletten war der Druck im Schädel einigermaßen erträglich. Für den übersäuerten Magen hat es noch Hausnatron gegeben. Zwei-, dreimal gerülpst, und los hat's gehen können.

Der Sanktus hat die Stangassinger Lena sofort im Telefonbuch gefunden. Sie hat in der Lucille-Grahn-Straße ganz in der Nähe gewohnt. Sie war in der siebten Jahrgangsstufe zu ihm in die Klasse gekommen. In diesem Jahr wurden die Klassen, je nach Französisch oder Latein als zweite Fremdsprache, neu zusammengewürfelt. Die

Lena war aus der B-Klasse gekommen. Ein ganz genaues Bild hat er nicht mehr vor sich gehabt. Nur Schleiereule und dass die Lena recht pummelig war. Seinerzeit sind alle auf die Meret gestanden. An die hat sich der Sanktus noch genau erinnern können. Sie war sitzen geblieben und daher halt schon a bisserl besser entwickelt, sprich Busen und so. Da hat man gar nicht anders können, gell. Also auf jeden Fall, auf die Lena ist keiner scharf gewesen, und das ist bis zum Abi so geblieben. Der Sanktus war sich jetzt gar nicht mehr sicher, ob sie eigentlich bis zum Abi am Luitpold-Gymnasium geblieben ist. Er hat sich auch nicht erinnern können, ob sie überhaupt auf dem Abi-Ball gewesen war. Die Rauschegger Sylvia hat er noch sehr gut im Gedächtnis gehabt. So eine große Blonde im kleinen Schwarzen. Tennisspielerin. Die war die Einzige, die mit offenen Schuhen aufgetaucht ist. War in den 90ern bei 20-Jährigen eigentlich nicht so in. Schöne Zehen hat sie gehabt. An die hat sich der Sanktus heute noch erinnern können. Mit einer Frau mit hässlichen Füßen hätte er nie was anfangen, geschweige denn ins Bett gehen können. Aber von der Lena hat er weder vom Kleid noch von ihren Füßen noch von sonst was ein Bild gehabt. Würde kein einfacher Anruf werden.

»Stangassinger.«

»Sanktjohanser.«

»He, Sanktus! Dass du dich bei mir meldst? Wia geht's da denn?«

Eine angenehme Stimme hat sie ja gehabt, Urteil Sanktus. Und die Klangart bayerisch. Ebenfalls Pluspunkt.

»Kennst mich überhaupts noch, Lena?«, hat der Sanktus wissen wollen.

»Kennen? Wie soll ich dich ned kennen. Ich war von der siebten bis zum Abi in dich verliebt. Aber du hast mir ja nie was wollen. Du bist immer derer Judith nachgestiegen.«

»Meret!« Dem Sanktus ist jetzt ganz anders geworden und er hat überlegt, ob er die ganze Aktion sofort abblasen hat sollen. Aber mei, Risiko?

»Na wegen meiner, Meret. Die ist übrigens mit dem Boris verheiratet.«

»Mit dem Ohlmüller Boris?«

»Exakt!«

»Mit dem Deppen. Der hat doch außer seine Computer gar nix, oder?«

»Doch, Sanktus. An Haufen Geld. Der hat eine super Software entwickelt. Und so greislig wia früher ist er aa nimmer.«

»Scheiß die Wand an und des glei zweimal«, hat der Sanktus geflucht.

»Warum rufst 'n nach 17 Jahr eigentlich bei mir an?«, hat die Lena wissen wollen.

»Des is jetzt eher kompliziert.«

»Kompliziert warst du scho immer. Also schieß los!«

»Ja also. Könn ma des ned irgendwo besprechen. Es geht um euren Unfall von vor a paar Jahr. Ich bin inzwischen so was wie ein Privatdetektiv und da bin ich bei einem Fall drauf gestoßen.«

»Privatdetektiv. Sauber. Der Monaco-Franze war doch auch amal Detektiv. War des ned immer dein großes Vorbild? Du, der Monaco vom Luitpold, und der Gmeinwieser Berti dein Kopfeck Mannä«, hat die Lena gelacht.

»Ja mei. Früher, gell!«, hat der Sanktus abgelenkt.

»Also guad. Was willst 'n wissen?«

»Könn ma uns ned irgendwo auf einen Kaffee treffen? Was meinst?«, hat der Sanktus gefragt.

»Guad. Wann soll ma uns treffen? Gleich heut Nachmittag?«

»Passt, Lena. Wo?«

»Ich bin heut Nachmittag im Prinze. Kommst halt einfach da hin. Sag ma, treff ma uns um halb drei am Kiosk von der Wirtschaft auf an Cappu?«

Der Sanktus hat sich zwar grad nicht eine einbeinige Dicke im Schwimmbad vorstellen können, aber hilft ja bekanntlich nix.

»Passt. Bis um halb drei. Wie erkenn ich dich?«

»Frag ned so dumm. Wirst mich schon noch kennen. Ich kenn dich auf jeden Fall noch.«

Na, das hat ja heiter werden können. Das ganze Kopfweh sofort wieder zurück. Na bravo! Ganz toll!

»Hier isch der automatische Anrufbeantworter der Familie Häberle. Wir sind zurzeit nicht dahoim. Bitte sprechen Sie nach dem Pfeifton«, hat der Anrufbeantworter monoton in Stakkato gesäuselt.

»Hanspeter, was is jetzt? Du wolltst doch a bisserl ermitteln …«, hat der Sanktus ins Telefon, sprich also auf den Anrufbeantworter-Blechdeppen hinaufgeplärrt, und schon hat der Hanspeter abgehoben.

»Pscht. Leise. Des wenn mei Annouk hört, dass ich aa ermitteln tu. Was meinsch, was die ma erzählt?«, hat der Hanspeter gewispert.

»Na geh halt hin, Depp.«

»Bin ja scho da. Was gibt's?«, hat der Hanspeter wissen wollen.

»Wir müssen zum Schwimmen heut. Ins Prinze!«, hat

der Sanktus geträllert und dem Hanspeter die ganze Story vom Drengler und dem Unfall erzählt.

»Mei, des arme Mädle. Des isch scho tragisch. Na, wenn die so dick isch, ob die überhaupt auf Krücken gehen kann. Am End sitzt die no im Rollstuhl. Und die isch amal uf di gstanda? Sauber!«

»Erinner mich ned dran. Stell dir vor, die fangt damit wieder an. Wie gibst du so einer eigentlich einen Korb? Mei, ich weiß ned. Des is mir scho unangenehm, zefix.«

Der Sanktus hat sich anschließend geduscht und eine Tomatensoße für die Mittags-Spaghetti gekocht. Die Martina ist alleine von der Schule heimgegangen und war so gegen Viertel nach eins daheim. Vom nachmittäglichen Badbesuch war sie begeistert. Der Sanktus hat ihr erklärt, dass sie heute ausnahmsweise an sehr geheimen Ermittlungen teilhaben würde und dass sie der Kathi auf keinen Fall was erzählen dürfe. Die Martina natürlich sofort einverstanden. Ein Eis wäre natürlich noch ein adäquates Bestechungsmittel, sodass sie sich auf gar keinen Fall verplappern würde. Die Hausaufgaben hat die Martina dann schnellstens erledigt. Überschall Dreck dagegen.

Die drei haben sich vor dem Bad in der Prinzregentenstraße getroffen und sind zusammen rein. Ein bisserl spät waren sie leider schon dran, weil der Hanspeter von Laim her etwas länger gebraucht hatte. Als sie drinnen am Kiosk vorbei gelaufen sind, haben sie dort keine dicke Frau in einem Rollstuhl gesehen. Vielleicht hat sie die Lena ja versetzt oder sie hat länger gebraucht. Es war sowieso komisch, dass sie sich mit dem Sanktus im Freibad treffen hat wollen.

Das Trio hat sich einen schattigen Platz unter einem Laubbaum gesucht und sich umgezogen. Der Sanktus hat den Hanspeter beobachtet. Als er nur noch in der Unterhose dagestanden ist, hat er sich ein großes Handtuch umgebunden und hat ganz gschamig die Unterhose gegen einen Badehosenslip Marke 1980 getauscht. Brusthaare hat er gehabt wie ein Affe.

Der Sanktus, dem die Aktion mit dem Handtuch schon immer zu blöd gewesen ist, hat sich kurzer Hand nackt aus- und dann seine weiten, angenehmen Badeshorts angezogen. Die Martina hat ihren Bikini daheim schon übergestreift gehabt.

Fertig umgezogen ist die Martina sofort ins Becken, da sie schon eine Freundin getroffen hatte. Der Sanktus ist mit dem Hanspeter erst einmal zum Kiosk zurück.

An den Tischen vor dem Kiosk ist nicht viel los gewesen. Der Sanktus hat keine, die wie die Lena hätt ausschauen können, gesehen. Auf der einen Seite ist ein altes Rentnerehepaar gesessen. Dunkelbraun von der Sonne verdorrt und ausgemergelt. Kurz vor der Mumifizierung, hat sich der Sanktus gedacht. Der Hanspeter hat auch ganz angewidert das Gesicht verzogen. Eine dickere mittelalterliche Dame hat sich auf der anderen Seite mit einer Currywurst mit Pommes beschäftigt. Du hättest meinen können, sie führt einen Krieg mit der Wurst, so hat sie sie mit Messer und Gabel verstümmelt und anschließend hinabgewürgt. Der Sanktus hat verstohlen unter den Tisch gelugt. Zwei Füße, also nicht die Lena. Ein dürrer Herr ist alleine mit seiner Halben Bier und einer Packung filterlosen Zigaretten dagesessen und hat wie eine Dampflokomotive geraucht. Dann waren da noch einige Tische mit jungen Mädchen. An einem Tisch ist eine hübsche vollbusige Brünette mit Kurzhaarfrisur in einem roten Bikini mit weißen Punkten und einem Cappuccino in der Hand gesessen und hat den Sanktus angelächelt. Wär jetzt *eher* was für den Sanktus gewesen, als die anstehende Ermittlung. Ganz sein Typ. G'mahte Wiesn. Der Hanspeter hat verzweifelt sein Adlerauge schweifen gelassen. Doch auch ohne Erfolg.

Als sich die zwei an einen leeren Tisch setzen wollten, hat die hübsche Vollbusige gewinkt und zu ihnen rüber gerufen. Ein kurzer Blick unter den Tisch hat den Sanktus zusammenfahren lassen. Pfeilgrad! Die Lena.

»Kennst mich nimmer, Sanktus?«

»Ehrlich gsagt … naa … eigentlich ned, äh, nimmer«, hat der Sanktus gestottert. »Du warst ja eher oiwei so … ding.« Der Sanktus hat mit seinen beiden Händen so wellige Bewegungen vollführt.

»Fett, ned ding. Los, darfst es schon sagen. Hast ja recht. Bin ich aber schon lang nimmer. Gell, da schaust?«

»Scho, Lena. Ehrlich. Ich hab dich ganz anders in Erinnerung. Oh, übrigens, des is der Hanspeter, mein Spezl und Kollege.«

»Angenehm, Häberle!«, hat der Hanspeter gesagt und sich ein bisserl verneigt.

»So, na san Sie auch a Detektiv?«, wollte die Lena wissen.

»Noi, noi. Auch a Bierbrauer. Stuttgarter Hofbräu, wisset Se!«

»Mei, nett. A Schwob«, hat die Lena mit verträumtem Blick geschwärmt, »ich find des so sexy. Ehrlich. Also schwäbelnde Männer. Des hat so was Echtes, Tiefgründiges, Natürliches.«

»Wirklich, Lena. Sie, des hat ma no niemand gsagt. Heiligs Blechle. Wahnsinn, ha, Sanktus? Was sagsch?«

»Jaja, Wahnsinn, Hanspeter. Wahnsinn«, hat der Sanktus gemurmelt. Das hat er nicht haben können, wenn einer ihm so die Schau gestohlen hat.

»Setzts euch doch her«, hat die Lena gemeint. Die zwei Brauer haben sich also zur Lena an den Tisch gesetzt. Die Lena hat eine makellose Figur gehabt. Nix mehr war von dem Pummelchen aus der Schule übrig. Der Sanktus hat natürlich sofort einen Blick auf die Füße von der Lena werfen müssen, also auf den Fuß. War ja nur einer. Schöne Zehen hat sie gehabt, die Lena. Nägel rot, passend zum Bikini lackiert. Dass er sich an die nicht hat erinnern können, der Sanktus? Sehr fragwürdig. Statt einem zweiten Bein war da nur so ein kleiner Stummel. Trotzdem sehr sexy, hat sich der Sanktus gedacht.

Der Hanspeter hat zwei Halbe Bier bestellt. So viel zum Cappuccino.

Die Lena hat den Sanktus beobachtet, und der hat sich sofort ertappt gefühlt und ist rot angelaufen.

»Also, Buben. Was wollts wissen?«, hat die Lena angefangen.

»Ja, Lena. Also. Es geht um deinen Unfall, wo du, also …«

»An Fuaß eingebüßt hast. Kannst scho sagen, Sanktus. Gibt Schlimmeres. Auf geht's, weiter«, hat die Lena gesagt und gegrinst.

»Ja genau. Die Freundin von deinem Bruder, die Julia, ist ja ums Leben gekommen, und dem Leo ist ja Gott sei Dank nix passiert«, hat der Sanktus begonnen.

»Na ja. Nix passiert is guad. Wenn dir die Freundin stirbt, passiert dir da scho was. Innerlich halt. Der is danach völlig ausgetickt. Mit dem hast du nur noch über den Unfall und über Buße, Sühne und Rache reden können. Ich hab immer versucht, ihn irgendwie in psychologische Behandlung zu bringen. Aber keine Chance. Ich glaub, der is heut noch daneben, und des is jetzt ja scho drei Jahr her«, hat die Lena erzählt.

»Und bei Ihnen, Lena?«, hat der Hanspeter wissen wollen, »wie schaut's da innen aus? Also natürlich nur, wenn i fraga darf?«

»Mei. Gar ned so schlecht«, hat die Lena geantwortet. »Eigentlich gar ned. Ich leb mein Leben inzwischen viel intensiver. Ich lass mich nimmer so stressen. Eigentlich geht's mir besser als vorher. Früher war ich ein Komplexhaufen. Ich hab immer versucht, den anderen z' g'fallen. Jetzt bin ich selbstbewusst. Ich geh aus. Mach Sport. Nächstes Mal möchte ich bei den Paralympics mitmachen. Also eigentlich ois okay.«

»Also Lena. Des isch ja bewundernswert«, hat der Hanspeter gesagt. »Ich find des ganz toll, wie Sie mit diesem Schicksal umgeha.«

Der Sanktus hat immer auf den Fuß von der Lena schauen müssen. Sie hat ihren Flip Flop zwischen dem großen und dem zweiten Zehen ständig so hin und her baumeln lassen. Da hat er nicht wegsehen können.

»Danke, Hanspeter, aber warum wollts ihr denn des alles wissen?«

»Lena«, hat der Sanktus angefangen, »mach ma's kurz. Der Unfallfahrer, der Kammerlander Bene, ist verschwunden. Sein Verteidiger, der Kübrich Heinrich ist gestern tot im Kleinhesseloher See aufg'funden worden. Sein Kollege, der Dreng … äh, Dr. Engler, der auch bei der Verteidigung mit g'holfen hat, kriegt ständig irgendwelche suspekten Mails. Da drängt sich der Verdacht auf, dass sich da jemand ganz gewaltig rächen will. Und wer hätt mehr Grund als dein Bruder, der Leo? Hast ja selber grad gsagt, dass er ganz besessen davon ist. Weißt du, wo der zurzeit wohnt?«

»Hui! Sauber, Sanktus. Des war jetzt aber direkt. Mit der Tür ins Haus, ohne Klopfen. Macht keine Gefangenen heut, der Herr Sanktjohanser«, hat die Lena geschnauft und hat sich mit der Hand über ihr Stummerl gestreichelt. »Ich hätt auch einen Grund, oder?«

»Ja, aber Lena«, hat der Hanspeter geschlichtet, »das nehma mir natürlich ned an. Das wär ja nach Ihren Schilderungen grad auch unverständlich.«

»Könnt aber gelogen sein«, hat der Sanktus erwidert und hat der Lena tief in die Augen geschaut.

»Könnt, Sanktus, könnt«, hat die Lena gestichelt. »Aber bringt ma wegen einem Haxn drei Leut um, frag ich mich?«

»Wieso drei, Lena? Bisher han ma nur von einem gsprocha«, hat der Hanspeter eingehakt. »Des isch jetzt fei scho verdächtig, liebe Lena.«

»Hob i mir halt so denkt. Des war jetzt eher so daherg'sagt, Hanspeter. Ihr habts ja von drei Leut gredet. Und nachdem einer scho tot is und der andere weg. Na liegt's doch auf der Hand, oder? Außerdem hätts ihr euch ja sonst ned mit mir treffen wollen, oder? Ich geb euch mein Wort. Ich war's auf keinen Fall. Aber für den Leo kann ich meine Händ ned ins Feuer legen. Ich hab ihn seit zwei Jahr ned g'sehn«, hat die Lena gekontert.

»Was meinst?«, hat der Sanktus wissen wollen, »könnt er dahinterstecken?«

»Möglich is es, und zutrauen könnt ich's ihm auch. Rein von seinem Wesen her. Der war schon immer rachsüchtig und aufbrausend. Nur nicht bei der Julia. Da war der Bua ganz anders«, hat die Lena sinniert. »Mei, die Julia war sein Ein und Alles. Die wollten heiraten, weil sie halt schwanger war.«

»Schwanger? Scheiße«, ist es dem Sanktus entfahren, »des hamma ned gwusst. Na kriegt das Ganze gleich an andern G'schmack. Einen faden. Na, bravo!«

»Heilandssack«, hat der Hanspeter nur noch rausgebracht.

»Ja, saubere Scheiße, gell. Kann man ihm ned verdenken. Aber wie gesagt, ich hab ihn schon ewig nimmer g'sehn. Er hat den Kontakt komplett abgebrochen. Aber noch einmal, ich tät's ihm zutrauen. Würdets ihr mir Bescheid geben, wenn ihr da was in dieser Richtung rausfinden täts? Also bevor ihr der Polizei was sagts?«

Ratlose Blicke beim Sanktus und Hanspeter.

»Würdest du uns auch benachrichtigen, wenn er sich bei dir melden tät?«, hat der Sanktus erwidert.

»Weiß ich ned. Könnt ich ned sagen. Wenn er jemand umgebracht hat, dann schon. Sonst eher ned. Es is halt doch mein Bruder, und er hat gnug mitg'macht, meints ned?«

»Okay, deal«, hat der Sanktus gemeint.

Der Hanspeter hat gerade angefangen, über Schuld und Sühne oder Ähnliches zu referieren. Dabei hat er der Lena tief in den Ausschnitt geschaut, was seinen vergeistigten Ausdruck noch verstärkt hat. Der Sanktus hat leider nicht zuhören können, da er der Lena ihren verbliebenen Fuß in seinem Schritt gespürt hat. Ganz langsam hat sie ihn zu streicheln angefangen, und der Sanktus jetzt am Schwitzen. Panik Dreck dagegen. Schöne Zehen in dieser Nähe? Verhängnisvoll. Der Sanktus hat geschluckt. Hoffentlich war sein Kopf nicht so rot, dass Gott und die Welt gemerkt haben, was in ihm vorgegangen ist. Gott sei Dank hat der Hanspeter geredet und geredet. Die Lena hat ihm ganz aufmerksam zugehört. Zumindest anscheinend. Der Sanktus hat jetzt ihren Fuß in der Hand gehabt, um Schlimmeres zu vermeiden. Aber Plan A funktioniert ja bekanntlich nie. Nachteil jetzt die angenehm weiten Badeshorts. Schon waren die Zehen drin und auf dem Vormarsch. Der Hanspeter hat gerade genüsslich von seinem Bier getrunken, und so hat die Lena einen Blick vom Sanktus erhaschen können. Der Sanktus jetzt kurz vor der Explosion. Den großen Zeh an seinem erotischen Zentrum, hat ihn die Lena lüstern angeschaut, sich mit der Zunge über die roten Lippen geleckt und mit dem Zeigefinger einer Hand verwegen über die Narbe an ihrem Stummerl gestrichen. Das war jetzt eindeutig zu viel für den Sanktus. Er ist aufgesprungen und hat gestottert: »Is's euch eigentlich aa so warm? Gemma ins Wasser?«, und dabei verloren in Richtung Schwimmbecken gezeigt.

»Klar, Sanktus. Auf geht's«, hat die Lena gemeint, hat ihre Krücken genommen, ist in ihren Flip-Flop geschlüpft und ist vor den beiden Brauern hergelaufen. Sie hat es sogar geschafft, auf Krücken schwingend sexy mit dem Hintern zu wackeln. Der Sanktus jetzt fix und foxi. Die Lena hat ihre Krücken an den Rand des großen Beckens geworfen und ist mit einem Hechtsprung in das Wasser gehüpft.

»Heilandssack, des Mädle versprüht a Lebensfreud, des isch unglaublich«, hat der Hanspeter philosophiert. »Beneidenswert. Also, Sanktus. Los. Du wolltst doch nei ins Wasser.«

»Ich?«

»Also, jetzt glaub i's aber.« Und schon hat der Hanspeter den Sanktus ins Wasser gestoßen. Sanktus heute zum zweiten Mal überrumpelt. Überfallkommando Scheißdreck dagegen. Wie hat dieser Tag noch enden sollen? Angst und bang ist ihm geworden.

Der Sanktus ist rüber zur Martina geschwommen, die sich gerade auf der großen Edelstahlrutsche getummelt hat.

»Martina«, hat er gerufen. »Kommst du mal kurz, bitte. Ich möchte dich kurz wem vorstellen.«

Die Martina, brav wie sie war, ist gleich zum Sanktus gekommen. Der Sanktus sofort mit der Martina zur Lena.

»Schau, Lena. Des is die Martina, meine Tochter. Martina, des is die Lena, eine alte Schulfreundin von mir.«

Ein kühles »Hallo« ist der Lena noch entkommen, und dann ist sie abgetaucht und von der Bildfläche verschwunden. Der Sanktus hat jetzt durchgeschnauft.

»Was war jetzt das?«, hat die Martina wissen wollen.

»Rettung in letzter Not!«, hat der Sanktus geantwortet. »Merci dir.«

»Kapier ich zwar ned, aber wird scho passen«, hat die Martina geantwortet und ist wieder in Richtung Rutsche weg.

»Also Sanktus, des war jetzt scho a bissle grob«, hat der Hanspeter gemeint.

»So? Für mich hat's gepasst. So a notgeile Gans hab ich scho lang nimmer gsehn!«

»Notgeil? Gans? Also Sanktus, i versteh grad nur Bahnhof.«

»Passt scho, Hanspeter. Passt scho. Pack ma's?«

Der Sanktus und der Hanspeter haben anschließend das Gespräch mit der Lena bei einer weiteren Halben Bier im Schatten des Laubbaums durchdiskutiert. Die zwei Brauer waren sich einig. Der Aufenthaltsort vom Leo hat herausgefunden und der Kommissar Bichlmaier informiert werden müssen. Auf jeden Fall war der Bruder eine heiße Spur. Danach haben sie sich zu einem Nachmittagsschläfchen entschlossen. Kurz bevor der Sanktus eingeschlafen ist, hat er ein hektisches Klicken vernommen. Wie er kurz die Augen aufgemacht hat, hat er die Lena angezogen auf ihren klickenden Krücken vorbei in Richtung Ausgang sausen sehen können. Einen Blick hat sie zum Sanktus schon noch rüber geworfen, der wenn hätte töten können …

»So eine notgeile Gans, so eine notgeile!«, hat der Sanktus gemurmelt und ist dann eingeschlafen.

Kurz vor dem Einschlafen hat er noch zurück an seine Kindheit gedacht, wie er als Drittklässler mit seinem Spezi, dem Buchberger Michi, das Prinze unsicher gemacht hatte. In seiner Erinnerung hat das Freibad nach Chlor, fettigen Pommes und, wenn du den penetranten Kokos-Geruch noch kennst, nach Tiroler Nussöl gerochen. Das war so eine rote Flasche mit weißem Aufdruck. Ausgeschaut hast du nach Anwendung wie eine Ölsardine. Nur der Geruch war halt anders. Ob er besser war, sei dahingestellt.

Wenn du wirklich cool hast sein wollen, bist du nur mit einem Trägershirt, einer Badehose, türkis glänzend oder wahlweise eine andere Farbe der 8oer, und Badelatschen direkt im Bad sozusagen ›erschienen‹. Im Bad hast du dann alle Koryphäen des Viertels getroffen. Fachmännisch hast du gleichaltrige oder jüngere Mitschüler im Becken versenkt oder amerikanische Fernsehserien nachgespielt. Der Klassiker an Spielen war ›Der Mann aus dem Meer‹. Patrick Duffy in hautenger gelber Badehose, weißt du schon noch? Marc Harris, der Unterwassermensch aus Atlantis. Blöd natürlich bei sieben Burschen, und alle wollen natürlich der Patrick sein. Da hat dann nur noch der versöhnliche Gang zum Standl, also Kiosk, geholfen. Test der neuesten Steckerleise. Bunte Rennwagen und Rennmotorräder waren da mal hoch im Kurs. Oder so ein siebengescheites Eis, wo du auf der einen Seite vom Steckerl die Frage gehabt hast und die Antwort nach dem Lutschen auf dem anderen Ende. Größte Erkenntnis: »Wie heißt das Reh mit Vornamen?«; Antwort: »Kartoffelpü!« Super, ha?

Mit dem Eis hast du dich ans tiefe Sprungbecken gesetzt und hast gewartet, bis der riesige Kurti seine Arschbombe vom Dreier zelebriert hat. Der hat sich ganz oben auf den unteren Teil des seitlichen Handlaufs gestellt, ist auf das Brett gesprungen, hat zwei-, dreimal gefedert, und hinab ist's gegangen. Der wenn die Wasseroberfläche durchbrochen hat, waren alle ringsum im Umkreis von drei Metern nass. Tatsache! Riesenapplaus natürlich. Wenn du den Kurti im Bad getroffen hast, hast du ihn natürlich gegrüßt. Wenn er zurückgegrüßt, hat, dann warst du wer. Den Sanktus hat er natürlich immer gegrüßt. Eh klar, oder?

Zum Abendessen ist der Sanktus mit der Martina in die Neue Kirche gegangen. Die Annouk hat sich kurzerhand entschlossen gehabt, den Hanspeter zu begleiten und auch nach Haidhausen zu kommen. So sind die vier in der Kirchenstraße im Freien vor der Neuen Kirche gesessen und haben die Abendsonne genossen.

Haidhausen. Früher Glasscherbenviertel, heute wahnsinnig in. Pendant zu Schwabing, ausgehtechnisch aber noch ein bisserl persönlicher. ›Haidhusir‹, die Häuser auf der Heide, 808 erstmals genannt, ist somit gute 300 Jahre älter als die Landeshauptstadt. Einen der ersten vier Höfe, den Kriechbaumhof, kannst du in der Seeriederstraße als Nachbau noch heute bewundern. Gehabt hat Haidhausen selber wenig. Lehm, aus dem Ziegel gebrannt worden sind, war da. Später war es ein Durchzugsort der Salzstraße nach Wien. Während der Industrialisierung war das Dorf ein Anzugspunkt für Tagelöhner, die in den bekannten kleinen Herbergshäusern gehaust haben. Die armen Verhältnisse haben sich auch nicht geändert, als Haidhausen 1854 nach München eingegliedert worden ist. In den 1870er Jahren ist das berühmte Franzosenviertel, das heutige Zentrum, entstanden, in dem die Straßen nach siegreichen Schlachten des 70er-Kriegs benannt worden sind. Also Sedan-, Metz-, Wörthstraße et cetera. Nach dem Ersten Weltkrieg war Haidhausen rotes Gebiet. Der Mörder von Kurt Eisner, Anton Graf von Arco auf Valley, ist nach dem Attentat anscheinend dort in der Kirchenstraße eingesperrt worden. Aber es war auch in Haidhausen, wo Adolf Hitler 1923 die ›Nationale Revolution‹ ausgerufen hat, nämlich im Bürgerbräukeller am Gasteig, dem gachen Steig, also an der Anhöhe, die man vom Münchner Zentrum hinaufsteigen muss, wenn man nach Haidhausen auf die Isarhochterrasse will. Der Sanktus hat in seiner Kindheit den Umschwung vom Glasscherben- zum In-Viertel miterlebt. Wo früher noch düstere dubiose Boazn, also heruntergekommene Kneipen waren, haben sich im Laufe der Jahre moderne, aber auch urige Wirtschaften und Bars entwickelt. Du kannst heute in diesem Viertel zwischen Rosenheimer, Steinstraße und Ostbahnhof keine 50 Meter gehen, ohne dass du an einem Lokal vorbeikommst. Im Sommer besonders schön, wenn die jungen Damen in knapper Kleidung auf den Terrassen und in den Biergärten ein Sonnenbad bei kühlem Getränk genießen. Und das hat der Sanktus von Jahr zu Jahr studieren können. Da kannst du aufwachsen, in Haidhausen!

Kaum haben der Hanspeter und der Sanktus die Getränke für sich, die Martina und die Annouk bestellt gehabt, hat der Drengler schon beim Sanktus angerufen. Quintessenz kurz und prägnant. Er sei in fünf Minuten mit der Ulli und der Betty-Lou auch da, und der Plodek kommt ebenfalls noch nach. Wunderbar! Wie hat dieser Tag noch enden sollen? Gute Frage – nächste Frage!

Zwiespalt natürlich jetzt angesagt! Die Annouk hat nichts vom Ermitteln wissen *sollen,* und der Drengler natürlich alles wissen *wollen.* So ist es nicht ausgeblieben, dass die Annouk jede Einzelheit – und war sie noch so klein – von den kriminalistischen Unternehmungen ihres Ehemannes erfahren hat. Geschimpft hat sie ihn komischerweise überhaupt nicht. Der Hanspeter natürlich extrem verblüfft. Du hast so richtig gesehen, wie sexy die Annouk diesen draufgängerischen Zeitvertreib ihres gelockten Schwaben gefunden hat. Weiber! Die Annouk Französin und daher doppelt unvorhersehbar. Die Martina war natürlich überstolz, dass sie bei diesem Kriminalfall im Schwimmbad dabei sein hat dürfen.

Der Plodek hat ganz intensiv zugehört und immer wieder nachgefragt und eingehakt. Gschaftlhuber extrem. Die Geschichte mit dem Stangassinger Leo hat ihm überhaupt keine Ruhe gelassen, und richtig versessen war er darauf, diesen Mann zu finden. Endlich sei ein Verdächtiger da. Und die Schwester muss doch was wissen! Der Sanktus hat sich schön langsam gefragt, ob der Plodek und der Kübrich vielleicht miteinander ...? Weil der Bub gar ein so ...? Fast hat es ihm ein bisserl leidgetan, das Plodek-Bürscherl.

»... muss doch morgen die Polizei sofort die Fahndung einleiten«, hat der Drengler doziert, weil er ja wahrscheinlich dem Bichlmaier seine Arbeit hat erklären müssen. Ganz klar. »Das liegt doch auf der Hand. Das ist doch ganz logisch. Man kann doch so ein gewalttätiges Individuum nicht so ohne Weiteres in der menschlichen Zivilisation belassen. Äh, Herr Ober! Ich hätte noch gerne so'n lecker Weizen! Danke!«

Der Bhupinder hat völlig verwirrt geschaut und gemeint: »Ich hab only Sternbrauweisen. Habe normal, dunkel und light.«

»Na, geben Se schon so'n Normales«, hat der Drengler genörgelt.

»Na sag du, was du willst. Ramakrishna sagt ...«

»Hanse, passt! Bring ihm a Weißes, und gut is's. Der eine Klugscheißer langt mir in d'Haut. Ich brauch ned no an zweiten«, hat der Sanktus den Inder unterbrochen. Der Bhupinder ist murmelnd und kopfwackelnd in sein Lokal zurück.

»So. Was essen wir denn Feines?«, hat der Drengler, während er in die Karte geschaut hat, gemurmelt.

»Jens, du kriegst heut an Olympiateller. Aus aktuellem Anlass, gell?«, hat der Sanktus ihn geärgert.

»Wieso Olympiateller?«, wollte die Annouk wissen. »Den gibt's doch eigentlich beim Griechen.«

»Mei. Annouk«, hat der Sanktus erwidert, »beim Herrn Doktor gibt's alles. Er ist halt kriminalistisch und geschichtlich äußerst veranlagt. Und mit der Französischen Revolution hat er's halt besonders. Aber samma lieber stad, sonst haut er uns noch mit der Guillotine den Schädel runter. Da kennt er sich besonders gut aus, der Jens. Gell, Jens? Sag halt auch amal was!«

»Ich gebe nicht auf. Da gibt's 'ne Verbindung, Sanktus. Auch wenn du das nicht wahrhaben willst. Ich finde das schon noch heraus.« Dann hat der Drengler die ganze Geschichte von besagter Olympe noch mal erzählt. Zustimmendes Nicken allerseits.

Wie er endlich fertig war, hat der Sanktus nur in die Runde gefragt, ob alle dann auch der Meinung seien, dass der Stangassinger Leo, den ja alle als Hauptverdächtigen deklariert hatten, das alles mit seiner Hauptschulbildung inszeniert haben könnte. Jetzt große Ratlosigkeit statt Zustimmung. Das alles hat den Sanktus sehr an die Verschwörungstheorien seines Freundes Bummerl vor vier Jahren erinnert. Der Bummerl hatte auch partout beweisen wollen, dass eine geheime Bruderschaft, die sich um das Reinheitsgebot sorgt, in München ihr Unwesen getrieben hat. Und schon hat der Drengler zu seinem nächsten Monolog angesetzt.

»Ach, das indische Essen. Das ist ja köstlich. Köstlich, sag ich euch. Wusstet ihr, dass Curry ja gar kein Gewürz, sondern eine Zubereitungsart ist. Also sozusagen die Mischung verschiedenster Gewürze und Zutaten. Darum heißt es ja auch nicht Curry-Lamm, sondern Lamm-Curry. Man hat dann einst versucht, die Zutaten wegen des Transports nach Europa zu trocknen, und da ist dann unser Currypulver herausgekommen. Kläglicher Versuch. Werdet ihr gleich feststellen, wenn ihr das wunderbare Lamm-Curry vergleicht.«

Der Sanktus hat sich gefragt, ob der das überhaupt schon mal in diesem Lokal gegessen hat. So ein Schwätzer!

»Da müsst ihr unbedingt Naan dazu nehmen. Das ist vorzüglich. Diese Harmonie der Schärfe mit dem gebutterten Gebäck, das somit gleich als Neutralisierer wirkt. Einfach himmlisch. Auf meiner Rundreise durch Rajastan – 2004, oder war es 2005 ...«

Die Ulli hat kurz zur Antwort ansetzen wollen, aber der Drengler hat sie nicht zu Wort kommen lassen.

»... egal, da hatten wir jeden Tag ein neues kulinarisches Erlebnis. Wenn ihr also Fragen zum Menu habt, zögert nicht. Bei mir seid ihr in besten Händen. Ach, da fällt mir ein, ich war dort zur Zeit des Holifestivals. Kennt ihr das? Ganz Indien feiert ausgelassen, und alle bewerfen sich mit Farben. Ulrike und ich waren über und über voll Purpur. Diese Herzlichkeit der Menschen in Indien, nicht wahr, Ulrike? Das kennt man hier ja gar nicht. Diese Offenheit und diese ausgestrahlte Ruhe. Mystisch. Ich sage es euch, mystisch. Aber zurück zu den Köstlichkeiten. Äh, Sanktus, was nimmst du denn zum Beispiel?«

»Pizza Regina«, kam's zurück.

Ein leises »Oh« seitens Drengler.

Gott sei Dank ist dann das Essen nach der Bestellung recht schnell gekommen, und der Lärmpegel hat sich gelegt. Dem Sanktus war das nur recht. Hat ja nicht ganz Haidhausen und Umgebung die Geschichte mitkriegen müssen. Der Tisch hat sich gebogen vor lauter Curries,

Reis, Naan und Roti. Sogar die Martina und die Betty-Lou haben das erste Mal indisches Essen probiert. Und zwischendrin allein der Sanktus mit Pizza, weil indisches Essen wirklich viel zu neumodisch. War er niemandem neidisch. Man muss auch mal verzichten können, hat er sich gedacht.

Gleich nach dem Essen ist er dann mit der Martina heimgegangen, weil am nächsten Tag Schule und die Kathi zurück. Da würde eine müde Martina schlecht ankommen. Also lieber Vorsicht als Nachsicht.

Der Sanktus hat mit dem Drengler noch ausgemacht, dass sie dem Kommissar Bichlmaier am nächsten Morgen einen Besuch abstatten müssten. Der Drengler würde den Sanktus wieder abholen.

Daheim hat der Sanktus die Martina ins Bett gebracht und sich noch mit einem Flascherl St. Magdalener auf den Balkon gesetzt. Kurz nach halb neun hat es geklingelt, und die Anna ist mit verheultem Gesicht und versautem Make-up vor der Tür gestanden.

»Des is so ein fieses Schwein …«, hat sie geheult.

»Wer, Annerl? Wer denn? Der Jean-Pièrre vielleicht?«

»Ja, genau der. Zuerst verzählt er mir, er will mich heiraten, und dann seh ich ihn Arm in Arm mit so einem jungen Flitscherl im Minirock, dass grad der Arsch ned rausschaut, in der Maximiliansstraß'. Grad gebusselt ham's. Ich mag den nie wieder sehn!«

»Ja sauber. Geh, sag so was ned«, hat der Sanktus geheuchelt. »Magst an Schluck Roten?«

Die Anna hat geschnieft und genickt. Der Sanktus hat es gar nicht gern gehabt, wenn jemand seiner Schwester was zuleide getan hat. Die Anna hat den Sanktus eigentlich aufgezogen. Der Vater war früh gestorben, und die Mutter hat versucht, die Familie durchzubringen. Seine Schwester war immer für ihn da gewesen.

Und so sind die zwei auf dem Balkon in der lauen Abenddämmerung gesessen, und die Anna hat dem Sanktus ihr Herz ausgeschüttet. Drei Flaschen sind's dann schon noch geworden. Die Anna ist anschließend auf dem Kanapee eingeschlafen, und der Sanktus hat sie zugedeckt und gegrinst. Nicht dass du meinst, er hätt sich gefreut, dass die Anna einen Liebeskummer hat. Nein, gefreut hat er sich, weil er wieder einmal mit seiner Menschenkenntnis recht gehabt hat. Er hat die Leute vom ersten Anblick und Eindruck an einschätzen können. Praktische Gabe, glaubt dir nur keiner, und du bist der ewige Pessimist. Den Jean-Pièrre, den würde er sich schon noch vornehmen. Weil eine Sanktjohanserin ersetzt man nicht so mir nichts dir nichts durch irgendeine billige Schlampen. Als der Sanktus so alleine in seinem Bett gelegen ist, hat er die Kathi auf einmal ganz extrem vermisst und sich schon riesig gefreut, wenn sie am morgigen Abend wieder heimkommen würde. Mit diesem Gedanken ist er dann entspannt eingeschlafen.

IRGENDWO IN MÜNCHEN

Er wusste nicht, wie viele Tage er nun schon in diesem unterirdischen Gefängnis verbracht hatte. Das Wasser war abgelassen und verschaffte ihm die Möglichkeit, zu trocknen. Nackt und gefesselt saß er in diesem Becken fest. Abwechselnd wurde er von Hitzewallungen und Schüttelfrost heimgesucht. Er hatte sich durch seinen langen Aufenthalt im Wasser eine Erkältung geholt. Das Fieber musste ziemlich hoch sein, da er fühlte, wie sein Kopf vor Hitze glühte. Seine Hände und Füße schmerzten höllisch an den Stellen, an denen sie an die Bottichwand gefesselt und wund gerieben waren. Immer wieder driftete er weg, doch der stechende Schmerz im Moment des Wegsackens ließ ihn wieder und wieder erwachen. Bisher hatte er nichts zu essen erhalten und war dementsprechend geschwächt. Seine Exkremente waren von seinem Peiniger in den Abfluss des Bottichs gespritzt worden. Leise konnte er wieder Musik hören. Die Decke über ihm begann sich zu bewegen. Die Wellen des Flusses wogten über ihm. Blau schimmernd. Blau, nur blau. Die Moldau. Immer und immer wieder die Moldau. War es die Musik seines bevorstehenden Todes? Er begann zu stöhnen, als das Wasser wieder in den Bottich zu laufen begann.

FREITAG

Nachdem der Sanktus die Martina noch ein paar Meter in Richtung Schule begleitet hatte, hat er noch in Ruhe mit seiner Schwester gefrühstückt. Die Anna hat noch immer nicht gut ausgeschaut, ausgespieben kein Ausdruck, aber schon besser als am Vorabend. Sie hat sogar ein bisserl gelächelt. Der Sanktus war guter Dinge, dass sie den Jean-Pièrre schnell überwinden würde. Vor lauter Freude darüber hat der Sanktus natürlich viel zu viel Marmeladen- und Nutellasemmeln in sich hineingestopft. Kaffee gefühlte drei Liter. Das war natürlich keine sehr gute Idee, wenn du weißt, was danach gekommen ist. Eher sau-, saudumme Idee.

Weil die Fahrt mit dem Drengler durch München war genauso grausam wie beim ersten Mal. Nürburgring gar nichts dagegen. Dass dieser Mann überhaupt noch einen Führerschein besessen hat? Wahres Wunder. Der Sanktus in der Löwengrube kurz vor dem Kotzen. Aber wie bei der letzten Fahrt ja nichts zugeben. Klare Frage der Ehre.

Wie sie in das Büro des Kommissars gekommen sind, war der Sanktus sprachlos. Einsatzzentrale aus einem Fernsehkrimi praktisch Kindergeburtstag. An einer Pinnwand waren Bilder vom Kleinhesseloher See und vom toten Kübrich. Schön war der nicht anzuschauen, also der Kübrich. So blass und aufgedunsen. Und das bei seinem eh schon ramponierten Magen. Daneben eine Karte von München und Umgebung sowie eine Deutschlandkarte.

Beide waren gespickt mit bunten Nadeln, dass du gemeint hast, der Demuth und der Bichlmaier haben im Suff mit gefühlten zwei Promille Darts gespielt. Auf einer Tafel waren Namen und Orte aufgeschrieben und untereinander in den verschiedensten Farben verbunden. Kübrich, Kammerlander, Swapingia … Sogar Sanktjohanser ist draufgestanden.

»Soko 5113, Folge 367, Wasserleiche, oder? Sauber, Bichä! Hast du des alles so schön gmacht?«, hat der Sanktus gemeint.

»Naa, der Demuth«, hat der Kommissar geantwortet. »Der braucht alles visualisiert, sagt er. Ausschauen tut's bei uns wie bei de Hottentotten, und rausbringen tut er deswegen auch ned mehr. Also schießts los. Was gibt's Neues?«

Der Sanktus hat nun die Geschichte von der Lena und deren Bruder erzählt.

»Hard oder Pold?«, wollte der Demuth wissen.

»Hä?«, seitens Sanktus, Drengler und Bichlmaier.

»Na halt Leonhard oder Leopold Stangassinger?«

»Dann Hard«, ist die Antwort vom Sanktus gekommen. Der Demuth hat die Lena und den Leo sofort mit verschiedenen Farben und mit Linien und Fragezeichen bestückt in sein ›Big Picture‹ eingebettet. So schnell hast du gar nicht schauen können, waren die zwei mit dem Fall vernetzt.

»Demuth, machen S' mal was Nützliches und prüfen S' bitte, wo der Stangassinger gemeldet ist. Ich glaub, wir sollten dem Herrn mal einen Besuch abstatten«, hat der Bichlmaier angewiesen.

»Und Bichä, was gibt's bei dir Neues?«, wollte der Sanktus wissen.

»Ned viel. Wir haben den Kammerlander bis Dienstagabend zurückverfolgen können. Am Wochenende war er in den Bergen. In Berchtesgaden. Am Freitag ist er den Jenner rauf. Hat einmal am Schneibsteinhaus und einmal auf der Gotzenalm übernachtet und ist dann über den Königssee zurück. Herrschaftszeiten. Da müsst ich auch amal wieder nauf. Ma kommt einfach zu gar nix mehr. Aber weiter. Am Montag hat er noch mit einem Doktor Mattert Mailkontakt gehabt. Da ist's über einen anstehenden Ärztekongress gegangen. Am Dienstag hat er in seiner Klinik noch eine Operation durchgeführt. Am Abend ist er dann zu seiner Verbindung auf mehrere Biere gegangen. Da muss er so bis halb zwölf gesessen sein. Das haben mehrere Mitglieder bestätigt. Auch der Plodek. Der ist ein ganz vifes Bürscherl, gell? Daheim ist der Kammerlander aber nie angekommen. Wir haben den Weg x-mal untersucht. Keine Spuren. Es ist wie verhext. Zum Aus-der-Haut-Fahren. Wir haben auch schon über das Radio ausgestrahlt, ob irgendjemandem was aufgefallen ist. Aber nichts. Gar nichts …«

Ein Aufschrei vom Drengler hat die Worte des Kommissars unterbrochen.

»Ne Mail. Ich habe gerade 'ne neue Mail erhalten. Wieder der Name eines unserer Kunden. Was ist denn das? Das ist ja grausam. Seht mal!«

Auf dem Bild hast du einen grausigen schwarzen Sensenmann auf einem drachenähnlichen Untier durch eine Gasse reiten, ja fliegen sehen können. Das Wesen hat anstatt Feuer einen weißen Hauch ausgestoßen. Düsterste Atmosphäre. Tote, sogar anscheinend eine in weiß gekleidete Braut, sind in der Gasse gelegen.

»Was soll jetzt das?«, hat der Sanktus gemeint. »Zuerst schickt er Wasser, dann eine Guillotine und jetzt so einen Sensenmann. Is der greislig. Da is mir der Boandlkramer aus dem Brandner Kaspar viel sympathischer.«

»Ich verstehe das auch nicht. Also das Wasser ist sozusagen die Einleitung. Es kam am Montag. Einen Tag nach der Entführung Heinrichs. Und am Mittwoch. Einen Tag nach dem Verschwinden Bens«, hat der Drengler kombiniert. Ganz der Hercule Poirot jetzt.

»Bene«, hat der Sanktus gemurmelt.

»Die Guillotine kam am Abend vor Heinrichs Tod. Aber wie soll das mit diesem Bild zusammenhängen?«, hat der Drengler gemurmelt.

»Schwierig. Soll der Demuth mal googeln«, hat der Bichlmaier gesagt. »Schicken S' uns die Mail bitte weiter. Kann er das Bild dann ausdrucken und zu seiner Sammlung pappen. Also wir haben jetzt zweimal Wasser, zweimal ein Bild, aber nur eine Koordinate.«

In diesem Moment ist der Demuth schon wieder zurückgekommen. »Wie vom Erdboden verschluckt!«, hat der Demuth verkündet. »Der Stangassinger Leo ist nirgends gemeldet. Bis vor zwei Jahren war ›wohnhaft Karl-Marx-Ring‹ in Neuperlach vermerkt. Aber nun? Nichts, niente, nada. Nicht mehr auffindbar.«

Der Demuth hat sich nun die Mail angeschaut und sofort zu googeln begonnen. Der Rest hat ihm still zugesehen.

»Die Best, die Best. Es ist die Best von Arnold Böcklin, 1898.«

»Die Pest«, hat der Sanktus gemurmelt. »Warum die Pest? Zuerst die Guillotine und jetzt die Pest. Wie hängt das zusammen? Was symbolisiert die Guillotine? Weiß das wer?«

»Die Französische Revolution!«, hat der Drengler gerufen.

»Rübe ab!«, der Bichlmaier.

»Der schnelle Dod«, der Demuth.

»Des is's!«, hat der Sanktus aufgeschrien. »Der Kübrich war weg, und nach zwei Tag haben wir ihn im Kleinhesseloher See gfunden. Ein schneller Tod. Tschack, fertig! Der Bene ist schon einen Tag überfällig, wenn wir ihn heute nicht zufällig finden sollten. Also kein so schneller Tod. Aber warum Pest? Herr Demuth, könnten Sie bitte kurz googeln. Sehr nett, danke.«

Und dann hat er gegoogelt, der Franke, und gemurmelt hat er dazu: »Best … Böcklin … naa, des bringt nix … Seuche … Symbol für den Krieg, Nationalsozialismus … Käs is des … Siechtum … SIECHTUM, oder?«

»Siechtum!«, hat der Bichlmaier gemeint. »Siechtum. Das könnt sein. Nehmen wir's mal an. Ein langsamer Tod. Scheiße. Der hat den Kammerlander irgendwo versteckt. Und wir Deppen kommen keinen Schritt weiter. Wir brauchen diesen verdammten Stangassinger. Zefix!«

Der Sanktus hat sich mit dem Drengler zur Wohnung der Stangassinger Lena in der Lucille-Grahn-Straße aufgemacht. Lucille gesprochen »Lu-zi-le«. Vielleicht würden sie bei der Lena doch noch was über den Aufenthalt ihres Bruders rauskriegen. Der Sanktus hat ihr definitiv nicht geglaubt, dass sie gar nicht gewusst hat, wo der Leo hat stecken können. Der Drengler hat unten auf der Straße gewartet, weil die frühere Sache immer noch sehr unangenehm.

Die Lena hat dem Sanktus barfuß aufgemacht. Der Sanktus hat sofort einen Blick auf ihre Zehen werfen müssen. Heute waren es wieder zehn. Fünf von der Lena, fünf von der Prothese, die sie getragen hat. In der gleichen Farbe lackiert. Verreckt, hat der Sanktus gedacht. Technik, die begeistert. Er ist aber durch einen Aufschrei aus seinen Gedanken gerissen worden.

»Ja wie schaust denn du aus? Hast du an Unfall ghabt?«, hat der Sanktus gerufen.

Die Lena hat ein Veilchen und eine aufgeplatzte Lippe gehabt, da sagst du ›Sie‹!

»Einen kleinen. Ja. Ich bin die Treppe runter gfallen. Komm mit meiner neuen Prothese noch ned so zurecht. Ist saublöd g'laufen. Was willst denn?«

»Darf ich reinkommen?«, hat der Sanktus gefragt.

»Wenn's sein muss«, die Erwiderung von der Lena.

Der Sanktus ist der hinkenden Lena in die Wohnküche gefolgt.

»Lena, es is a so«, hat der Sanktus angefangen, »ich wollt dich noch amal fragen, ob du ned irgendeinen Hinweis oder doch einen Tipp hast, wo der Leo sein könnt. Wir haben den Kammerlander immer noch ned gfunden. Weißt gar nix? Sag, ha?«

»Ich hab's dir doch schon gsagt, Sanktus. Ich hab den Leo seit zwei Jahr nimmer gsehn. Da kannst so viel fragen, wie du willst. Des hilft nix. Und jetzt gehst bitte. Ich hab mords Schädelweh von meinem Sturz. Ich möcht mich hinlegen.«

»Kann ich dir irgendwie helfen?«, hat der Sanktus mitfühlend gefragt.

»Nein danke. Am besten hilfst mir, wennst jetzt gehen tätst.«

»Und des blaue Aug hast ned zufällig vom Leo?«, hat der Sanktus einfach mal so in die Runde geworfen.

»Naus jetzt! Des mag ich mir nimmer anhören.« Und

mit einem »Servus« hat die Lena den Superdetektiv aus ihrer Wohnung komplimentiert.

Beim Hinausgehen hat der Sanktus am Telefonkästchen einen handgekritzelten Zettel mit einer 08168-er-Nummer bemerkt. Würde der Drengler nachher googeln müssen, weil Smartphone beim Sanktus Fehlanzeige.

»Die weiß was. Des is so sicher wie das Amen in der Kirche«, hat der Sanktus doziert, als sie anschließend in der Kanzlei bei einer heißen Tasse Kaffee gesessen sind.

»Denke ich auch. Und dass die Verletzung von einem Sturz herrührt, bezweifle ich extrem. Ich hatte da mal einen Fall …«

»Jaja. Passt schon, Jens!«, hat ihn der Sanktus unterbrochen. »Hast du die Vorwahl schon gegoogelt?«

»Moment. Habe ich gleich. Attenkirchen!«

»Attenkirchen? Das hinter Freising? Ist das dieses Attenkirchen?«

»Ja exakt«, hat der Drengler bestätigt und wieder einen Aufschrei getan. Tag der Aufschreie anscheinend heute. »Eine neue Mail!«

Der Sanktus ist aufgesprungen und hinter den Bildschirm gehastet. Der Drengler hat die Mail gerade geöffnet gehabt. Sie hat neue Koordinaten und ein Bild enthalten. Das Bild hat einen Menschen, nackt in einem Bottich, mit Händen und Füßen an die Bottichwand gekettet, gezeigt. Beim genauen Hinschauen haben die beiden den Kammerlander erkannt, wenn auch in äußerst schlechter Verfassung.

»Ben, was haben sie mit dir gemacht?«, hat der Drengler in den Bildschirm hineingefragt. »Er ist's schon, oder? Was meinst du, Sanktus?«

»Schon. Schau. Sein Ohrring. Sein Markenzeichen. Den hat er schon als Bub g'habt, den kenn ich genau. Hat er ja auch schließlich jedem erzählt, dass der ein altes Erbstück von seinem Opa aus dem Dachauer Land war. Schau amal, was für Koordinaten des sind.«

Der Drengler hat die Koordinaten ins Internet eingegeben.

»Lass mal sehen. Das ist irgendwo in der Einöde zwischen zwei Dörfern. Fuchsing und Gmeinhofen.«

»Wo is denn des? Mach mal größer, Jens!«

Und dann ist den beiden die Kinnlade runtergefallen. Der Einödhof, den das Satellitenprogramm ausgespuckt hatte, ist in der Nähe von Attenkirchen hinter Freising gelegen.

Die beiden haben die Mail sofort dem Kommissar Bichlmaier weitergeleitet und daraufhin versucht, ihn anzurufen. Aber leider konnten sie weder ihn noch den Demuth erreichen. Das dynamische Duo war sich sofort einig, dass sie in diesem Fall selbst handeln müssen, um keine Minute zu verlieren. Sie haben noch beschlossen, den Hanspeter mitzunehmen, der mit seiner Frühschicht bereits fertig war. Sie wollten ihn auf dem Weg zur A9 in Laim einsammeln, was dieser aber abgelehnt hat, weil er direkt an der U4 an der Friedenheimer Straße gewohnt hat. Er würde in 20 Minuten am Prinzregentenplatz sein. Dort haben sie ihn abholen sollen. Der Drengler ist wie immer mit vollem Karacho, dass du gemeint hast, er will die Prinzregentenstraße komplett mit Pneu planieren, aus der Tiefgarage hinausgestochen.

»Scheiße!«, ist es dem Sanktus entfahren. »Verdammte Scheiße. Zefix, zefix und noch amal zefix!«

»Was ist denn los, Sanktus?«, hat der Drengler wissen wollen.

»Die Martina! Mist. Ich hab die Martina vergessen. Die hat grad Schule aus und kommt zum Mittagessen heim. Die Kathi ist doch auf einem Seminar, und so schnell kann ich jetzt mit der Anna auch nix mehr ausmachen.«

»Leider kann sie auch nicht mit Betty-Lou nach Hause. Die hatte heute Morgen 40 Fieber und konnte nicht am Unterricht teilnehmen … Lass sie uns doch einfach mitnehmen«, hat der Drengler zum Besten gegeben.

»Die bringt mich um. Definitiv. Ohne mit der Wimper zu zucken.«

»Wer? Martina?«

»Naa, die Kathi, wenn die das erfährt. Ich kann doch ned a neunjähriges Mädl mit auf, ja sagen wir's ruhig, mit auf Verbrecherjagd nehmen.«

»Bin ja ich dabei, Sanktus. Außerdem ist Gefahr in Verzug. Also holen wir sie ab oder nicht?«

»Gut. Wenn, musst halt du oder die Ulli ein gutes Wort bei der Kathi einlegen.«

»Na, dein Wort in Gottes Ohr, Sanktus. Also los geht's«, hat der Drengler gesagt und das Lenkrad nach rechts gerissen und ist durch enge Straßen von der Prinzregenten- zur Einsteinstraße geschossen. Blitzer hätte keiner kommen dürfen. Einige Passanten haben den rasenden Drengler verflucht und ihm auch den Stinkefinger nachgezeigt und so was wie »Blöde Sau« gerufen. Aber den Jens hat das nicht interessiert. Nur als er fast eine Katze überfahren hätte, hat er kurz geflucht. Aber nur so ganz leise und nur ein kleines bisserl.

Der Jaguar ist mit quietschenden Reifen vor der Flur-
schule zum Stehen gekommen. Eine Mädchengruppe hat
sie mit staunendem Blick begutachtet. So ein Jaguar macht
halt doch was her. Der Sanktus hat der Martina ein Zeichen gegeben, und die ist dann natürlich wie eine Prin-
zessin in den Nobelwagen eingestiegen und hat ihren
Freundinnen beim Losfahren noch zugewinkt. Queen
Elizabeth Anfängerin dagegen.

»He, das ist ein Service heute. Das könnts öfters
machen. Habts ihr gesehen, wie die Melanie geschaut
hat? Geil! Einfach geil! Fahren wir ned heim?«

»Naa, Martina«, hat der Sanktus angefangen, »wir
haben einen Auftrag, verstehst. Du kannst dich doch
bestimmt noch gestern an den Stangassinger erinnern?«

»Ja klar!«

»Wir glauben, wir haben rausgefunden, wo er ist.«

»Und wir erwischen die Polizei nicht«, hat der Drengler vervollständigt.

»Und da ja sozusagen Gefahr in Verzug ist …« Aber
weiter ist der Sanktus nicht gekommen.

»Verhaften wir den jetzt? Super. Bin dabei. Ich sag auch
der Mama nichts. Können wir vielleicht vorher noch bei
irgendeinem McDonald's vorbeifahren? Ich hab einen
Sauhunger.«

»Clever, die Kleine, Sanktus. Echt«, hat der Drengler gesagt.

»Hat sie ja auch von mir«, hat der Sanktus erwidert.
»Ned genetisch halt. Aber Prägung, verstehst? Aber wirklich nichts zur Mama, Martina. Sonst bin ich einen Kopf
kürzer. Und du wahrscheinlich auch.«

»Ich werde schweigen wie ein Grab«, hat die Martina feierlich verkündet und hat ihre Faust dem Sanktus

entgegen gehalten. Der hat sich umgedreht und seine dagegen gestoßen und der Martina zugezwinkert. Lage gesichert.

Am Prinzregentenplatz haben sie den Hanspeter noch aufgesammelt, der bereits an der Bushaltestelle auf sie gewartet hat. Und schon hat der Drengler Gas gegeben. Lauda, Schumacher oder Vettel kannst du dir jetzt aussuchen. Es ist auf jeden Fall mit Vollgas die Prinzregentenstraße am Käfer vorbei, mit quietschenden Reifen den Friedensengel runter in die Wiedenmayerstraße gegangen. Beim Abbiegen hätte der Drengler fast einen ebenfalls mit Lichtgeschwindigkeit unterwegs gewesenen Radkurier rasiert. Rasiert hat er ihn ja Gott sei Dank nicht, aber frag nicht, wie es den Menschen aufgestellt hat. Looping Anfänger. Aber fliegen hat er können, der Kurier. Muss man ihm neidlos zugestehen. In der Wiedenmayerstraße hat es dann kurz rot aufgeleuchtet, und der Sanktus hat den Drengler das erste Mal richtig fluchen gehört. Auf Hochdeutsch aber alles andere als dezent. Ist runtergegangen wie Öl. Der Blitzer hat den Drengler kurz ein bisserl vom Gas runtergeholt, aber spätestens auf der Autobahnauffahrt zur A9 war er wieder ganz der Alte. Der Martina hat die rasante Fahrt sehr gut gefallen, aber der Hanspeter war ein Sinnbild der Angst und Verkrampfung.

»Heilandssack, Hurament, bluadige Hennakröpf. Des isch da Wahnsinn dahanna«, hast du ihn schimpfen hören können. Kreidebleich war er im Gesicht, und als ihm die Martina vor lauter Freude noch ihren Ellenbogen in die Rippen gejagt hat, hat der Sanktus wirklich Angst gehabt, dass ihm der Hanspeter ins Genick hinein speibt. Der

Drengler jetzt ganz James Bond auf Aston Martin. Kaum war die Geschwindigkeitsbegrenzung nach der Allianzarena aufgehoben, hat der Drengler seinen Fahrgästen am lebenden Beispiel sozusagen nahezubringen versucht, warum ein modernes Auto bei Tempo 250 abriegelt. Weil schneller definitiv ein »No Go«. Jetzt war sogar die Martina ruhig, und dem Sanktus war es ebenfalls blümerant zumute. Alle außer dem Fahrer in tiefer Verkrampfung. Am Kreuz Neufahrn wollte der Drengler geradeaus weiter Richtung Allershausen, aber der Sanktus hat noch ein leises »Freising, Mäcki« rausgebracht und nach rechts gedeutet. Wenn er gewusst hätte, wie der Drengler von Highspeed linke Spur auf 80 rechte Abbiegespur wechselt, hätte er die Martina lieber hungern lassen. Aufblinken, hupen, bremsen magst du dir alles gar nicht vorstellen. Wirklich! Nach einigen taktischen Formel-1-Paraden ist der Drengler dann beim McDonald's Restaurant bei der Autobahnausfahrt Freising Mitte final zum Stehen gekommen. Die Martina ist kurz nach dem Drengler rausgesprungen und mit ihm schon mal zum Restaurant voraus. Der Sanktus hat noch ein wenig Verschnaufpause gebraucht, und der Hanspeter hat in den nächstliegenden Busch gekotzt.

»Magst du auch was essen, Hanspeter?«, hat ihn der Sanktus gefoppt.

»Arschloch!«, hat der Hanspeter erwidert und sogar dabei gegrinst und sich seinen Mund und anschließend die gesprenkelten Schuhe abgeputzt. Der Sanktus ist ausgestiegen und hat so lange tief eingeschnauft, bis auch sein Brechreiz weg war.

Die Martina ist mit einer Tüte voll Essen gut gelaunt mit dem Drengler aus dem Selbstbedienungslokal zurückgekommen. Der Sanktus und der Hanspeter immer noch so bleich wie die Wand des Sanitätshauses hinter dem Parkplatz.

»Wat los, meine Herren?«, wollte der Drengler wissen. »Ihr werdet mir ja wohl nicht schlappmachen. Nehmt euch mal 'n Beispiel an der jungen Dame. Könnt ihr wohl nicht mithalten, wa?«

Dieses Mal ein simultanes »Arschloch«.

Die Fahrt durch Freising war der reinste Spießrutenlauf. Kannst du dir ja vorstellen. Nach dem Überqueren der Isar ist der Drengler einmal kurz langsamer geworden, als er am Gräflichen Hofbrauhaus Freising vorbeigefahren ist, weil halt doch eines der schönsten Brauereigebäude überhaupt. Das Hofbrauhaus schaut aus wie ein kleines Schloss. Du glaubst kaum, dass es sich um eine Brauerei handelt. Das Gebäude ist in Weiß und Gelb gehalten und besteht aus drei Schiffen. Links das Maschinenhaus, rechts das Sudhaus und mittig das Zentralgebäude. Das Hofbrauhaus ist 1911 bis 1912 von Professor Theodor Ganzenmüller, genannt der ›Dampftheo‹, fertiggestellt worden. ›Greenfield‹ würde man heute sagen. Merkst du aber lange nichts mehr davon, weil inzwischen fast Freising-Downtown. Durch die Fenster hast du ein modernes Edelstahlsudhaus erkennen können.

»Ist das wohl die Bayerische Staatsbrauerei Weihenstephan?«, hat der Drengler gefragt.

Vom Sanktus und vom Hanspeter ist nur ein abwertendes lautes »Boah, Wahnsinn!« und vehementes Kopfschütteln gekommen.

Und somit blöd gelaufen, weil der Drengler hat sich

wieder auf das Autofahren konzentriert und ist den Mainburger Berg wie eine gesengte Sau hinaufgeschossen.

Das Land hinter Freising in Richtung Hallertau, Holledau im Volksmund genannt, ist eher hügelig geprägt, und jetzt kannst du dir vorstellen, wie die Insassen des Jaguars in ihren Sitzen abgehoben und wieder gelandet sind. Eigentlich schade, weil die Gegend war sehr interessant. In Zolling hat der Sanktus dann gemeint: »Magst du eigentlich ned dein Navi mal einschalten, Jens?«

»Welches Navi? Ich besitze so ein Gerät nicht. Ich verlasse mich stets auf mein Gefühl. Hattest du das nicht letztens so erklärt, Sanktus? Ich dachte, du kennst dich in ganz Bayern aus wie in deiner Westentasche? Haben wir nun ein Problem?«, hat der Drengler erwidert.

»Also Leut. Wenn wir den ganzen Weg wieder zurückfahren müssa, na kotz ich. Und des isch ned nur blöd dahergredt. Des isch mal sicher«, hat der immer noch blasse Hanspeter eingeworfen.

»Des kann's ja wohl ned sein!«, hat der Sanktus geschrien. »Was hat der Scheißkübel gekostet? Ha, sag! Und um so viel Geld hat der ned amal a Navi? Ich glaub's einfach ned. Kann ja gar ned sein.«

»Habts ihr kein Handy, oder was?«, hat die Martina gefragt. »Da könnts doch einfach den Ort eingeben. Mann, *ich* glaub's ned. Ist doch so einfach, Mensch!«

»Toll. Welchen Ort denn? Wir haben doch nur Koordinaten!«, hat der Sanktus geantwortet.

»Mir nehma einfach Fuchsing. Des war doch des Dörfle, oder? Dort frag ma uns dann durch«, hat der Hanspeter geschlichtet und den Ort in sein Smartphone eingegeben.

So ist es über Zolling nach Fuchsing weiter gegangen. Neben dem Ortseingangsschild war ein weiteres Schild angebracht, das mit ›Willkommen in Fuchsing‹ herzlich eingeladen hat. Das Schild hat ein Paar in traditioneller altbayerischer Tracht gezeigt. Der Mann war mit schwarzem Hut, schwarzer Jacke, roter Weste, schwarzer Hose und den berühmten Faltenstiefel gekleidet. Die Frau hatte ein fesches Dirndl mit bunter Schürze an.

»Oh, guckt mal. Die wunderbare Dachauer Tracht?«, hat der Drengler zum Besten gegeben.

»Nächstes Jahr kriegst du von mir ein Navi. Des is amal so was von sicher. Dachau. Mia san da in der Holledau. Des is a altbayerische Tracht. Die geht bis hinter Regensburg. Die Dachauer ist auch altbayerisch, aber halt nur ein Typ davon. Die Hüte zum Beispiel sind runder. Aber da is ja bei dir Hopfen und Malz verloren.«

»Sanktus. Jetzt mach den Jens ned schlechter, als er isch. Außerdem jagen wir jetzt einen mutmaßlichen Mörder. Da isch uns doch egal, wie rund der Hut isch, oder?«, hat der Hanspeter genörgelt.

Die Martina hat das Ganze mit nach oben gerecktem Daumen kommentiert.

Der Ort hat bis auf ein paar entgegenkommende Autos wie ausgestorben gewirkt. An der Kreuzung, die einen Abzweig nach Buchenbach ausgewiesen hat, ist ein älterer Herr auf einer Bank in der Sonne gesessen. Der Drengler hat angehalten, und die vier sind ausgestiegen. Der Fuchsinger hat die Gruppe gemustert.

»Griaß God«, hat der Sanktus angefangen. »Mia hätten da a Frag.«

»A scheens Auto habts es«, hat der Herr gemeint. »Is des a Jaguar, ha?« Ausgesprochen hat er es wie Jag-War.

»Jaja. Das ist ein Jaguar XF«, hat der Drengler angefangen. »202 KW, Spitze 250 ...« Er hat den Jag-War jetzt englisch wie Tschägjuar ausgesprochen.

»Ja, ganz wunderbar, der Jaguar«, hat ihn der Sanktus unterbrochen. Natürlich überdeutlich deutsch ausgesprochen. »Aber wir suchen einen Hof zwischen Fuchsing und Gmeinhofen. Da müsst ein Stangassinger wohnen. Könnten Sie uns da mit dem Weg helfen?«

»Z' Gmoahofa? A Stangassinger? Gwiss ned. Hert se eher noch Berchtsgodn o ois nach Holledau. Wos moants es?«

»Aber so an Hof gibt's scho, oder?«, hat der Sanktus nachgehakt.

»Freile. Entn owe!«

»Von welchen Enten spricht der Mann?«, hat sich der Drengler eingemischt und einen Rempler vom Sanktus kassiert.

»Und?«, jetzt der Sanktus.

»Wos und?«

»Wia komma da hin?«

»Ja, mid eierm Karrn hoid. Aber des is da Socher, sell. Ned da Stangassinger.«

»Socher? Isch des sein Familienname?«, hat der Hanspeter wissen wollen.

»Kammerloher«, hat der Einheimische gemeint.

»Heißt der jetzt Socher oder Kammerloher?«, hat der Sanktus gefragt.

»Steff!«, ist's von ihrem Gegenüber gekommen.

»Hä?«, alle.

»Oiso. Steff hoaßt er. Da Socher is er und schreibn duad er si Kammerloher.«

Jetzt hat's dem Sanktus gedämmert.

»Na is Socher der Hausnam', gell?«

»Etz samma beinand, schau.«

»Und wia komma da hin?«

»Etz fahrts na aschlings wieder auf d' Hauptstraß ausse. Na grodaus zua bis zum Maibaam, sell. Na ned auf da großn Straß' weida, sondern in de kloane grod eine. Na über de Straß' owe, bis's a moi rechts weggeht. Des kennts ned verfehln.«

»Na sagn ma dankschön. Wiederschauen!«

»Pfiads eich!«

»Wo muss ich nun hin?«, hat der Drengler wissen wollen.

»Hat er doch gsagt«, hat der Sanktus gemeint. »Hast nix verstanden, Jens?«

»Nee. Nich mal Bahnhof. Hätte auch Chinesisch sprechen können, der nette Herr.«

»Hanspeter, du?«

»Scho a bissle. Es isch halt doch beides Süddeutschland.«

»Und was meint er mit arschlinks?«

»Aschlings heißt rückwärts. Du musst den Hebel jetzt auf ›R‹ tun.«

Blick vom Drengler jetzt nicht zu beschreiben.

Der Sanktus hat dann den Drengler eingewiesen, und der tat, wie ihm befohlen. Auf der engen Betonstraße, die aus aneinandergereihten Platten bestanden und sich den Hügel in Richtung Gmeinhofen hinabgeschlängelt hat, hat der Drengler einen Gang zurückschalten müssen, weil der Jaguar schon aufgesessen ist und beachtlich geknarzt hat. Entgegenkommen hat auch keiner brauchen. Nach einigen Minuten ist eine Abzweigung

zu sehen gewesen. ›Socherhof‹ ist auf dem herunterge-
kommenen Schild gestanden.

»Ich bin jetzt g'spannt, wer der Kammerloher Steff
ist«, hat der Sanktus gemurmelt, und schon sind sie
über den Schotterweg in Richtung des Einödhofes
gefahren.

Schon beim Hineinfahren in das Grundstück ist den
vier Detektiven aufgefallen, dass der Hof genauso her-
untergekommen war wie das Schild zuvor. Aufgeräumt
hat seit ewigen Zeiten anscheinend keiner mehr, das
Haus hat schon lange runterweißen gebraucht, der Putz
hat gebröckelt, und überall sind verrostete landwirt-
schaftliche Geräte, alte Reifen und allerlei Unrat her-
umgelegen. Gastfreundlich war was anderes. Messi, ist
es dem Sanktus durch den Kopf gegangen. Aber nicht
der Fußballer.

Der Drengler hat seinen Wagen einfach mitten in
den verwilderten Hof geparkt. Zu ihrer Rechten war
das Wohngebäude. Daran hat sich vermutlich der Stall
angeschlossen. Im rechten Winkel zu diesem der Heustadel und dazu wieder im rechten Winkel der Schup-
pen und zwei Silos.

»Der traditionelle Typ des Dreiseithofs. Wird seit
Jahrhunderten so gebaut. Man findet diese Bauweise
sehr oft in ...«

»Jens, Schnauze!«, von den anderen zwei Herren jetzt
simultan.

»Was nu?«, hat der Drengler gefragt.

»Meinsch, da isch wer da?«, der Hanspeter.

Der Sanktus ist zur Türe des Wohnhauses hin und hat
geklopft, da Klingel Mangelware.

»Leo«, hat er gerufen, »bist du da? Mach auf. Wir müssen mit dir reden.«

»Herr Stangassinger, öffnen Sie bitte!«

»Der isch ned dahoim.«

»Aber die Tür ist auf«, hat der Sanktus gerufen, als er die Klinke heruntergedrückt und die Tür sich bewegt hat. »Der Jens und ich gehen rein. Hanspeter, du bleibst bei der Martina. Ihr stehts Schmiere. Ned, dass der Leo zurückkommt und wir alle im Haus sind.«

»Okay!«, von der Martina und vom Hanspeter.

Der Sanktus ist mit dem Drengler hinein in den Hausgang, den ›Flez‹. Drinnen ist ein großer Holzschrank gestanden. In diesem Schrank haben die Bauern ihre Wertsachen aufbewahrt. Der hat nahe an der Türe stehen müssen, falls es gebrannt hat und das Vermögen gerettet werden hat müssen. Leider war der Schrank versperrt.

Gleich rechts ist es in die in Holz gehaltene Bauernstube hineingegangen. Dort haben die zwei ein Durcheinander an leeren Bierflaschen, Tellern mit Essensresten und überquellenden Aschenbechern vorgefunden. Zum Grausen. Ansonsten Tisch, Eckbank, Schränke, Kachelofen und Fernseher. Der Sanktus hat eine Flasche mit Bierrest, sprich Noagerl, genommen, dran gerochen und geschüttelt.

»Ist noch kalt, riecht frisch und hat noch Kohlensäure. Lange ist der noch ned weg«, hat der Sanktus kombiniert.

»Dann erhöhte Wachsamkeit, mein Herr«, hat der Drengler gefordert.

Die Schubladen des Tisches und die Schränke haben nichts Spektakuläres enthüllt.

Auch in der Küche hinter der Stube und im Klo gegenüber war nichts Eklatantes zu finden.

»Ich seh mal da raus«, hat der Drengler verkündet und ist direkt durch die Verbindungstür vom Fletz in den Stall hinein. »Vielleicht finde ich dort Ben.«

»Bene! Okay«, hat der Sanktus gemeint, »ich geh rauf und schau, ob ich da was find.«

Zuerst hat er aber noch einmal kurz zur Martina rausgeschaut. Die ist brav mit dem Hanspeter im Auto gesessen. Fenster herunten, weil heißer Tag. Beide haben gewinkt.

Jetzt nichts wie hinauf in den ersten Stock. Die erste Kammer ist als Schlafzimmer genutzt worden. Die zweite Kammer war anscheinend so was wie ein Arbeitszimmer. Schreibtisch, Computer – und Zeitungsartikel. Die ganzen Wände voller ausgeschnittener Zeitungsartikel. Dem Sanktus war jetzt nicht mehr ganz so wohl. War das das Werk eines Irren? So à la ›Beautiful Mind‹ mit Russell Crowe. Schizophren, verstehst du? Alles komplett zugepflastert. Die Artikel hatten alle etwas mit dem besagten Unfall der Stangassingers mit dem Kammerlander Bene zu tun. Berichte und Bilder. Hat gar nicht gut ausgeschaut, der Stangassinger-Wagen. Dass da überhaupt jemand übrig geblieben ist? Dann Artikel von der Gerichtsverhandlung mit Bildern von Drengler und Kübrich im Talar und zu Reportern sprechend. Der Kammerlander neben ihnen stehend. Bilder von Julias Beerdigung. Da waren ein trauernder Leo und weitere Familienmitglieder. Lena in Schwarz, weinend im Rollstuhl. Dann Bilder von Lenas Krankenhausaufenthalt. Lena im Bett mit bandagiertem Stumpf, und Lena an Krücken anscheinend auf Reha. Weitere Bilder haben nur den

Drengler, den Kübrich und den Kammerlander gezeigt. Immer mit dem Kopf in einem aufgemalten Fadenkreuz. Inmitten der ganzen Horrorkollektion war ein gerahmtes Bild von einer hübschen Blondine. Um eine der Ecken des Rahmens war ein schwarzes Band befestigt. Das hat die Julia Schiedermeier sein müssen. Astreiner Hase, ist es dem Sanktus durch den Kopf gegangen. Er hat dann ein paar Fotos für den Bichlmaier gemacht. Was er da an den Wänden gesehen hat, hat seinem kriminalistischen Verstand gar nicht gefallen. Eindeutige Indizien für einen Racheakt. Nicht gut! Eindeutig nicht gut! War der Leo wirklich für das Verschwinden von Kübrich und Kammerlander verantwortlich? Wollte er den Tod seiner Julia und die Behinderung seiner Schwester rächen? Oder war am End' die Lena auch noch mit von der Partie? Schwierig. Sehr schwierig. Kaum vorzustellen.

Plötzlich war dem Sanktus, als ob er ein Geräusch, beziehungsweise einen leisen Aufschrei gehört hätte.

»Jens!«, hat der Sanktus aus der Tür gerufen. »Jens, alles klar bei dir?«

Keine Antwort.

Der Sanktus ist langsam die leider knarzende Holztreppe wieder hinuntergeschlichen. Er hat vorsichtig in die Küche und in die Stube geschaut. Nichts zu sehen. Kein Drengler, kein Stangassinger. Der Sanktus hat kurz zum Auto hinaus geschaut. Der Hanspeter ist neben dem Wagen gestanden, und die Martina immer noch brav drin gesessen.

»Alles klar?«, hat der Sanktus geflüstert.

»Isch alles okay«, der Hanspeter. Winken.

»Hast du den Jens gsehn?«

»Noi, noi. Der war ned dahanna!«

Also ist der Sanktus wieder hinein und in Richtung Stall geschlichen.

»Jens? Bist du da?«, hat der Sanktus leise gerufen.

Der Stall war ein schöner, wenn auch in die Jahre gekommener Gewölbebau, circa 25 Meter lang. Rechts und links zu einer mittigen Gosse hatte früher das Vieh gestanden. Die beiden Reihen waren jeweils durch zwei Mauern unterteilt. Waren früher anscheinend Milchbauern, die Sochers. Wäre schön zum Ausbauen gewesen, der Stall. Hätte dem Sanktus auch gefallen. Wohnen wie der Eberhofer in diesen Landshut-Krimis. Aber Stall halt nicht München, gell. Also leider nix. Traum sofort verworfen und zurück in die Realität. Wo war der Jens, zum Kuckuck? Der Sanktus ist ganz langsam den Stall entlang der Gosse abgegangen. Ganz hinten in der dritten Box hat er Geräusche gehört. Ihm war, als wäre da ein leises Wimmern. Jetzt bloß keinen Fehler machen. Sanktus nun wieder ganz Polizist und somit Profi. War der Leo doch da? Hatte er dem Jens etwas angetan? Irgendetwas war faul an der Sache, dass sich der Drengler gar nicht bemerkbar gemacht hat. Sonst schließlich auch immer offene Goschen. Der Sanktus ist langsam und geduckt in Richtung Mauer der hinteren Box und hat vorsichtig herumgelugt. Und da ist er zusammengekauert gelegen, der Drengler. Der Sanktus natürlich sofort hin und schauen, ob er noch lebt. Blöder Gedanke, weil er ja gerade noch gewimmert hat. Aber in so einer Stresssituation bist du halt auch nicht immer Herr aller deiner Sinne. Also der Sanktus runter zum Drengler und Puls. Bingo. Glück gehabt! Aber eine über den Schädel hat er anscheinend gekriegt, weil ihm Blut an einer Schläfe runtergelaufen ist. Hoffentlich hat er keinen Schlaganfall, hat der Sanktus gedacht, weil der Drengler eine Hand ganz fest zur Faust geballt hat und nicht locker lassen wollte. Halbseitig gelähmt keine Gaudi, hat der Sanktus gedacht. Aber falscher Alarm, weil der Sanktus hat die Faust jetzt doch aufgebracht, und was glaubst du, was drin war? Ein alter Ohrring. Genauso einer, den der Kammerlander auf dem Foto in der Mail in seinem Ohr gehabt hat. Frage jetzt: der gleiche oder derselbe? Der Sanktus jetzt völlig in Gedanken bei dem Ohrring und nicht mehr beim Leo, und du wirst es ja schon ahnen, oder? Ein kurzer Schmerz am Kopf, und dann Lichter aus, Herr Überdetektiv.

Dunkelheit. Schmerz. Der Sanktus hat nur noch ein Rauschen und vereinzelte verzerrte Laute gehört. Wie er die Augen aufgemacht hat, hat er über sich ein blaues Licht sehen können. Das Licht ist erst immer heller und dann dunkler geworden. Es hat ihn an einen See im Sonnenlicht erinnert. Kopfweh, war sein erster Gedanke. Krasses Schädelweh. Wo war er? Er hatte keine Ahnung. Direkt vor seinen Augen ist plötzlich eine Fratze erschienen, die ihn mit undeutlichen Worten angebrüllt hat. »Saaaaaaaaanktuuuuuuuus ... Sanktus, wach auf zefix. Rindvieh elendiges. Komm jetzt. Der Schlag wird doch deinem oberbayerischen Gipskopf nix getan haben.«

»Bichä? Bist es du?«, hat der Sanktus gemurmelt.

»Naa, der Nikolaus. Wer sonst? Wie geht's dir?«

Rings um die beiden sind mehrere Polizeiautos und zwei Krankenwägen mit Blaulicht gestanden.

»Wo ist die Martina?«

»Bei mir im Polizeiauto.«

»Und der Drengler?«

»Drüben im Sanka, aber alles okay.«

»Und der Hanspeter?«

»Wird gerade vom Demuth befragt.«

»Vom Demuth. Um Gottes willen. Und der Leo?«

»Den hamma aa. Alles erledigt, Herr Superdetektiv!«

»Und wie is jetzt des alles gangen?«, wollte der Sanktus wissen.

Dann hat ihm der Bichlmaier erzählt, wie sie die Mail, die der Sanktus und der Drengler mittags geschrieben haben, gelesen und auch die Koordinaten ermittelt haben. Also der Demuth. Sie sind dann ebenfalls los und bald nach ihnen am Hof angekommen. Der Hanspeter hat ihnen die Lage beschrieben und vermutet, dass alle drei im Stallgebäude seien. Als die Polizei in den Stall eingedrungen war, wollte der Stangassinger gerade die beiden Bewusstlosen in Richtung Heustadel verfrachten. Völlig überrascht war der Leo leicht zu überrumpeln und festzunehmen. Aber den Kammerlander Bene hatten sie nicht gefunden. Und außer dem Ohrring, der in der Drengler-Hand gewesen ist, war auch keine einzige weitere Spur von ihm vorhanden.

Als der Sanktus sein geschundenes Haupt abgetastet hat, ist von Weitem die Martina angelaufen gekommen und hat ihn ganz fest umarmt. Sie hat vor Freude und Erleichterung geweint. Die ganze Angst, die sie draußen beim Warten ausgestanden hatte, ist aus ihr herausgebrochen. Der Sanktus hat sie ganz fest gedrückt.

»Wie verheimlichen wir das jetzt der Mama?«, hat sie unter Tränen gefragt.

»Des wern ma ned schaffen, oder?«, hat der Sanktus geantwortet.

»Ned ganz, ha?«

Und dann haben beide schon wieder lachen können.

»Darf ich mit dem Leo reden?«, hat sich der Sanktus noch an den Bichlmaier gewandt.

»Warum ned«, hat dieser erwidert, und so ist der Sanktus zu dem Verhafteten in Handschellen hinüber. Die Martina hat er an der Hand mitgenommen. Die hätte er an diesem Tag nie wieder losgelassen.

»Griaß di, Leo.«

»Servus, Sanktus«, ist es leise zurückgekommen. Der Leo hat am Sanktus vorbei in den Boden gestarrt. Der Sanktus hätte den Leo beinahe nicht mehr wieder erkannt. Richtig alt ist er geworden, seit er ihn zum letzten Mal gesehen gehabt hat. Grau, faltig, unrasiert, leerer Blick. Alter Mann Dreck dagegen. Und ungepflegt dazu. So ein altbackener Geruch ist von ihm ausgegangen.

»Schaust ned guad aus, Leo.«

»War's a Wunder? Wos wuist'n no?«

»Wo hast den Bene?«

»Wos'n für an Bene?«

»Den Kammerlander Bene.«

»Wos waoß i? I hob'n auf jeden Fall ned.«

»Wir ham sein Ohrring im Stall gfunden. Also?«

»Keine Ahnung. Und jetzt lasst ma bittschön mei Ruah. Die hamma scho amoi mei Leben ruiniert und jetzt probiern s' es wieder. Des Arschloch da drüben«, und jetzt hat der Leo auf den Drengler gedeutet, »war live dabei. Hod ma Spaß gmacht, dem oane drüber zum ziagn. Befreiend, verstehst?«

»Wo is der Bene, Leo?«

»Und wennst mi jetzt no tausend Moi frogst. I hob 'n ned. Und wia der bläde Ohrring do herkimmt, woaß i aa ned. Und wennst mi daschlogst.«

»Und die Bilder und Ausschnitte?«

»Oid!«

»Nur alt?«

»Uroid!«

»Und weiter?«

»Nix weida. Bloß zur Erinnerung. Dass i 's ned vergiss. Des is ois. I hob bis heid a einigermaßen normales Leben g'führt. Es hod lang dauert, aber es is wieder einigermaßen ganga. Und jetzt kemmts ihr Arschlöcher daher und wollts mi wieder fertig macha. Dankschön!«

»Hast du die Lena grün und blau g'schlagen?«

Jetzt hast du ein Zucken in den Stangassinger-Augen gesehen. Sein Blick ist ernst geworden, und er hat den Sanktus durchdringend angeschaut.

»Spinnst du, oder wos. I schlog doch ned mei kloane Schwester. Die hat gnua mitg'macht. Do muass i ned no nochhelfa. Sanktus, i woaß ned, wos da lauft, aber irgendwos is do faul. Dadst du bitte bei der Lena nach dem Rechtn schaun? Duasd ma den Gfalln?«

»Guad, mach i. Eine Frage noch. Wer is jetzt der Socher?«

»I«, hat der Leo geantwortet.

»Du? Red koan Schmarrn.«

»Dass es Stadtdeppen des ned kapierts, ha? I bin da Socher. Des is da Socherhof, oiso bin i da Socher.«

»Und wer is der Kammerloher?«

»Fast i«, hat der Stangassinger Leo gesagt und gegrinst. »Des muasst aber scho selber rausfinden, du Supergscheitl! Hallo, Herr Kommissar. Konn mi do jetzt amoi

wer abführn, zefix. D' Lena ned vergessn, gell, Sanktus.
Pfiat di.«

Und weg war der Stangassinger. Sanktus jetzt nur sau-
dummes G'schau.

Nach langen Diskussionen haben die Sanitäter zuge-
stimmt, dass das Quartett mit dem Jaguar heimfahren hat
dürfen. Voraussetzung, der Hanspeter fährt. Gute Idee,
weil genauso eine Heimfahrt wie die Hinfahrt hätten der
Sanktus und sein brummender Schädel nicht ausgehalten.

Er ist hinten bei der Martina gesessen, und der Drengler
hat vorne dem Hanspeter Anweisungen gegeben, wie der
Jaguar zu handhaben war. Der Hanspeter hat immer brav
genickt und »jawoll« oder »selbstverständlich« gesagt und
irgendwann hat selbst der Drengler nicht mehr gewusst,
was er dem Hanspeter noch verklickern hat können.

»Aber wo ist nun Ben?«, hat der Drengler wissen wollen.

»Bene«, kurz von Sanktus.

»Na denn nun Beni. Aber wo ist er? Das macht mich
wahnsinnig.«

»Der Leo hat 'n anscheinend ned«, hat der Sanktus
gemeint.

»Bisch dir sicher?«, hat der Hanspeter wissen wollen.

»Eigentlich schon. Der hat den ned. Glaubts es mir.
Aber warum haben die Koordinaten seinen Hof ausgespuckt? Versteh ich ned.«

In diesem Moment hat das Drengler-Handy geklingelt. Es war der Plodek, der wissen hat wollen, wie die
Sache ausgegangen war. Der Drengler hat ihm alles haarklein erzählt, wobei er seine Rolle dabei extrem übertrieben hat. Du hast meinen können, er war der Superheld,

der den Leo am Schluss überwältigt und verhaftet hat. Der Sanktus und die Martina haben die Augen bis zum Anschlag verdreht vor lauter Schmarrn.

Das Telefonat hat bis München gedauert. Die vier wenig erfolgreichen Detektive haben beschlossen, die morgige Befragung der Polizei abzuwarten und sich im Laufe des Tages zusammenzurufen. Und so sind die Martina und der Sanktus am späten Nachmittag in ihrer Wohnung angekommen.

Die Kathi war bereits daheim. Sie hat die beiden freudig begrüßt, und alle zwei haben einen Haufen Bussis gekriegt. Auf die Frage, wie ihr Tag war, haben sich der Sanktus und die Martina erst einmal ausgeschwiegen, und du hättest am Blick der Kathi bemerken können, dass sie ein bisserl misstrauisch geworden ist. Die Martina hat ihre Mama ganz fest umarmt, und die Kathi hat sie an sich gedrückt. Fragender Blick in Richtung Sanktus. Der nur ganz verwunderten Blick zurück. Schulterzucken und Kopf schütteln, so à la ›weiß nicht, was sie hat‹.

Als die beiden die Frage der Kathi, ob sie Lust hätten, in der Neuen Kirche was zu Abend zu essen, mit einem lauten »Heut lieber ned!« verneint haben, war der Kathi klar, dass irgendwas im Busch war. Die Martina hat sich eine Brotzeit auf dem Balkon gewünscht, und die Kathi hat sie hergerichtet. Der Sanktus hat einstweilen im Keller Bier geholt.

Beim Essen war eher Small Talk über das abrupte Beziehungsende der Anna mit dem Jean-Pièrre angesagt. Grad gelacht und auf heile Welt haben der Sanktus und die Martina gemacht.

»Ihr verheimlichts mir doch was«, hat die Kathi angesetzt. Scharfer Blick und so. »Das merk ich ganz genau. Verkaufts mich nur ned für blöd. Ich seh 's euch an der Nasenspitze an. Also? Beichten! Auf geht's!«

Und dann ist den beiden nach einem bisserl Hin und Her nichts anderes übrig geblieben, als die Geschichte vom Socherhof zu erzählen.

Die Kathi hat sehr aufmerksam zugehört. Sie ist ein klein wenig blass geworden, was dem Sanktus nicht ganz so gefallen hat.

Als die beiden mit ihrer Geschichte fertig waren, hat die Kathi nur den Kopf geschüttelt und scharf gesagt: »Martina, ab zum Zähneputzen, Sanktus, wir zwei müssen reden!«

Und dann ist sie mit einer Strafpredigt über den armen Meisterdetektiv hergefallen von wegen »das Kind in Gefahr bringen« und »ja geht's noch dümmer?« und »verantwortungslos« und, und, und, und. Dem Sanktus war klar, dass er nicht dagegen reden hat brauchen. Sinnlos kein Ausdruck. Und wie's so oft bei der Kathi war, hat sie gesagt: »So, des langt jetzt. Und ein bisserl stolz bin ich auch auf dich.« Dann hat sie ihre Arme hinter seinem Nacken gekreuzt und hat ihn geküsst. Der Sanktus jetzt extrem froh, weil gerade noch einmal davon gekommen.

»Jetzt bringen wir die Martina ins Bett, und dann musst du mir unbedingt die Füße massieren. Ich bin zwei Tage fast nur gestanden. Ich hab Plattfüß, des is der Wahnsinn.«

So ist der Sanktus später mit der Kathi bei einem Stern-Dunkel auf dem Balkon in der lauen Sommernacht gesessen und hat ihre Füße massiert. Die Kathi hat nebenbei mit der Ulli telefoniert, die auch eher wenig begeistert von den abenteuerlichen Aktivitäten ihres Mannes war.

Die Kathi hat nicht ganz so schimpfen können, da sie ja bei den Mordfällen in der Sternbrauerei seinerzeit auch recht gut mit dem Sanktus neben der Polizei her mitermittelt hat. Also eher Erklärungsnot. Nach dem Telefonat hat der Sanktus der Kathi haarklein den ganzen Fall aufgerollt. Die Kathi war sprachlos.

»Die Guillotine, der schnelle Tod und die Pest, das Siechtum. Derjenige, der sich das ausgedacht hat, muss entweder total irr sein oder tief verletzt oder gedemütigt. Das wenn ein Rachefeldzug ist, na möchte ich den Grund dafür wissen. Das muss ja was Gewaltiges sein. Hast du gar kein Gefühl, wer es sein könnt?«, hat die Kathi gefragt.

»Null Komma Josef. Gar nix. Und des macht mich wahnsinnig. Ich sollt morgen bei der Lena noch mal vorbeischauen. Vielleicht weiß die doch was. Aber ich kann's mir einfach ned vorstellen. Klar, der Leo kann mich angelogen haben, aber wenn er's ned war, wer hat uns dann die Koordinaten von seinem Hof geschickt?«

»Geocaching«, war alles, was die Kathi gemeint hat.

»Geo *was*?«, ist's vom Sanktus gekommen.

»Geocache. Des is die Suche von versteckten Kacherln über GPS.«

»Kacherl? GPS? Is des was von Tupper, oder was?«

»Nein. Des is jetzt ganz in. Eine moderne Art der Schatzsuche. Die Anschi, meine Kollegin macht des. Muss super sein. Ihr habts die Koordinaten gekriegt und habts den Cache gefunden. Auch wenn's nur der Ohrring war. Und das hat der Besitzer des Caches ...«

»Der Bene, weil dem ghört ja der Ohrring.«

»Nein, der Mörder. Der schickt ja die Koordinaten. Also der hat des so g'wollt. Der hat euch bewusst zum

Leo gelotst. Warum, weiß ich ned. Ich würd mich aber ned wundern, wenn ihr noch weitere Koordinaten kriegts.«

»Meinst?«

»Mein ich, Herr Sanktjohanser. Und jetzt schau ma amal, ob mein GPS deine Koordinaten findet.« Dabei ist sie mit einem ihrer Füße ein bisserl tiefer gegangen.

IRGENDWO IN MÜNCHEN

Er konnte kaum noch atmen. Das Wasser stand ihm bis knapp unter der Nase. Durch die ständige Kälte und Feuchte musste er sich eine Lungenentzündung zugezogen haben. Ein jedes Husten war für ihn eine Tortur. Die Schmerzen und das Wasser, das dabei in seine Lungen drang, waren unerträglich. Das Fieber ließ ihn zittern. Wann würde es zu Ende sein? Wann würde dieser Albtraum ein Ende haben? Je eher, desto besser. Er war sich bewusst, dass er dieses Verlies nicht lebend verlassen würde, und es war ihm inzwischen egal. Eine kurze Entspannung wurde sofort durch Wasser in der Lunge bestraft. Er prustete und keuchte. Schmerz durchfuhr erneut seinen ganzen Körper. Plötzlich tauchte eine ihm wohlbekannte Gestalt vor seinen Augen auf. Dieses Mal war sein Peiniger unmaskiert. Er musterte ihn mit strafendem Blick. Er hielt ihm ein verblasstes altes Foto hin. Ihm wurde schwindlig.

»So wie sie gestorben ist, wirst auch du sterben«, konnte er jetzt nur noch verschwommen verstehen. Dann begann das Wasser wieder einzulaufen. Er sah noch einmal das Mädchen auf dem Foto vor sich. Es war schon lange her. Stimmen hallten in seinem Kopf. *Noch 'n Spiel, noch 'n Spiel! He Pavarotti, halt's Maul, sing 'ne Runde und überlass die Weiber uns.* Doch wie passte die Geschichte mit der Gestalt vor ihm zusammen? Er konnte sich keinen Reim darauf machen. Er bekam keine Luft mehr, als seine Nase unter Wasser tauchte. Das beklemmende Gefühl des Erstickens hatte etwas Befreiendes. Dann wurde er ohnmächtig.

SAMSTAG

Der Sanktus ist am Samstag relativ früh aufgewacht. So ungefähr um sieben, und sein einziger Gedanke der Jean-Pièrre. Jetzt wirst du sagen, eigentlich hätten seine Gedanken wohl dem Kammerlander Bene oder dem Leo gelten sollen. Aber da hast du dich getäuscht. Der Leo war in guter Obhut bei der Polizei, und im Fall Bene erst einmal seine Vernehmung abwarten und dann weiterschauen. Also kurze Pause Ablenkung angesagt. So ist er runter in den Hinterhof, auf sein Radl gestiegen und in die Neumarkter Straße hinter dem Ostbahnhof gefahren, wo der Jean-Pièrre sein Autohaus gehabt hat. Spiegelsonnenbrille natürlich obligatorisch.

Die Sommerluft war in der Früh schon herrlich warm. Ein super Tag wird des heut, hat sich der Sanktus gedacht. Das hat er riechen können. Grinsen kein Ausdruck. Am Abend hat er im Biergarten ausschenken müssen, aber bis dahin war Familientag angesagt. Aber wie gesagt, erst nach der Ablenkung.

Er hat sein Radl 100 Meter vor dem Autohaus Meierhofer, das schwäbische Luxuswagen verkauft hat, abgestellt und ist in den Verkaufsraum hinein. Meierhofer! Jean-Pièrre Meierhofer. Da weißt du's doch normal schon, oder? Er hatte sich extra herausgeputzt gehabt, damit der Jean-Pièrre ihm die Rolle des reichen Autokäufers abnimmt. Trick 17, verstehst? Dann hat er noch so ein bisserl einen schwulen Tatsch an den Tag gelegt.

Was jetzt gleich passieren würde, hat er selber noch nicht genau gewusst. Improvisationstheater angesagt.

Die Empfangsdame hat ihn mit kritischem Blick gemustert.

»Guten Tag, die Dame«, hat der Sanktus gesäuselt.

»Grüß Gott. Wie kann ich Ihnen helfen?«, hat die Empfangsdame erwidert.

»Ach, heut wird's so was von heiß«, hat der Sanktus angefangen und sich mit einem Autoprospekt frische Luft zugefächelt, dass du meinst, Turbine. Vor allem hat er sich zusammenreißen müssen, dass er nicht zum Lachen anfängt und aus der Rolle fällt. Winnetouch vom Schuh des Manitu jetzt großes Vorbild. »Da hab ich mir gedacht, ich komm gleich in der Früh. Ich interessier mich brennend für so ein schnuckeliges weißes Cabrio. So eines, wie da steht.«

»Ich hol Ihnen gleich unseren Herrn Seebald«, hat die Empfangsdame gemeint.

»Halt, nein, nein! Ich bin ja kein Kassenpatient. Außerdem ist mir Ihr Chef wärmstens«, und das wärmstens hättest du jetzt hören müssen, »also wärmstens empfohlen worden. Ist er denn da, der Jean-Pièrre?«

Die Empfangsdame hat den Sanktus jetzt sehr komisch angeschaut, und der hat schon Angst gehabt, dass er es jetzt übertrieben hätte. Aber sie hat gelacht und gemeint, dass er sicher gleich Zeit haben würde, der Chef.

Und da ist er schon rum ums Eck gekommen, der Jean-Pièrre in seiner ganzen Pracht. Ein Schnösel par excellence. Ein Traum für jeden Schicki-Hasser und somit besonders für den Sanktus. Designer-Poloshirt, weiße Jeans und blank polierte italienische Lederschuhe. Über dem Designer-Poloshirt hat er lässig einen Pulli über die Schulter hängen gehabt. Die Haare waren halblang, gelockt und jetzt kommt's: gegelt. Also so einen Wetlook haben die gehabt. Schmalzig. Weiße Jeans passt wie die Faust aufs Auge. Das war dem Sanktus klar.

»Grüß Gott. Meierhofer. Sie interessieren sich für das weiße Cabrio?« Der Händedruck schon zum Davonlaufen. Schlapp kein Ausdruck.

»Ja, der hat's mir angetan. Der ist extrem schnittig und doch *so* süß, gell?«

Der Jean-Pièrre hat jetzt nicht gewusst, ob er lachen oder weinen soll. Der Sanktus war ihm auf jeden Fall nicht geheuer. Schwulen-Antipathie, hat sich der Sanktus gedacht. Na wart!

»Aber da hinten in der Werkstatt«, und der Sanktus hat jetzt durch das Fenster hinter den Büros, durch das man einen wunderbaren Blick in die Werkstatthalle gehabt hat, gezeigt. »Da hinten der Rote würd mir auch sehr gefallen. Könnten wir zwei Hübschen uns den kurz ansehen?«

Der Jean-Pièrre hat in den sauren Apfel gebissen und ist mit dem Sanktus in die Werkstatt hinter. In einem Büro haben die Automechaniker und wahrscheinlich Verkäufer, die am Samstagvormittag gearbeitet haben, gerade eine Morgenbesprechung oder Brotzeit gemacht. Passt auch perfekt, hat sich der Sanktus gedacht.

»Ach ist der toll!«, hat der Sanktus fast schon gesungen. »*Der* ist's! Ja, ja, ja. Auf jeden Fall. Ganz sicher! *Der* ist's. Ach! Wunderbar.«

Der Sanktus hat seinen Blick durch die Werkstatt schweifen lassen. Ganz hinten im Eck war anstatt einer Hebebühne so eine alte Senke, in der man unter das Auto gelangen hat können. Sie hat anscheinend für Ölwechsel gedient. 1 A, war sein Gedanke.

»Gut«, hat der Jean-Pièrre gemeint, »dann gehen wir mal rüber ins Büro und konfigurieren das Baby.« Wobei er Baby amerikanisch ausgesprochen hat, »Herr …?«

»Diether.«

»Dieter?«

»Ja, Diether mit th«, hat der Sanktus mit seiner verstellten Stimme gesungen.

»Und wie noch?«

»Sanktjohanser!«, jetzt in seiner eigenen Stimme und die Spiegelbrille lässig aus dem Gesicht.

Jetzt hättest du den Jean-Pièrre sehen sollen. Angst kein Ausdruck. »So und jetzt g'hörst der Katz!«, hat der Sanktus geflüstert und hat den Jean-Pièrre am Schlawittl gepackt und ihm eine betoniert, bevor der noch Gick oder Gack sagen hat können. Die Mechaniker haben in ihrem Büro nichts mitbekommen. Dann Magenschwinger, und der Jean-Pièrre ist in die Knie gegangen.

»Was wollen Sie von mir?«, hat er den Sanktus ängstlich gefragt.

»Dass du deine Dreckspratzen in Zukunft von meiner Schwester lasst. Du brauchst nicht meinen, dass du, nachdem dir das Vögeln mit deinem hirnlosen Blondie zu langweilig wird, wieder bei der Anna auftauchst. Host mi? Wenn ich dich noch einmal in ihrer Nähe seh, dann wiederholen wir des. Verstanden?«

Der Jean-Pièrre hat genickt.

»So, und jetzt stehst auf«, hat der Sanktus angewiesen. »Kennst du *Irgendwie und Sowieso*?«

»Ja, bin ja kein Depp!«

»Guad. Kennst an Binser Berti?«

»Ja schon. Aber ich komm jetzt nicht mit.«

Pause.

»Nein, nicht des! Bitte ned!«, hat er gefleht.

»Doch!«, hat der Sanktus gesagt und auf die ölige Mulde gezeigt. »Rein! Auf geht's. Und jetzt gehst ganz vor und legst di nei!« Der Sanktus hat jetzt ganz genau die Musik der Vorbildszene aus der alten Serie vor sich gehabt. Der Jean-Pièrre ist jetzt auf die Knie seiner weißen Jeans gegangen und hat sich anschließend in die Öllache am Boden der Mulde auf den Bauch gelegt. Danach hat er sich auf den Rücken gedreht und ist anschließend ölverschmiert und wie ein begossener Pudel herausgekommen. Das Designer-Shirt und die weiße Hose waren größtenteils schwarz und hinüber.

»So gfallst ma besser«, hat der Sanktus gesagt und gelächelt. Dann hat er an das gläserne Büro der Mechaniker geklopft und hat gemeint: »'tschuldigung. Ich glaub, euer Chef hat an kleinen Unfall ghabt. Könntets ihr dem kurz helfen?«

Das Lachen der Mechaniker hat er noch bis draußen hören können. Moralisch als Chef war der Jean-Pièrre ruiniert. Mehr hat's nicht gebraucht. Mit einem Lächeln ist der Sanktus wieder auf sein Radl gestiegen und ist heimgefahren. Beim Bäcker hat er frische Semmeln geholt, hat das Frühstück gemacht und anschließend seine beiden Damen geweckt. Der Tag hat schon einmal sehr gut angefangen, hat er sich gedacht, der Sanktus.

Der Blick von der Kathi, den der Sanktus geerntet hat, als er seinen Mädels seine morgendliche Geschichte erzählt hat, ist nicht zu beschreiben, weil viel zu gefährlich. Die Martina hat's lustig gefunden und hat schallend am Frühstückstisch gelacht. Die Kathi hat dann auch nicht anders können und hat mit eingestimmt.

»Ich ruf gleich die Anna an«, hat die Martina geflötet und hat schon zum Telefon rennen wollen. Der Sanktus hat sie gerade noch zurückhalten können, und hat argumentiert, dass man das lieber persönlich machen sollte. Sie wollten ja das Gesicht der Anna sehen und wissen, wie sie reagiert.

Nach dem Frühstück haben sich die drei überlegt, was sie an diesem Tag unternehmen wollten, als das Telefon geklingelt hat. Die Drenglerin, also die Ulli, war dran und hat einen gemeinsamen Badetag vorgeschlagen. Dem Jens tät es wieder besser gehen. Bisserl Kopfweh noch, aber ansonsten okay. Der Sanktus hat sich gefragt, was er verbrochen hatte, dass er nicht einmal an *so* einem Tag seine Ruhe vor dem Drengler gehabt hat, hat dann aber doch klein beigegeben. Man muss wissen, wann man verloren hat. Ganz einfach. Nur ins Prinze hat der Sanktus nicht wollen. Die Englers haben das Michaelibad vorgeschlagen. Die Martina war happy, dass die Betty-Lou dabei war, und so sind sie kurz später am Max-Weber-Platz in der U-Bahn gestanden und gen Badevergnügen gestartet. Der Drengler ist natürlich mit seiner Familie mit dem Auto gefahren, weil ja schwer verletzt und U-Bahn nicht standesgemäß. Schon in der Schlange beim Eintrittskartenkaufen hat er den Mund nicht halten können, und der Sanktus hat sich nur gedacht, dass es vielleicht doch besser gewesen wäre, wenn ihm der Leo eine Stärkere mitgegeben hätte. Rekonvaleszenz eindeutig zu kurz.

»Und dann sind wir da rein, nö. Gekämpft hab ich wie ein Löwe mit diesem Strolch ...«

So wird's gewesen sein, hat sich der Sanktus gedacht. Genau so und kein bisserl anders. So ein Dampfplauderer.

Der Sanktus jetzt auf Durchzug, ab und zu Nicken und Hoffnung, dass ihm niemand eine Frage stellt. So hat er aber auch nicht gemerkt, wie die Martina den Drengler gefragt hat: »Jens, weißt du eigentlich, was der Sanktus heute schon mit dem Jean-Pièrre gemacht hat?«

»Wer ist denn der Jean-Pièrre?«, hat der Drengler wissen wollen, und dann hat ihm die Martina alles inklusive der Ölaktion erzählt. Der Sanktus hat immer noch genickt, als ihn plötzlich ein Blitz durchfahren hat. Der Drengler hat ihm auf die Schulter geklopft und »Respekt, mein lieber Herr Gesangsverein!«, gerufen. Leider hat der Sanktus im Moment gar nicht gewusst, um was es gerade gegangen ist. Ein »Jaja. Da schaust, gell?«, hat er gerade noch rausgebracht.

Gott sei Dank hat auch der Drengler irgendwann durch das Drehkreuz müssen und das Thema gewechselt.

»… und wenn wir dann im Bad drinnen sind, dann machen wir 'nen Frühschoppen und trinken lecker, lecker Weizen, nö?«

Doch kaum auf der Liegewiese angekommen, sind die Mädchen sofort zu den Wasserrutschen, und der Drengler hat den Sanktus beschallt.

»Soso. Dann lässt du arme Autohausbesitzer im eigenen Saft schmoren, sprich im eigenen Öl baden? Großartig! Wirklich großartig. Da wird er gekuckt haben, der Herzensbrecher. Sag mal. *Irgendwie und Sowieso*, ist das denn nicht diese Serie mit diesem Münchner Stritze?«

»Was meinst jetzt mit Stritze? An Strizzi oder was? Also an Stenz?«, hat der Sanktus gefragt.

»Jaja. Diesen Scharli!«

»An Charly? Münchner Geschichten? Klassiker, klar.«

»Ja, aber ist das denn nun die Serie?«

»Naa, Jens. *Irgendwie und Sowieso* ist mit'm Fischer Otti und dem Elmar Wepper!«

»Elmar, Otti?«

»Ja, und mit allen wichtigen bayerischen Schauspielern. Musst dir halt mal anschauen.«

»Da verstehe ich bestimmt nur wieder Bahnhof. Ulli versteht das Bayerische ja inzwischen gut. Aber ich habe hier noch einige Defizite. Könntest du mir da nicht mal Nachhilfe geben?«

Der Sanktus hat gemeint, jetzt streift ihn ein Bus. Freiwillig? Nachhilfe? Er mit dem Drengler? Wirklich ned. Naa, wirklich ned.

»So, und jetzt geh ma zum Schwimmen. Mädels, wie schaut's aus?«

Die Kathi und die Ulli waren sofort dabei, und der Drengler hat aufgehört, den Sanktus zu nerven. Ein kurzer Blick auf die Hammerzehen der Ulli, und den Sanktus hat's geschüttelt. Kein Spaß, einfach kein Spaß!

So sind sie dann ihre Bahnen geschwommen, und der Sanktus hat die Ruhe genossen. Einfach nichts hören und nichts sagen müssen. Ein Traum.

»Nervt er?«, hat die Kathi kurz gefragt.

»Geht scho«, hat der Sanktus geantwortet.

»Schlafst halt nachher a bisserl. Na hast deine Ruh«, hat die Kathi gemeint, und dann sind sie wieder weiter geschwommen. Beide haben gegrinst.

Der Sanktus hat es sich dann auch tatsächlich im Schatten gemütlich gemacht. Eigentlich hätte er nicht schlafen können, weil der Drengler wieder zum Volk, also zu den beiden Damen, gesprochen hat. Der hat geredet wie ein Wasserfall. Dass er aber nicht hat zuhören müssen, hat den Sanktus so beruhigt, dass er dann trotzdem eingeschlafen ist. Er hat vom Kammerlander Bene und ihrer gemeinsamen Kindheit geträumt, wie sie in der Schule Schuhcreme unter die Türklinke des Direktorats gestrichen haben. Der Schulgong, der ihn geweckt hat, war aber dann sein Handy. Es war der Bichlmaier, der ihn von der Vernehmung in Kenntnis hat setzen wollen.

»Der war's anscheinend ned.«

»Hab ich mir gleich denkt«, hat der Sanktus geantwortet. »Aber wie kommt der Ohrring da hin?«

»Das weiß der Stangassinger selber ned. Des is eh eine saubere Story. Der Stangassinger hat einen Freund gehabt. Das war der Kammerloher Stefan. Der Socher, wie er dort genannt wird. Die zwei haben sich von der Bundeswehr her gekannt. Haben sich extrem ähnlich geschaut. Fast Zwillinge. Der Kammerloher hat den Hof von seiner Oma geerbt, lebt aber inzwischen in Amerika und wollte dort noch ein paar Jahre bleiben. Die beiden haben sich nach langen Jahren wieder getroffen, wie der Stefan wegen der Erbschaft nach Deutschland gekommen ist. Der Stefan hat dem Leo von dem Hof erzählt und dass er ihn eigentlich nicht verkaufen möcht. Dann sind die zwei auf die Idee gekommen, dass der Leo ja den Hof einstweilen bewohnen könnt, bis der Stefan zurückkommt. Das war für den Leo das gefundene Fressen, um unterzutauchen und sich von der Welt abzukapseln. Er hat sich falsche Papiere besorgt und ist als Stefan Kammerloher alias Socher eingezogen. Keiner in der ganzen Umgebung hat was gemerkt, weil sie den echten Stefan ja ewig nicht gesehen hatten. So, jetzt kommst du!«

»Sauber. Hätt ich ihm gar ned zugetraut, dem Leo. Falsche Papiere! Respekt! Und die Lena hätt davon nichts g'wusst? Das kann sie wem anders erzählen.«

»Der Leo hat bestätigt, dass sie sich erst vor Kurzem auf seinem Hof getroffen haben. Also hat sie's gewusst. Sie hat ihn auch an dem Tag, wo wir gekommen sind, angerufen und gewarnt. Es hätte sie jemand daheim sozusagen überfallen und sie so lange bedroht, bis sie demjenigen die Adresse vom Socherhof gegeben hat.«

»Aha, der Mörder?«, hat der Sanktus in den Raum geworfen.

Der Drengler hatte inzwischen mitbekommen, dass sich das Telefonat um die Ermittlungen gehandelt hat, und hat nervös umeinander gezappelt und den Sanktus ständig versucht zu fragen, was es Neues gäbe. Der Sanktus hat ihn mit einem Lächeln ignoriert und sich immer wieder von ihm weggedreht.

»Wahrscheinlich«, hat der Bichlmaier gemeint, »und deswegen auch die 08168er-Nummer auf dem Telefonkastl.«

»Und dann ist der Mörder rausgefahren und hat den Ohrring dort deponiert. Aber warum? Warum wollt uns der auf den Leo lenken, wenn der Kammerlander gar ned da war? Will der uns an der Nase rumführen oder irgendwie verarschen?«

»Das hab ich mir auch schon überlegt, Sanktus. Das Einzige, was ich mir vorstellen kann, ist, dass er auf Zeit spielt. Was hätt es denn sonst für einen Grund? Übrigens, hat der Dr. Engler eigentlich wieder eine Mail gekriegt?«

»Jens? Jens, hast du a neue Mail 'kriegt?«, hat der Sanktus gefragt. Rufen hat er ja nicht brauchen, weil der Drengler praktisch sein Schatten.

»Nee, heute nicht. Scheiße!« Und jetzt ist der Drengler käsweiß geworden, weil ihm nach all seinen Leo-Triumph-Geschichten klar geworden ist, dass sie ja eigentlich den Kammerlander hatten finden wollen. Triumph jetzt eher negativ.

»Naa, heid ned, sagt er«, hat der Sanktus wiederholt. »Aber ich hab da so ein Gefühl, dass des grad die Ruhe vor dem Sturm ist. Wenn der gestern und heut auf Zeit spielt, geht's bald los. Und wir stehen da ohne irgendwas, oder?«

»Ich geb's zwar nur ungern zu, aber du hast leider völlig recht. Die Sache mit dem Leo hat uns nur Zeit gekostet und gar nix gebracht. Ich schau jetzt noch bei der Lena vorbei. Vielleicht kann die mit irgendeiner Personenbeschreibung helfen. Drück mir die Daumen, Sanktus.«

»Mach ich, Servus, Bichä.«

»Und? Was sagt Herr Bichlmaier?«, hat der Drengler gleich wissen wollen.

»Scheiße, sagt er. Die Lena ist vom Mörder daheim überfallen worden und hat ihm die Adresse vom Leo geben müssen. Die einzige Spur, die wir haben. Hoffentlich hat die den irgendwie erkannt oder kann den beschreiben. Sonst haben wir gar nichts. Einfach gar nichts. Ich muss mich abkühlen«, hat der Sanktus gesagt, hat den verdutzten Drengler stehen lassen und ist ins Becken gesprungen.

Nach der äußeren Abkühlung hat es dann noch eine innere gegeben, weil der Drengler auf gar keinen Fall auf sein Lecker-Lecker-Weizen verzichten hat wollen. Leider war's keine Sternbräu-Weiße, aber doch erträglich. Die Hitze hat's hineingetrieben. Die Damen haben einen Cappuccino getrunken, und das einzige Thema war die Suche nach dem Kammerlander. Der Drengler natürlich wieder der Ober-Sherlock-Holmes und der Sanktus hat sich gewundert, dass der Drengler den Fall noch nicht schon lange gelöst gehabt hat, so gescheit wie er anscheinend war.

Anschließend hat der Drengler vor lauter Reden und Lecker-Lecker-Weizen eine schöpferische Pause gebraucht, und so haben der Sanktus und die Kathi ihre Ruhe gehabt und ein bisserl lesen können. Sie haben seit den Brauereimorden jeden Krimi, der ihnen über den Weg gekommen ist, verschlungen. Anschließend haben sie sich dann furchtbar aufgeregt, falls wieder mal etwas zu konstruiert gewesen ist und die Auflösung alles andere als real und wahrscheinlich war.

Am frühen Nachmittag ist der Sanktus dann schon heimgefahren, weil an diesem Abend ja Dienst als Schankkellner im Sternbräu-Biergarten.

Daheim hat er sich in kurze Lederhose und Trachtenhemd geworfen und ist in Richtung Westend durch das sommerliche München geradelt. Überall hat er entspannte Leute sehen können. Spaziergänger mit Hunden, verliebte Pärchen, Jogger, Gruppen mit Brotzeit auf dem Weg zum Biergarten und so weiter und so weiter. Am Haus der Kunst in der Prinzregentenstraße hat der Sanktus einen Stopp gemacht und hat die Eisbach-Surfer kurz von der Brücke aus beobachtet. Er hätte keine drei Sekunden auf so einem Brett ausgehalten. Dann ist er weiter bis zum Odeonsplatz und vorbei an der Feldherrenhalle in die Brienner Straße. Alle Straßencafés waren brechend voll. Halt Sommer in der Stadt. Nun weiter zum

Stachus, Hauptbahnhof und über die Bayerstraße hinauf ins Westend. Nach etwa 15 Minuten ist der Sanktus im Sternbräu-Biergarten angekommen und hat sein Radl geparkt. Nachdem Samstag war, sollte es nicht mehr lange dauern, und seine früheren Brauereikollegen würden auf die eine oder andere Maß Münchner Bier auftauchen.

Ja, das Münchner Bier. Weltbekannt! Aber wenn du es genauer betrachtest, doch leider eher geringe Rolle im nationalen und internationalen Vergleich mit den norddeutschen Pilsbrauereien. Der Sanktus hat einmal auf einer Reise nach London in einem Pub ein altes Foto vom Piccadilly Circus gesehen. Da war eine Spatenbier-Reklame auf einem der hohen Häuser. Piccadilly Circus! Such so was heut einmal. Wirst du Pech haben. Aber die Mystik ist noch da, angeheizt durch das Oktoberfest. Und gut ist es natürlich schon, das Münchner Bier, und viel älter als die ganzen norddeutschen Marken ist es auch. Im Jahr 1280 ist auf jeden Fall erstmals in einem Steuerbuch von Herzog Ludwig dem Strengen verbucht, dass die Brauer Münchens Abgaben, anscheinend Naturalien, bezahlen haben müssen. In der Zeit vor dem Reinheitsgebot war in München ein Getränk namens Greußing bekannt, das aus Weizenmehl und Würzkräutern angerührt worden ist. Dazu anscheinend Myrte, wilder Rosmarin, Lorbeer und Wacholder. Grausam. Bis zum Jahr 1500 hat München einen Brauerei-Boom erlebt. Viele neue Brauereien, wie der Leistbräu, Dürnbräu und Spöckmeierbräu haben zu sieden begonnen. Die meisten haben sich in der Neuhauser, Theatiner, Sendlinger Straße und im Tal angesiedelt. Das waren noch Zeiten. Lediglich in Jahren von Hungersnöten und

Missernten ist das Brauwesen in München verboten worden. Grundsätzlich wurden zwei Sorten gebraut. Das Untergärige, das wegen der natürlichen Kälte nur im Winter gebraut werden hat können, und das obergärige Weiße, das ja später verboten worden ist. Die Brauperiode ist dann auf die Zeit von Michaeli am 29. September bis Georgi am 23. April eingegrenzt worden. Das letzte Bier ab März wurde stärker eingebraut, sodass es länger haltbar war und die Zeit bis September überdauern hat können. Jetzt weißt du auch, warum früher auf der Wiesn traditionell Märzen ausgeschenkt worden ist. Die Brauereibesitzer im 19. Jahrhundert waren auch Vorreiter in der Technik. Gabriel Sedlmayr II. hat mit Carl Linde erstmals 1873 eine Kältemaschine entwickelt, die das Brauen endlich über das ganze Jahr möglich gemacht hat. Der Export hat floriert. Bis Ende des 19. bis Anfang des 20. Jahrhunderts hat es noch zahlreiche Brauereien wie Bürgerbräu, Münchner-Kindl-Bräu, Unionsbräu, Sternecker Bräu und viele andere gegeben. 1892 waren noch 28 vorhanden. Im Laufe der Jahre sind es immer weniger geworden, und übrig geblieben sind heute noch eine gute Handvoll Großbrauereien. Aber die kleinen kommen gerade wieder, und das ist Balsam auf der Brauerseele.

Der Erste war der Giovanni, der sich mit einem lautstarken »Ciao Sanktus!« angekündigt hat. Danach ist der Malte Rosen mit einem »Moin moin!« erschienen. Die beiden haben einen Tisch in der Nähe der Schenke gewählt, damit sie den Sanktus jederzeit in ein Gespräch einbeziehen haben können. »Servus, Sanktus, Sanktus!«, und schon war der Ehrensberger Helmut da. Der Lärmpegel ist nun schon beträchtlich gestiegen, da der Giovanni schon wieder wild gestikulierend und in italienischer Lautstärke unterwegs war. Kurz darauf sind der Hanspeter und der Schlauchgernot mit einem »Hällöle« und »Serwas« noch eingetroffen, und so war die Combo vollzählig. Der Sanktus hat aufgrund des schönen heißen Wetters und der frühen Stunde, weil alles noch beim Baden, noch nicht viel Arbeit gehabt, und hat sich so seinen Freunden widmen können.

Wie immer war schon eine Diskussion voll im Gange. Anscheinend ist es um neumodische Biersorten gegangen. Der Giovanni volles Unverständnis, der Hanspeter und der Malte progressiv, innovativ, der Schlauchgernot fassungslos, und dem Ehrensberger Helmut eher wurscht. Zu allem Überfluss ist auch noch der Pinzl Ade erschienen und hat sich, da er ein alter Schulspezl vom Helmut war, auch noch an den Tisch dazugesetzt. Der Sanktus hat erst einmal alle mit einer frischen kühlen Maß Bier versorgt und hat sich dann auch dazugesellt.

»Moan i, muass ma ja ned an jeden Scheißdreck mitmacha, oder? Mia ham jetzt Jahrhunderte mit am normalen Bier überstanden. Da brauch ma den neumodischen Schmarrn doch wirklich ned!«, hat der Schlauchgernot mit hochrotem Kopf geplärrt.

»Aber was isse diese Kraftbier, was du immer sage? Kenne nur die Firma! Isse Ketchup. Auch nicht gute! Madonna mia!«, hat der Giovanni gefragt und mit seiner Hand herumgefuchtelt.

»Giovanni, des heischt Craft-Beer. Des isch sozusagen handwerklich gebrautes Bier. Der Ausdruck kommt aus den USA. Es handelt sich quasi um eine Gegenbewegung zur induschtriellen Herstellung …«, aber weiter ist er nicht gekommen, weil ihn der Schlauchgernot unterbrochen hat.

»A Scheißdreck is's. Ned mehr und ned weniger!«

Der Ade hat sein lautes »Buahah«-Lachen zu Tage gebracht und sich auf die Schenkel geschlagen.

»Jaja«, hat der Malte gemeint, »geht's an des Bayern Traditionen, ist's gleich aus mit dem Verständnis. Da hilft nich' mal mehr die frühe römische Hochkultur, wa? Eher die heilige katholische Inquisition.«

»Hopfastopfa! Ha, dass i ned lach. Des hamma in de siebzga Jahr beim Pils scho gmacht. Und des soll was Neues sei? Dass i ned lach!«, hat der Schlauchgernot zurückgeschossen.

»Um was geht's eigentlich?«, hat der Sanktus wissen wollen.

»Beim Stern überlegen s', ob s' ein IPA machen sollen, sollen«, hat der Helmut geantwortet.

»Wasse isse diese Eipidingse?«, hat der Giovanni aufgeregt geplärrt. »Isse was Schlimmes?«

»Noi, noi, Giovanni«, hat ihn der Hanspeter beruhigt, »des isch ein obergäriges Starkbier mit einer außergewöhnlichen Hopfennote. Da wird am Ende ein Zitrushopfen, zum Beispiel ein Nelson Sauvin, dazugegeben. Der verleiht dem Bier eine extreme Hopfenblume. IPA hoischt Indian Pale Ale und isch jetzt sozusagen sehr modern. Des haben die Engländer erfunden, wie sie Bier in ihre indischen Kolonien schicken wollten. Da han sie mehr Hopfen nei, und a bissle stärker hat's sei müssen. Dass es den Schifffstransport übersteht. Die in Indien hätten des Bier dann wieder verdünnen sollen. Das war aber so stark viel besser, und erfunden war das Indian Pale Ale. Pale hoischt übrigens trüb! Kloine

Brauereien, also die Craft-Brewer, fangen damit grad überall wieder an. Des isch a recht gutes Bier. Aber viel kansch ned trinken. Da kriegsch wie an Hopfenbelag auf der Zunge.«

»Und na kann ma nur no schwäbeln!«, hat der Schlauchgernot rausgebrüllt.

»Buahah«, vom Ade.

»Und des wollen die beim Stern machen? In unserem Traditionsunternehmen? Kann ich mir ned vorstellen«, hat der Sanktus gezweifelt.

»Das wollen sie unter der Stern-Craft-Linie bringen! Welche Brauerei außer unserer könnte das denn sonst in München machen? Könnte schon gehen. Die jungen Leute und die Gelegenheitsbiertrinker müssen angesprochen werden«, hat der Malte doziert.

»Ein recht ein Schmarrn is des!«, hat der Schlauchgernot wieder gepulvert. »Die saufen eh so wenig. Da is nix verdient!«

»Und einen Imperial Black Stout überlegt man sich auch. Des isch dann wie ein Guinness im Quadrat. Bin ich auch schon g'spannt«, hat der Hanspeter weitergemacht.

»Imperial?«, hat der Schlauchgernot den Kopf geschüttelt. »Infernal! Ein infernaler Scheißdreck is des. Unsere bayerische Bierkultur wird untergraben.«

»Buahah«, jetzt wieder der Ade.

»Und irgendwann sauf ma nur no so an Mist und es gibt koa Weißbier und koa Helles mehr! Werdts es scho sehn!« Abschluss Gernot.

»Sanktus, bring ma bitte no a Maß bayerisches Bier!«, hat der Ade gesagt. »So langs es halt noch gibt!« Buahah und Schenkelklopfen.

Der Sanktus ist zurück in seine Schenke, hat ein paar Maß Bier gezapft und ist dann wieder zurück an den Tisch der Brauer. Der Ade hatte sich inzwischen an einen anderen Tisch gesetzt.

Das neumodische Craft-Beer war jetzt Gott sei Dank kein Thema mehr. Eher der Mord wieder angesagt.

»Habte ihr schon gefundene de Kammerlander?«, hat der Giovanni grad wissen wollen. »Isse immer noch in Gefahre, der Manne! Molto pericoloso!«

Der Sanktus und der Hanspeter haben nun die Erlebnisse des vorigen Tages ausgiebig geschildert, und alle haben sehr aufmerksam zugehört. Kein einziges Wort ist gefallen. Mucksmäuserlstill kein Ausdruck.

»Und drum vermut ich, dass der Drengler bald wieder ein Mail, vielleicht mit neuen Koordinaten, kriegt«, hat der Sanktus abgeschlossen. »Die Kathi hat gemeint, des is wie beim Geocatchen. Kennts ihr des?«

»Isse ned Catchene, Sanktus. Isse Cache, gesprochen Käsch, capisce?«

»Hört, hört. Es kennt sich aus, das stille Wasser«, hat der Malte kommentiert.

»Jaja. Da kennt er sich aus, aus!«, hat der Helmut bestätigt. »Da rennt er immer umeinand, am Wochenend. Mit Tschi-Pi-Es, Tschi-Pi-Es.«

»Sakrament! Der Giovanni, ha?«, hat der Sanktus ausgerufen, und der Rest hat genickt und zustimmend gelächelt. »Giovanni, erklär mal!«

»Oh, make viel Spaß«, hat der Giovanni angefangen. »Isse wie Snitzeljagde. Gehst du mit die GPS in de Handy und suchst du eine kleine Boxe, die is versteckte irgendwo in de Wald oder irgendwo anders. Wenn du hast gefundene, du tragst dich in eine Liste und versteckst die Boxe wieder. Dann musst du ins Internete eintragene und gut. Musst du immer aufpasse, dass normale Leute nixe sehe, wenn du suchst. Weil nixe verstehe und finde de Cache und schmeiße weg.«

Dabei hat der Giovanni sehr mystisch, also verschwörerisch geschaut. Der Rest hat verstehend genickt, obwohl eigentlich keinem der Bierbrauer klar war, was der Giovanni ihnen erklären hat wollen.

»Es gibte Multicache. Da haste du mehrere Koordinate. Findest du die erste, die dir sage die nächste und so weiter und so weiter, bis du biste am Ziel. Und gibte Mystery-Cache. Musst du Rätsel lösene, und von die Lösung kriegste du die Koordinate. Claro?«

Wieder gemeinsames Nicken und angeregte Diskussion. Durcheinander kein Ausdruck. Eigentlich war keinem der Brauer klar, warum man so was wie Geocachen machen sollte, wenn man doch genauso gut gemütlich im schattigen Biergarten sitzen könnte. Wie immer hat der Sanktus das Lamento mit einem kurzen Ausruf beendet.

»Ruhe. Zefix! Immer das Gleiche mit euch. Bleibts halt *ein Mal* sachlich. Also wir wissen jetzt, was ein Geocache ist. Vielleicht legt's der Mörder ja auf so eine Schatzsuche an?«

»Eher Opfersuche, Sanktus«, hat der Hanspeter eingeworfen. »Der Bene isch doch wirklich kein Schatz, sondern ein Opfer.«

»A arme Sau isser!«, hat der Schlauchgernot gerufen.

»Gut. Also wie schon gesagt, ich vermute ja fast, dass der Drengler morgen oder übermorgen ein neues Mail mit neuen Koordinaten kriegt. Weil, irgendwie muss es ja weitergehen. Wir vermuten, dass der Täter mit der Stangassinger-Aktion nur auf Zeit spielen wollt. Also neues Mail, oder?«

»Kann man denn die Mails nicht nachverfolgen?«, hat der Malte Rosen in die Runde geworfen.

»Doch, schon«, hat der Sanktus geantwortet. »Haben sie bei der Polizei auch gemacht. Aber sie werden immer von einem öffentlichen Netzwerk gesendet. Hotels, Internetcafés oder sogar bei Privatpersonen, die das Wireless Lan nicht verschlüsselt haben. Glaubt man gar nicht. Der ist sehr clever, der Bursche. Er loggt sich da ein, kreiert einen fiktiven Mail-Account bei einem öffentlichen Anbieter und schickt uns was. Den kriegst du nicht. Nicht mal im heutigen Zeitalter. Wahnsinn, oder?«

»Müsst dann aber ein junger Täter sein, sein. Weil so Alte wie wir kennen uns da doch ned aus, aus, oder?«, hat der Helmut eingeworfen.

»Stimmt eigentlich, Helmut«, hat der Sanktus zugegeben. »Könnt sein. Aber ich hab keinen blassen Schimmer, wo wir suchen sollen. Vielleicht in der Verbindung. Da wären viele junge Leute. Irgendwie hab ich des im Urin, dass wir da fündig werden. Ich kann nur nicht sagen, warum. Ich kann's nicht festmachen.«

»Wie kömma mir helfen?«, hat der Gernot wissen wollen.

»Keine Ahnung!«, hat der Sanktus gemeint. »Dieses Mal leider wirklich keine Ahnung.«

»Na ja«, hat der Malte gemeint, »ich hab ja auch ein paar Semester an der VLB in Berlin studiert. Ich könnte mich als Berliner Farbenbruder ausgeben und mal auf dem Bundesheim der Swapingen vorbeischauen. Montag zum Beispiel. Wäre das was?«

»Großartig!«, »Jawoll«, »Der Malte, ha?«, ist es aus

der Corona gekommen. Nun hat man einen Grund zum Anstoßen gehabt, und die Krüge haben geklungen, und der gemütliche Teil des Abends hat beginnen können.

Auf einmal hat ein »Griaß di, Sanktus!« den amtierenden Herrn Schankkellner aus seinem Arbeitsablauf herausgerissen. Die Stangassinger Lena ist vor ihm gestanden und hat ihn angelächelt. Das Veilchen hat sie unter Make-up versteckt gehabt, und ihre Lippe war auch schon wieder abgeschwollen. Eine kleine Blutkruste hat aber noch an den angeblichen Unfall erinnert.

»Keine Angst. Ich tu dir heut nix. I bin ganz brav«, hat die Lena angefangen. »Ich hab's mir einfach ned verkneifen können.« Verschmitztes Grinsen.

»In die Lederhosen würdest ja sowieso ned neikommen«, hat der Sanktus erwidert und auch gegrinst. »Ich hab gleich Pause. Setz dich da vorn hin. Ich komm gleich mit einer Maß Bier.«

Die Lena ist in Richtung Biertisch, und der Sanktus hat ihr nachgeschaut. Sie war mit einem ausgeschnittenen roten Top und engen ausgewaschenen Jeans, die die Form ihres schlanken Beins 1 A zur Geltung gebracht hat, bekleidet. Ihr Hintern hat wieder so wie im Bad gewackelt. Diese Frau hat den Sanktus fasziniert. Er hat vor lauter Nachschauen vergessen, weiter einzuschenken, und ist von einem wartenden durstigen Biergartenbesucher unsanft mit einem »Kriag i mei Maß eigentlich heid no?« aus seiner Traumphase herausgerissen worden.

Einige Minuten später hat sich der Sanktus zur Lena gesetzt und ihr und sich eine Maß hingestellt.

»Prost, Sanktus.«

»Prost, Lena.« Einen guten Zug hat sie drauf gehabt, die Lena.

»Ich hab a schlechtes G'wissen.«

»Wegen dem Donnerstag?«

»Naa, eigentlich weniger. Wegen dem Freitag. Ich hätt euch alles gleich sagen sollen.«

»Wär gescheiter gwesen. Wirklich!«

»Ja, weiß ich jetzt auch. Was machen die jetzt mit meinem Bruder?«

»Keine Ahnung. I schätz, ned viel, oder? Mit dem Mord hat er ja hoffentlich doch nichts zu tun. Mei, und wegen der falschen Papiere? Wird scho ned so schlimm werden.«

»Mit dem Mord hat er auf gar keinen Fall was zu tun. Das kann ich dir inzwischen mit Brief und Siegel geben. Freilich. Es ist schon wahr, dass er sich rächen wollt. Ist ja klar. Was würdest denn du machen? Freundin tot, Schwester nur noch einen Fuß, und du völlig gaga. Ist doch logisch.«

»Aber er hat's ned gmacht? Letztes Mal hast du's ihm noch zugetraut.«

»Ja schon, aber, wie du bestimmt schon weißt, haben wir ja inzwischen miteinander geredet. Irgendwann hat er kapiert, dass er alles nur noch schlimmer machen würd. Und dann ist die G'schicht mit dem Socher daherkommen, und er hat einen Weg gfunden, allem aus dem Weg zu gehen und seinen inneren Frieden irgendwie zu finden.«

»Aber wie kommt der Mörder dann genau auf ihn? Warum lenkt der uns zu deinem Bruder? Woher kennt der diese G'schicht? Ich komm und komm ned drauf und des macht mich wahnsinnig, verstehst?«

»Und wie ich dich versteh, Sanktus. Meinst du, der

Kerl, der mich am Freitag daheim überfallen hat, war der Mörder?«

»Ja, ich befürcht's. Zumindest einer davon, falls es mehrere wären. Wie ist denn des abgelaufen am Freitag?«

Die Lena hat angefangen, zu rekapitulieren.

»Ja saublöd. Kannst dir ja vorstellen. Geklingelt hat's, ich mach auf und bevor ich reagieren hab können, hat mich der Kerl in die Wohnung gedrängt. Bis ich gschaut hab, hat er mich schon an der Gurgel ghabt. Er wollt die Adresse vom Leo. Wenn ich ihm die nicht geb, schlägt er mich krankenhausreif, hat er gmeint. Und ich darf den Leo auf keinen Fall vorwarnen, sonst kommt er zurück. Ich hab ihm die Adresse gebn. Dann hat er mir noch ein paar verpasst. Zur Warnung, hat er gsagt. Anschließend hab ich den Leo gleich angerufen. Bei dem ist er aber nie erschienen.«

»Doch, ist er. Aber er wollt dem Leo nichts. Zumindest nicht vordergründig. Er hat anscheinend den Ohrring vom Kammerlander Bene beim Leo im Stall deponiert. Dass wir ihn finden und uns ein, zwei Tage mit deinem Bruder beschäftigen. Das war, wie wir vermuten, der ganze Sinn der Aktion. Wie alt war denn der Täter? Hast du ihn erkennen können?«

»Hab ich dem Kommissar auch schon alles gsagt. Er war ja maskiert, aber ned bsonders alt, würd ich sagen. Schlank war er. Seine Stimme war eher jugendlich.«

»Passt gut zsamm. Passt wunderbar! Jetzt müss ma nur noch rausfinden, wer er ist?«

»Na dann«, hat die Lea gelächelt, »kann's ja nimmer so wild sein, Sanktus? Oder?«

»Na bravo, du bist ja guad. Sauber. Prost!«

»Prost, Sanktus. Und wegen dem Donnerstag? Bist mir nimmer bös gell? War dir des unangenehm?«

»Irgendwie scho«, hat der Sanktus geflüstert.

»Eigentlich schad«, hat die Lena gemeint und ihren Fuß so auf dem Absatz hin und her gedreht und ihre lackierten Zehennägel wie zufällig so nebenbei betrachtet.

Eine Sünde wär sie schon wert, hat der Sanktus gedacht, aber diesen Gedanken sofort wieder verworfen. Appetit darf man sich machen, hat seine Oma immer gesagt, aber gegessen wird daheim. So! Ausg'schmatzt! Letztes Wort! Finito! Ende der Diskussion.

Als der Sanktus heimgekommen ist, sind die Martina und die Kathi sofort auf ihn eingestürmt.

»Warum nimmst du eigentlich nie dein Handy mit?«, wollte die Kathi wissen. »Für was hast du denn des blöde Ding?«

»Wir versuchen, dich seit zwei Stunden zu erreichen«, hat die Martina genörgelt.

»Was is denn so Wichtiges?«, hat der Sanktus wissen wollen.

»Der Jens hat wieder ein Mail gekriegt. Der ist fix und fertig«, hat die Kathi gerufen.

»Scheiße!«, hat der Sanktus gesagt, »ich geh schnell rüber und schau's mir bei ihm an.«

»Halt, Sanktus. Bleib da. Ich weiß ja, dass du von den Computern nichts hältst, aber Mails kann man weiterschicken. Das solltest bitte schon noch wissen.«

»Aber ich hab doch gar keine E-Mail-Adresse!«

»Aber ich, Sanktus. Aber ich. Und das Mail ist schon in meinem Posteingang. Also auf geht's.«

Der Sanktus hat der Kathi über die Schulter geschaut, wie sie sich am Computer zu schaffen gemacht hat. Für ihn waren das böhmische Dörfer.

»So, da ist's. Bittschön.«

»Scheiße! Was soll des jetzt sein?«

Der Text des Mails war: *Ihr habt es in der Hand. Leben oder Tod! HCC. Viel Glück. Weidmannsheil!*

»Und was soll HCC heißen?«

»Lass mich googeln«, hat die Kathi gesagt. »Hard Core Caching. Geocaching auf höchstem Niveau.«

»Scheiße! Ganz große Scheiße!«, hat der Sanktus geflüstert.

IRGENDWO IN MÜNCHEN

Es war alles vorbereitet. Auf den großen Tag des Leidens hatte er viel Arbeit verwendet. Das Ablenkungsmanöver auf dem Lande war zu 100 Prozent geglückt und hatte sich ausgezahlt. Die Polizei war der falschen Spur bereitwillig gefolgt, und niemand würde das Opfer zu früh finden. Heute würde er sie wieder auf die richtige Spur setzen und sich daran ergötzen, wie sie vergeblich versuchen würden, das Opfer zu retten. Sie sollten am eigenen Leib erfahren, was es hieß, zu bangen, stets im Ungewissen zu leben und doch zu versagen. Heute würde er den zweiten Teil seiner Rache vollenden.

Er hatte sein Opfer aus seinem nassen Gefängnis bereits erlöst und in seinen Transporter verfrachtet. Es würde ein königliches Ende werden. Eigentlich unverdient, aber es war die beste Lösung. Er schloss den Transporter ab und machte sich in das Internetcafé auf, um diesen Teil des Spiels einzuleiten.

SONNTAG

Der Sanktus hatte nicht gut geschlafen. *Nicht gut* eigentlich völlige Untertreibung und gar kein Ausdruck. Die ganze Nacht hatte er sich im Bett herumgewälzt, und sein Hirn hatte vor lauter scharfem Nachdenken geraucht. Doppelte Gehirnwindungen jetzt. Er hatte am vorigen Abend noch mit dem Drengler telefoniert, und sie hatten ausgemacht, dass sich der Jens sofort meldet, sobald ein weiteres Mail ankommt.

Um halb sechs in der Früh, es war gerade am Dämmern, ist es soweit gewesen. Das Telefon hat geklingelt, und der Drengler hat sich gemeldet.

»Sie ist da, Sanktus! Sie ist gekommen. Die Mail!«

Der Sanktus war schlagartig hellwach. Kein Wunder, er hat ja nicht wirklich geschlafen gehabt.

»Und was steht drin?«

»*Der letzte Tag beginnt. Beeilt Euch und hört das Wort des Ersten.* Und dann noch eine Koordinate.«

»Und? Hast du schon nachgeschaut, wo 's ist?«

»Selbstverständlich. Halt dich fest. Es ist das Swapingenhaus. Ich bin in zehn Minuten bei dir.«

Der Sanktus hat die Kathi geweckt und ihr kurz den Stand der Dinge mitgeteilt. Sie war ebenfalls sofort wach und ganz nervös. Da sie heute mit der Martina ihre Mutter besuchen hat wollen, hat sie dem Sanktus viel Glück gewünscht, und die beiden haben ausgemacht, mehrere Male am Tag zu telefonieren. Weil ein bisserl Angst hat

196

sie schon gehabt, die Kathi, um ihren Sanktus. Für den Sanktus selbst Angst Fremdwort, weil Indiana Jones jetzt Anfänger gegen ihn. Die Indiana-Jones-Melodie hat er noch im Kopf gehabt, wie er die Treppen runter auf die Straße gehastet ist.

Der Drengler ist schon bereitgestanden, und auf den Sanktus hat wieder einmal eine besonders harte Prüfung gewartet. Fahren mit dem Drengler auf nüchternen Magen. Na wenigstens kann dir dabei nicht viel hochkommen. Wie immer hat der Drengler probiert, die Straßen mit seinem Reifengummi zu panieren und möglichst viele Ampeln bei Dunkelorange zu überfahren. Der Sanktus war wieder einmal froh um den kleinen Griff in der Tür und hat das Bodenblech fast, mangels einer Bremse, mit seinem rechten Fuß durchschlagen. Beim Abbiegen in die Ludwigstraße hat der Sanktus geglaubt, der Karren kippt um, und beim Siegestor hat er gemeint, der Drengler fährt nicht herum, sondern geradeaus durch. Stilistisch ein schöner Tod, weil ja einst der Tscharlie als Zorro mit seinen Freunden, dem Gringo und dem Zapata, im Fasching in ihrer bekanntesten Szene aus den Münchner Geschichten durchgeritten waren. Kurz hinter der Münchner Freiheit, in der Nähe des Englischen Gartens, ist der Jaguar zum Stehen gekommen. Nicht einmal mit quietschenden Reifen. Glaubst du kaum, aber der Drengler hat sein Hirn eingeschaltet. Devise: keinen aufwecken, weil beim Geocaching musst du unbeobachtet sein. Von den Muggeln, verstehst du? Und die beiden Geocacher wollten ja schließlich in Ruhe suchen, weil, so wie es ausgeschaut hat, ja das Leben vom Kammerlander auf dem Spiel gestanden ist. Also *langsam* hineinrollen,

Wagen parkfertig abstellen und aussteigen. Der Morgen war wunderbar mild und die Sonne gerade aufgegangen. Von den Studenten hast du nichts gehört, weil erstens Sonntag und zweitens vor zehn Uhr vormittags.

Der Drengler hat sein Smartphone mit der passenden Geocache-Super-Extrem-Koordinaten-App vor sich hergehalten wie ein Wünschelrutengänger seine Rute auf Wasseradersuche.

»Was is los?«, wollte der Sanktus wissen.

»Wir sind noch nicht an der Endkoordinate. Es sieht so aus, als müssten wir hinein«, hat der Drengler gesagt und auf den feudalen Eingang des Verbindungshauses gezeigt.

»Na dann los. Auf geht's. Sperr auf!«, hat der Sanktus gefordert.

»Ich … ich …«, hat der Drengler angefangen.

»Sag jetzt ned, dass du keinen Schlüssel hast, Jens!«, hat der Sanktus gedroht. »Dann werd ich wahnsinnig!«

»Doch«, hat der Drengler kleinlaut erwidert. Komischerweise hat er jetzt einmal den Mund gehalten.

Der Sanktus hat sich auf die Lippe gebissen. »Aber?«

»Wir müssten noch einmal nach Hause fahren. Der Schlüssel liegt gleich auf dem Sekretär in der Diele, wo ich ihn vorausdenkend schon deponiert hatte. Der Sekretär, übrigens ein sehr wertvolles Stück, ist ein Geschenk meines Schwiegervaters, das er von einer Reise nach Indonesien …«

»Jens, jetzt wennst nicht gleich deinen Rand haltst, setzt's was! Und zwar gehörig. Sei jetzt stad, zefix, und denk nach. Wir gehen jetzt erst einmal ums Haus und schauen, ob eine Tür oder ein Fenster offen ist.«

Gesagt, getan, sind Sherlock Holmes und Dr. Watson los in Richtung Garten. Die beiden haben sich fast zu

Tode erschreckt, wie eine Katze vor ihnen aufgesprungen ist und das Weite gesucht hat. Als sie ihre Runde einmal um das Anwesen beendet gehabt haben, waren sie ziemlich ratlos.

»Früher wäre das kein Problem gewesen«, hat der Drengler wieder zu reden angefangen. »Ich habe ja hier als Student im zweiten Stock des Bundesheims gewohnt. Da hatte ich für den Fall der Fälle immer einen Schlüssel hinten im Garten bei der großen blauen Scheinzypresse vergraben gehabt.«

»Und der liegt auch auf dem wertvollen Sekretär aus Indonesien?«

»Also eigentlich ist der Sekretär ja aus England. Er wurde lediglich von einem Kolonialherrn einst nach Jakarta geschippert. Sanktus, warum schaust du mich jetzt so an?«

»Scheiß auf den Sekretär, zefix!« Druck auf dem Sanktus-Schädel kurz vor der Berstmarke. »Hast du den Schlüssel auch daheim?«

»Wenn ich jetzt so überlege …«, hat der Drengler gemurmelt. »Ich weiß nicht, ob ich den Schlüssel jemals wieder ausgegraben habe.«

»Wo ist die verdammte Zypresse?«, hat der Sanktus gezischt.

»Scheinzypresse, blaue Scheinzypresse. Chamaecyparis lawsoniana. Vorsicht mit der Wortwahl beim Pflanzenkauf!«, hat der Drengler mit erhobenem Finger doziert.

»Du zeigst mir jetzt sofort diese blöde Zypresse, sonst bring ich dich hier auf der Stelle um! Da kenn ich nix!«

Der Drengler hat unter Kopfschütteln auf einen schlanken hohen Baum gezeigt. Dann hat es fünf Minuten gedauert, und der Sanktus ist mit dem Schlüssel zurückgekommen.

»Heureka!«, ist es dem Drengler entfahren.

Die beiden haben nun also leise die große eichene Eingangstür aufgesperrt, und der Drengler ist wieder wie ein Wünschelrutengänger vorneweg stolziert, also ›vorausgeappt‹. Der Sanktus hat die Porträts in der Eingangshalle betrachtet. Gespenstisch und fast strafend haben da frühere Professoren, Doktoren und Honoratioren auf ihn, den Studienabbrecher, herabgeblickt. Die haben nicht einfach *geschaut*, die haben *geblickt*! Aber schon so, als wäre ihnen die Milli sauer geworden. Im Düstern der frühmorgendlichen Halle ist dem Sanktus die Situation fast unheimlich vorgekommen.

»Hört das Wort des Ersten«, hat der Drengler gemurmelt.

»ARD oder was?«, hat der Sanktus gewitzelt und gelächelt.

»Nee!«, hat der Drengler abgewiegelt.

»Justus Jonas von den drei Fragezeichen?«

»Fast?«

»Wie fast?«

»Na fast. Der Erste. Das ist der Sprecher. Der Senior.«

»Und der spricht da in dem Saal, wo wir am Mittwoch waren, oder?«

»Im Kneipsaal, ja. Also los!«, hat der Drengler angewiesen.

Die beiden sind also leise durch die dunklen hölzernen Flügeltüren in den Kneipsaal hinein. Muffiger Bierdunst, wie aus einem Wiesnzelt, ist den beiden entgegen gekommen. Ganz vorne im Dunkeln des Saales ist der

Stuhl des Sprechers gestanden, dahinter die opulente Bundesfahne mit dem verschnörkelten Wappen der Swapingia. Also nichts wie vor. Doch wo war der Cache, wenn er überhaupt da war?

»Die Koordinate stimmt genau«, hat der Drengler verkündet und sein Mobiltelefon siegessicher in die Höhe gereckt. »Hier muss er sein.«

Die beiden sind nun unter den Tischen und Stühlen herumgekrabbelt, doch nichts war zu finden.

»Kann doch ned sein, oder?«, hat der Sanktus gemeckert. »Irgendwo muss doch so eine blöde Dose sein. Der Giovanni hat mir alles erklärt. Die verstecken immer so Dosen, wo früher die Fotofilme drin waren.«

»Nicht immer, lieber Sanktus. Zuweilen sind es auch trickreichere Behältnisse. Hier scheint es keine Dose zu sein. Wir müssen aber auch die Worte des Ersten hören. Hören! Verstehst du? Wir sind nicht der Erste. Die Koordinaten haben lediglich zum Ersten geführt. Die Worte hören wir als Corona im Kneipsaal.«

»Als Corona? Nobel! Wegen meiner. Aber von wo aus? War noch was drinnen gestanden, in dem Mail?«

»Nein! Nur dieser Satz. Kein weiterer Tipp.«

»Los, auf unsere Plätze vom Mittwoch. Komm! Vielleicht war der vom Cache ja auch auf der Kneipe. Auf geht's!«

»*Den* vom Cache nennt man dann den CO, den Cache Owner.«

Die beiden haben sich auf die beiden Stühle, auf denen sie am vergangenen Mittwoch gesessen waren, gesetzt und umher geschaut. Der Sanktus hat den Tisch untersucht, den Stuhl und ist dann unter den Tisch gekrabbelt. Dort war tatsächlich ein kleines Päckchen befestigt. Sofort hat er es ausgepackt und es ist ein kleiner schwarzer MP3-Player mit T-Stück und zwei Kopfhörerpaaren hervorgekommen.

»Hoffentlich bringen wir zwei Technik-Deppen des zsamm«, hat der Sanktus gesagt. »Herrschaftszeiten. Den Hanspeter bräuchten wir. Den rufen wir jetzt dann gleich an. Der soll uns unterstützen. So, aber jetzt erst einschalten.«

Das kleine Gerät hat zu blinken angefangen, und das Display ist zum Leben erweckt worden. *Ein Musikstück* ist angezeigt worden. Die beiden haben sich die Kopfhörer in ihre Ohren gesteckt und ›Play‹ gedrückt. Eine Melodie war zu hören.

»Die Moldau«, hat der Drengler geflüstert. »Das ist die Moldau von Bedrich Smetana. Kennst du bestimmt, Sanktus.«

»Jaja. Klar!«, hat der Sanktus gelogen.

Plötzlich ist das Musikstück verebbt und eine verzerrte, geisterhafte Stimme hat sich zu Wort gemeldet.

»Drei kleine Negerlein, den' war es einerlei. Den einen hab ich dann ersäuft, dann waren's nur noch zwei. Zwei kleine Negerlein, die hielten was geheim. Den zweiten mach ich heute tot, das ist ein schöner Reim. Ein kleines Negerlein dem wird es angst und bang. Auch du entgehst der Strafe nicht, es dauert nicht mehr lang.«

Der Drengler ist jetzt weiß bis grün im Gesicht gewesen. Seine Knie haben gezittert, und der kalte Schweiß ist auf seiner Stirn gestanden. Er hat sich mit den Armen auf dem Tisch aufstützen müssen.

»Der meint mich, Sanktus. Der meint mich! Das erste Negerlein ist Heinrich, das zweite Ben, und das dritte bin ich. Was hat dieser Mensch gegen uns? Was will der? Warum sollen wir sterben?«, hat der Drengler gebibbert.

»Das musst du schon selber wissen, Jens. Aber bisher hast du ja noch nix erzählt«, hat der Sanktus gemeint. Normalerweise hätte er sich recht gefreut, den siebengescheiten und vorlauten Drengler mal so richtig in der Patsche zu sehen. Aber jetzt hat er ihm fast leidgetan, wie sich dieser so vor lauter Angst fast in die Hose gemacht hat. »Denk nach. Wir kommen schon drauf. Aber jetzt pass auf. Wie geht's weiter? Ich hab keine Ahnung.«

Der Drengler hat immer noch ganz kariert geschaut und immer noch gezittert.

»Irgendein Hinweis muss doch in dem Gedicht stecken, oder? Des kann's doch ned sein. Herrschaft, Jens. Jetzt hör mal auf zum Flennen und sei ein Mann und kein Waschlappen, zefix! Drei kleine Negerlein, drei kleine Negerlein …«

Und auf einmal ist sie dem Sanktus gekommen, die Erleuchtung.

»Da schau! Jetzt schau doch her!«, hat er fast gebrüllt. So laut es der Flüsterton halt zugelassen hat. »Das Bild!«

Beide haben jetzt auf ein Gemälde zwischen den hohen Fenstern an der Wand gegenüber gestarrt.

»Das ist der schwarze Walfisch zu Askalon. Eine Szene aus einem studentischen Lied, getextet von Viktor von Scheffel auf die Volksmelodie *Es war einmal ein Zimmergesell* …«

»Jaja, is recht. Aber schau!« Der Sanktus hat den Drengler jetzt fast angefleht.

»Ja. Das ist die Szene, wo der Hausknecht aus Nubien den Fremden vor die Tür setzt.«

»Und dämmert's? Drei kleine Negerlein. Ein schwarzer Hausknecht! Das muss es sein!«

Und jetzt sind die zwei vor dem Bild gestanden und haben geschaut wie Schulkinder im Museum, die versuchen, herauszufinden, was der Lehrer ihnen über die Intention des Künstlers zu diesem Werk versucht hat, zu erklären. Dumm kein Ausdruck, weil keine Ahnung, wie's weitergehen soll. Wie halt früher in der Schule. Es war eine düstere, verrauchte orientalisch anmutende Schenke zu sehen, in der viele Betrunkene mit Tonkrügen und Bechern in der Hand herumlungert sind. Ein Schwarzer hat gerade einen ungebetenen Gast zur Tür hinausgeworfen. Darunter ist gestanden: *»Im schwarzen Walfisch zu Askalon, da schlug die Uhr halb vier, da warf der Hausknecht aus Nubierland den Fremden vor die Tür.«* Draußen in der Gasse sind die Leute zurückgesprungen. An den Häusern haben Fahnen mit orientalischen Inschriften geweht. Das Schild der Schenke hat einen schwarzen Walfisch gezeigt.

»Eigentlich ganz lustig. Fast wie der Hanse in der Neuen Kirche«, hat der Sanktus gelächelt. »Wie er letztes Mal so einen randalierenden Öko rausgeschmissen hat. Des war a Gaudi. Hätt man dem Hanse und seinem Ramakrishna gar ned zugetraut, gell. Und schau amal. Der B'soffne da hinten in der Ecken, der gfallt ma. Jens? Was is?«

Der Drengler hat gebannt auf das Bild geschaut, mit dem Finger auf die Fahnen in der Straße gezeigt und hat keinen Ton mehr rausgebracht.

»Ich habe dieses Bild während der Kneipentempi in meiner Aktivenzeit immer wieder betrachtet. Ich kenne dieses Bild in- und auswendig, Sanktus.«

»Ja und?«

»Diese Zahlen dort auf den Fahnen waren nicht da!«
Der Sanktus hat die Fahnen jetzt genauer fokussiert.

›N 48,1442 E 11,5882‹ war da ganz leicht mit Bleistift
draufgekritzelt.

»Gib's ein, gib's ein. Schnell, schnell. Auf geht's«, hat
der Sanktus gedrängt.

Der Drengler hat gleich wieder ›geappt‹ und ist gleich
wieder blass geworden.

»Eisbach«, hat er grad noch so herausgebracht.

Die beiden Geocacher sind nun ganz leise zu ihrem
Auto zurück und weiter in Richtung Eisbach im Herzen Münchens gestartet. Der Sanktus hat sich beim Hin-
ausfahren aus dem Swapingengrundstück noch einmal
umgedreht und überlegt, wie viele und vor allem welche
Geheimnisse dieser Alt-Münchner Bau wohl noch beher-
bergen hat mögen. Vielleicht war's aber besser, er hat's
nicht gewusst. Das jetzige hat ihm eigentlich schon vol-
lends gereicht. Eine Mords-Geocache-Jagd durch München. Hätt's früher wahrscheinlich auch nicht gegeben.
Klar! Kein GPS, kein Cache. Ganz einfach. Der Sanktus
war jetzt wieder einmal, wie so oft, an einem Punkt, an
dem er sich in das München der 70er und 80er zurückgewünscht hat. Ruhigere Zeiten, weniger Stress, mehr
Gemütlichkeit. Obwohl? Da hat's statt GPS die RAF
gegeben. Auch nicht prickelnd. Dem Sanktus war völlig klar, dass die Zeiten früher auch nicht besser gewesen sind. Aber Träumen war ja schließlich erlaubt. Der
Drengler ist jetzt um das von der Morgensonne beleuch-
tete Siegestor gefahren. Am Ende der Ludwigstraße hast
du die Theatiner Kirche und die Feldherrenhalle sehen

können. Dem Sanktus ist's warm ums Herz geworden. Selten hat er sein München so still und klar erlebt. Vielleicht tät's doch was bringen, am Sonntag nicht so lange auszuschlafen, sondern aufzustehen und die frühmorgendlichen Sonnenstrahlen und das Panorama zu genießen. Einfach mal der Kathi vorschlagen.

In der Lerchenfeldstraße hat der Drengler einen Parkplatz gekriegt, und die beiden haben sich in Richtung Eisbach aufgemacht. Zuerst haben sie ein kurzes Stück durch den Englischen Garten spazieren müssen. Ebenfalls herrlich still und angenehm kühl. Nur ein paar Minuten später sind sie auf der Wiese der Eisbachwelle aufgetaucht. Der Drengler hat den Weg wieder ›geappt‹, jedoch etwas verhaltener wie vorher. Muggel, verstehst! Der Sanktus hat jetzt ganz dem Rauschen des Eisbachs gelauscht. Hast du sonst ja auch nie gehört, weil heutzutage Gott und die Welt an der Eisbachwelle. Die Surfer, die Surfer! Bloß weil da so ein paar Hanswursten auf ihren Brettln balancieren, muss man ja ned gleich *so* einen Wind machen, hat sich der Sanktus gedacht. Die waren inzwischen in jedem Reiseführer. Wenn du da im Sommer vorbeifährst, könntest du meinen, der Papst persönlich surft, so eine Menschentraube ist da an der Brücke. Wahrscheinlich ist's den Surfern selber zu viel. Wollen eigentlich auch nur ihren Spaß haben. Vielleicht ohne zehntausend Gaffer. Aber können haben sie was, die Surfer. Muss man ihnen lassen.

Der Sanktus hat seinen Blick über den Bach und das dahinter liegende Haus der Kunst schweifen lassen. Das Gebäude ist 1933 bis 1937 von den Nationalsozialisten gebaut worden. Es ist eines der wenigen Bauwerke, die nach dem Zweiten Weltkrieg nicht abgerissen worden sind. Den Eisbach, der direkt entlang läuft, hast du an diesem Tag richtig riechen können. Also die feine Gischt. Seit einigen Jahren war der Eisbach wieder sauber. Hier eindeutig Nachteil von früher. Da ist alles Mögliche noch hineingeleitet worden. Baden hast du aber immer noch nicht dürfen. Hat dem Sanktus als Jugendlichen aber natürlich nichts ausgemacht. Eisbachbaden! Da warst du wer. Du bist gleich nach den Surfern reingesprungen und hast dich bis zur ersten Stufe treiben lassen. Das war so eine kleine Staumauer. Da hast du dich dann dahinter von den Wassermassen abduschen lassen können. Den Mädels hat natürlich jeder Eisbachschwimmer imponiert. Klar! Kein Baggersee-Warmduscher, sondern echter Kerl. Haben zumindest die Burschen gedacht. Wenn du da fertig warst, hast du dich im reißenden Strom weiter treiben lassen. Immer links, weil rechts irgendwo ein Fahrrad, also ein Radl, im Bach gelegen ist, an dem du dir sauber die Füße hast aufschneiden können. Wenn der Eisbach die Oettingenstraße kreuzt, dort hast du wieder draußen sein müssen, weil dann geht's unterirdisch weiter. Also suboptimal.

Das ist dem Sanktus gerade in Sekundenschnelle durch den Kopf gegangen.

»Habt ihr hier früher auch immer gebadet?«, hat der Drengler sich auf einmal doch zu Wort gemeldet. »Ach, was war das immer. An sonnigen Tagen nach der Uni. Zuerst an den Eisbach und dann 'ne lecker Maaß …«

»Maß!«, hat ihn der Sanktus unterbrochen. »Mit kurzem A!«

»Sag ich doch. Und dann 'ne Maaß Bier am Schinesischen Turm.«

Der Sanktus hat wieder einmal die Augen verdreht. »Chinesisch, ned Schinesisch!«

»Ach Sanktus. Das waren Zeiten. Und die Mädels. Kannst du dir das vorstellen?«

»Logisch. Wir waren schon am Eisbach, da hast du München no ned amal auf der Landkarte zeigen können! Da brauchst mir nix erzählen. Sag mir lieber, warum uns der Owner daher geführt hat. Du hast doch schon eine Ahnung, sonst wärst bei den letzten Koordinaten ned so blass worden. Also. Auf geht's!«

»Lass uns erst den nächsten Cache heben. Dann, denke ich, kann ich es sicher sagen. Ich habe da wohl eine große Befürchtung. Extrem groß!«

Der Drengler ist nun ›weitergeappt‹ und dann vor einem großen Laubbaum stehen geblieben.

»Hier müsste es sein!«, hat er gerufen.

»Na schau ma amal«, hat der Sanktus gemeint. »Der Giovanni hat gesagt, dass sie gern was zwischen den Wurzeln verstecken und mit Moos wieder zumachen. Also?«

Der Sanktus und der Drengler sind fast um den Baum herumgekrochen, um alles zu untersuchen. Schön langsam haben sie aufpassen müssen, da es bereits halb neun war und die ersten Badefanatiker auf ihrem Radl schon in Richtung Münchner Seen unterwegs waren. Von außen haben sie bestimmt ein lustiges Bild abgegeben. Zwischen zwei Wurzeln hat der Sanktus ein lockeres Stück Moos entdeckt. Nachdem er es zur Seite gehoben hatte, ist eine kleine Plastikdose zum Vorschein gekommen. Der Drengler hat sie ihm wie verrückt aus der Hand gerissen und geöffnet. Darin war ein Foto zusammengerollt. Ihm ist das Foto vor lauter nervös erst zweimal aus der Hand gefallen, bevor er geschafft hat, es anzuschauen. Auf dem Foto war klar und deutlich der Kammerlander zu erkennen. Er ist wie auf dem letzten Foto in einem

Bottich gesessen, aber das Wasser war bereits viel höher und kurz unter seinem Kinn. *Stetiger Tropfen füllt das Fass. Beeilt Euch!*, ist als Überschrift drauf gestanden.

Der Drengler hat sich zitternd ins Gras gesetzt.

»Steter Tropfen muss das heißen. Nicht stetiger«, hat er gemurmelt.

»Musst du selbst in dieser Situation noch klugscheißen, ha?«, hat der Sanktus geschrien. Er war fassungslos. Das Foto hat ihnen gezeigt, dass es Spitz auf Knopf gestanden ist und der ›ander Depp‹ regt sich über Grammatik auf. »Tu lieber den anderen Zettel raus oder gib mir das Kacherl.«

»Welches Kacherl?«, hat der Drengler emotionslos gefragt.

»Die Filmbox, Herrschaftszeiten. Jetzt gib schon her.«

Schön langsam hat der Sanktus wirklich seine Contenance verloren. Wenn der Drengler jetzt nicht bald eine Ansage machen würde, dann … Ja, was dann? Irgendwas hat auf jeden Fall passieren müssen. Das war klar!

Der Drengler hat ihm die Box hingehalten, und er hat den zweiten Zettel entnommen. Und den hat er dem Drengler vorgelesen.

Es war einmal vor langer Zeit, da lebte ein Mädchen. Das war glücklich und zufrieden und die Sonne schien in seinem Herzen. So trug es sich zu, dass viele Burschen des Königreiches das Mädchen zur Frau haben wollten und überhäuften es mit ihren Umwerbungen und Geschenken. Das Mädchen jedoch wartete auf seinen besonderen Prinzen und verschmähte die Liebe der Werber. So begab es sich, dass sie sich mit dem Mädchen auf den Weg in die große Stadt machten, um ein großes Fest zu feiern.

Sie versuchten, das Mädchen durch den Wein, der aus-
geschenkt wurde, gefügig zu machen und seine Liebe an
diesem reißenden Fluss zu gewinnen. Doch sie entsagte
den Verlockungen der Männer. Sie versuchten zwei Tage
und zwei Nächte weiter ihr Glück. Schwer getroffen und
abgewiesen ertränkten sie das Mädchen im tiefen Was-
ser eines Sees.

Dunkelheit brach über das Königreich herein, das nun
ohne die Fröhlichkeit des Mädchens wie ausgebrannt war.
Tod und Wahnsinn zogen durch die Felder, Dörfer und
Wiesen. Einsamkeit und Schmerz waren ständige Beglei-
ter. 48 dunkle Heerscharen aus dem Norden, elf aus dem
Osten, eroberten das Land, das sich ohne die Liebe des
Mädchens nicht mehr zu verteidigen vermochte. Die
Schlacht dauerte 13 Monate, sechs Wochen, zwei Tage
und forderte 5776 Opfer.

Die Bauernburschen zogen in ein fremdes Land und
lebten dort glücklich und zufrieden Jahr für Jahr. Doch
leben sie noch heute?

Der Drengler ist jetzt weißer als eine Wand gewesen. So
verschreckt hat ihn der Sanktus noch nie gesehen. Er ist
aufgestanden, hat sich zitternd an den Stamm gelehnt und
sich erst einmal neben dem Baum des Anstoßes übergeben.

»Johanna«, hat er krächzend gerade noch so herausgebracht. »Johanna Calaminus. Mein Gott! Ja, Calaminus hieß sie!«

»Die von dem Foto, auf die ihr alle gestanden seids?«,
hat der Sanktus wissen wollen.

»Genau die, Sanktus.«

»Ich mein, jetzt solltest einmal auspacken, Jens. Sonst
kommen wir zwei da ned weiter.«

»Auspacken? Ja wenn ich wüsste, was, Sanktus!«, hat der Drengler fast geheult und hat sich wieder ins Gras gesetzt.

»Fang einfach mal an. Spuck alles aus. Wir sortieren's dann gemeinsam.«

»Also gut. Es war im Juli 97. Wir waren alle ziemlich am Ende unseres Studiums. Wir feierten so wie am Mittwoch die Alt-Herren-Jubiläumskneipe. Damals war das noch ein ganzes Veranstaltungswochenende, also Freitag bis Sonntag. Viele Alte Herren hatten ihre Damen dabei. Die waren natürlich auf dem Damenprogramm, da sie ja an der Kneipe nicht teilnehmen durften. Du erinnerst dich. Damenverbot. Heinrich, Ben und ich hatten natürlich keine Dame, da wir ja bekanntlich alle auf Jo standen. Na ja. Nicht wirklich, aber es war so eine Art Sport. Wer würde sie am Ende doch noch bekommen?«

»Keiner!«, hat der Sanktus unterbrochen.

»Ja genau. Keiner, denn die Geschichte ging nicht gut aus. Also die Damen älteren Datums waren in der Pfälzer Weinstube. Die jüngeren in Schwabing. Alle kamen um kurz vor zwölf auf das Bundesheim, wo wir schon, mit Verlaub, leicht angetrunken warteten. Johanna war mit, lass mich überlegen, Gabriele von Streit, Inga Miller, und wie sie alle hießen, in Schwabing unterwegs. Sie kamen voll wie die Haubitzen zurück. Ohne Übertreibung. Wirklich. Aber uns war das egal. Umso größer die Chance, dass jemand Johanna abbekommen könnte. Wir feierten bis in die Morgenstunden hinein auf dem Bundesheim. Irgendwann, zwischen fünf und halb sechs, fiel es Jo ein, dass sie zum Frühstück an den Eisbach wollte. Wir packten alles Mögliche aus unserem Wohnheim ein und starteten zu Fuß. Wir versuchten natürlich, sie beim romantischen Frühstück zu verführen. Aber kein Erfolg. Später um zehn Uhr mussten wir in der Heiliggeistkirche zum Abschlussgottesdienst sein.«

»Und weiter?«, hat der Sanktus eingehakt.

»Na ja. Der Tag verlief eher unspektakulär. Wir verbrachten den Nachmittag am Feringasee und übernachteten alle bei Jo. Eigentlich hätten wir noch eine Abendveranstaltung der Verbindung gehabt. Jo überredete uns jedoch, nicht daran teilzunehmen und bei ihr auf dem Balkon den Abend bei Rotwein ausklingen zu lassen. Wir waren natürlich sofort dabei, da wir als inaktive Bundesbrüder keine Anwesenheitspflicht mehr hatten. Natürlich ließ sie keinen an sich ran. Wir konnten es noch so versuchen. Am nächsten Tag hatten wir dann unseren Exbummel bei einem unserer Alten Herren am Starnberger See, und dort geschah es. Wir fingen gegen Mittag zu grillen und trinken an. Wir feierten den ganzen Tag ausgelassen. Jo wickelte wieder alle um ihren Finger und war der Mittelpunkt. Spät abends saßen wir alle am Lagerfeuer. Irgendwie wollte Jo ein Spiel machen. Ich kann mich nicht mehr genau erinnern. Jedenfalls sprangen wir alle in den See, planschten und tauchten. Ich weiß nicht, was geschah. Jo war auf einmal weg. Sie tauchte nicht wieder auf. Keiner von uns konnte sagen, wann er sie zuletzt gesehen oder gehört hatte, ob sie überhaupt wieder aus dem Wasser herauskam. Am nächsten Tag wurde sie tot geborgen.«

»Pah. Sauber! Verreck. Leck mich am Abend. Jetzt ist mir auch die blutige Schrift klar. Ein Spiel gefällig? Könnte auf Jo zugeschnitten sein.«

»Ja, aber warum nach all den Jahren? Warum erst jetzt? Und wer veranstaltet dieses Spiel?«

»Das wenn wir wüssten«, hat der Sanktus erwidert, »hätten wir den Mörder. So viel ist klar. Aber jetzt noch mal zum Mitschreiben. Ihr wart auf dem Haus, dann am Eisbach. Dann müsste nach Adam Riese die nächste Koordinate die Heiliggeistkirche sein.«

»Also die Koordinate?«

»Lass schauen. Die ist im Märchen versteckt oder? Also als Erstes brauchen wir Nord und Ost.

»48 dunkle Heerscharen aus dem Norden, elf aus dem Osten, eroberten das Land«, hat der Drengler zitiert.

»Okay. Das gibt 48° Nord und 11° Ost. Schaut gut aus. Weiter.«

»Die Schlacht dauerte 13 Monate, sechs Wochen, zwei Tage«, hat der Drengler erneut gelesen.

»Gut. Okay. Achtundvierzig Komma dreizehn zweiundsechzig, oder? Falls es in dieser Reihenfolge geht. Oder sind es achtundvierzig Komma dreizehn Grad Nord, elf Komma zweiundsechzig Grad Ost?«, hat der Sanktus kombiniert.

»Glaube ich nicht Sanktus, weil da unten noch diese vielen Opfer kommen.«

»Mensch, is des a Gschieß«, hat der Sanktus gemeint. »Also wenn die Zahlen hinter dem Komma sind … Also was hast du aufgeschrieben?«

»N 48,1362, E 11,5776«, hat der Drengler verkündet.

»Und? Gib's ein. Was kommt raus?«

»'ne Ecke der Heiliggeistkirche! Shit!«, hat der Drengler geseufzt.

»Gut. Also was heißt das jetzt? Irgendjemand stellt euren letzten Tag, oder vielleicht die letzten beiden Tage mit Johanna nach. Er führt uns mit den Cachekoordinaten. Korrekt?«

»Korrekt, Sanktus. Aber wir haben das Foto von Ben vergessen. Wir sollen uns beeilen. Der stete Tropfen füllt das Fass. Kein Spaß, Sanktus, kein Spaß.«

»Ich glaub, je eher wir den Cache lösen, desto eher hat der Bene die Chance, des Ganze zu überleben. Aber warum das? Wer will sich an euch rächen? Und vor allem, was ist das Motiv, zefix?«

»Hier isch der automatische Anrufbeantworter der Familie Häberle. Wir sind zurzeit nicht dahoim. Bitte sprechen Sie nach dem Pfeifton.«

»Hanspeter, geh hin, du Volldepp! Du bist doch daheim«, hat der Sanktus in sein Handy geplärrt. Ein Klicken ist zu hören gewesen.

»Sanktus, bisch es du?«, hat der Hanspeter gefragt. »Bitte plärr ned so. Ich bin ja scho da. Was gibt's?«

»Hanspeter. Wenn ma daheim ist, schaltet man den Scheiß… Ach, Scheiß drauf. Wir sind an der Eisbachwelle und haben die nächsten Koordinaten. Es ist die Heiliggeistkirche. Kannst du uns unterstützen? Wir könnten jedes Hirn brauchen, besonders ein schlaues Schwabenhirn.«

»Mei Sanktus, dass du des endlich erkennscht. Des tut gut. Wo sollen ma uns treffa?«

»Am Marienplatz, am Fischbrunnen. So schnell, wie's geht.«

»Alles klar. Bis gloi! Des passt gut. Die Annouk isch eh mit ihren Freundinnen unterwegs …«

»Ja, jetzt gib Gas. Bis glei.«

Die zwei sind dann zurück zum Drengler-Jaguar. Der Sanktus hat sich kurz mit seinem vorsintflutlichen Handy, das ihm von der Kathi sozusagen aufgezwungen worden war, bei ihr gemeldet und den Zwischenstand durchgegeben. Höchst dynamisch und motiviert hat der Drengler den Motor starten wollen, aber außer einem minimalen Heulen ist nichts draus geworden.

Der Sanktus hat die Hände vors Gesicht geschlagen und leise gesungen: »Ein Auto, das nicht fährt, das ist sein Geld nicht wert.«

»Shit!«, hat der Drengler geschrien. »Verdammt noch mal!«

»Nächstes Mal kaufst dir einen BMW. Des is Qualität. Ned so a nobliges Briten-Glump, host mi? So, raus jetzt. Mir fahren mit dem Bus.«

»Mit dem Bus?«, hat der Drengler entsetzt gefragt. »Mit dem Linienbus?«

»Ja, was hast denn du gemeint?«

»Ich rufe schnell die Jaguar Mobility Assurance an. Die schicken ein Service-Mobil, und dann kann's gleich weitergehen.«

»Mach, was d' willst. Vor allem leck mich, wo ich am schönsten bin!« Sanktus jetzt raus aus der Nobelkarosse und in Richtung Haltestelle Haus der Kunst. Der Drengler ist beleidigt in seinem Auto sitzen geblieben und hat sein Handy heiß telefoniert. Der Sanktus hat eine Wut gehabt, die hast du nicht beschreiben können.

Nach circa zehn Minuten ist der Hunderter-Bus auch dann gekommen, und der Sanktus nichts wie rein. Kurz vor dem Türenschließen ist der Drengler völlig durchgeschwitzt und äußerst knapp gerade noch in den Bus gehechtet.

»Du glaubst wohl, du wirst mich so schnell los. Aber

du hast vergessen, dass du mich brauchst!«, hat er gehechelt.

»Dich braucht kein Mensch!«, hat der Sanktus erwidert und teilnahmslos aus dem Fenster in Richtung Lehel und Altstadtring geschaut.

»Nana. Ich habe auch eine Seele, nö. Ein bisschen freundlicher wäre durchaus angemessen.«

»Wie weit fahren wir?«, hat ihn der Sanktus gefragt.

»Keine Ahnung. Ich pflege grundsätzlich nicht mit der MVG zu reisen«, Antwort Drengler.

»Aha. Und ich tät dich brauchen? Glaubst ja selber ned!«

»Aber ich habe die Koordinaten-App!«, hat der Drengler gerufen, dass sich der ganze Bus umgedreht hat.

Der Sanktus jetzt Hand vors Gesicht und kopfschütteln.

Am Odeonsplatz ist das Detektivteam ausgestiegen und hat sich durch die Fußgängerzone in Richtung Marienplatz aufgemacht. Normalerweise würdest du an so einem Tag die Feldherrenhalle und die Theatinerkirche bewundern, aber Highspeed angesagt, weil der Bene muss ja gerettet werden. Der Drengler wäre an der Maffeistraße vor lauter Heldenmut fast in eine um die Kurve biegende Trambahn gelaufen, wenn ihn der Sanktus nicht zurückgezogen hätte. Die neuen Trambahnen machen einfach zu wenig Lärm. Da wenn du nicht aufpasst, kann's schnell gar sein. Jetzt lass noch die Elektroautos dazukommen. Na bravo!

Ein paar 100 Meter weiter sind sie auch schon am Marienplatz angekommen, wo sie direkt in eine Extrem-Touristen-Ansammlung gestolpert sind, weil elf Uhr und daher Glockenspiel. Timing ist halt alles im Leben. Also durchkämpfen zum Fischbrunnen. Kein Kampf ohne Verluste und Opfer, aber nur schimpfende Ami-Touristen, denen die zwei ein bisserl auf ihre Zehen gestiegen sind, weil sie sich mit ihren voluminösen Leibern auch keinen Millimeter auf die Seite bewegt haben. Aber der Zweck heiligt die Mittel. Fertig.

Kurz drauf ist auch schon der Hanspeter gekommen. Schwabe natürlich gescheit, nimmt den Aufgang beim Kaufhaus Beck und muss somit nicht durch den Touristenwahnsinn.

So schnell hast du jetzt gar nicht schauen können, sind die drei durch das Alte Rathaus in Richtung Viktualienmarkt zur Heiliggeistkirche, wo ihr Enthusiasmus erst einmal gewaltig gestoppt worden ist, weil Heilige Messe am Sonntag um elf Uhr.

»Kauf ma uns derweil a Halbe?«, hat der Sanktus gefragt. »Am Viktualienmarkt wär's schön! Da schenkt immer eine andere Brauerei aus. Wenn ma Glück haben, gibt's an Sternbräu.«

»Also ich denke«, hat der Drengler zum Dozieren angefangen, »es würde uns nicht schaden, dem Gottesdienst beizuwohnen, um für unser Unterfangen um göttlichen Beistand zu bitten.«

»Also ich seh des genauso«, hat der Hanspeter bekräftigt. »Wir Schwaben sind ja auch äußerscht katholisch, und da mein i scho, dass ...«

»Okay! Rein mit uns!«, hat der Sanktus resigniert, und so haben die drei Ermittler die Kirche durch die Seitenpforte betreten und sich gleich nach dem schmiedeeisernen Gitter in eine der letzten Bankreihen gesetzt. Der

Drengler hat einen Knicks vor der Bank gemacht, dass du meinst, dem müssten die Kniescheiben rausschießen, der Hanspeter hat sich bekreuzigt, dass du glaubst, er macht Gymnastik, und der Sanktus ist einfach rein in die Bank. Der Pfarrer war leider noch nicht sehr weit, und so war die Aussicht nur sehr gering, dass das Ganze schnell vorbei sein würde. Der Sanktus hat die Augen geschlossen und die Stille genossen und ist dabei fast eingenickt. Gott sei Dank nur fast, denn sein Schnarchen wäre doch eher auffällig gewesen. Kettensäge Anfänger, weißt du. Er hat an die Zeit zurückgedacht, wo er jeden Samstag oder Sonntag mit seiner Mutter und seiner Schwester in die Kirche gegangen war, eher gegangen worden war. Die Anna und er haben während des Gottesdienstes immer lachen müssen und sich natürlich das Missfallen der streng katholischen Mutter zugezogen. Aber was willst du machen, wenn der Nachbarsbub im Stehen einschläft und aus der Bank rausfällt, oder der Pfarrer sich beim Predigen verschluckt, oder die Anna behauptet, die Frau Stierner, die die Lesung liest, schaut aus wie eine Schildkröte? Was willst du da machen? Lachen! Richtig!

Der Sanktus ist kurz aus seinen Gedanken aufgeschreckt. Fürbitten! Der Drengler hat mit ganz klarer Stimme gesprochen »Wir bitten Dich, erhöre uns.« Wie ein Schauspieler ist er dem Sanktus vorgekommen. Wegen der Betonung. Und dann hat er den Drengler singen hören. Operntenor jetzt wirklich Dreck dagegen. Der Drengler hat so geträllert, dass der Sanktus, und du wirst es jetzt schon wissen, lachen hat müssen. Der Drengler hat dann auch noch die Lippen so gezogen. Da ist dem Sanktus der Witz von dem Breitmaulfrosch eingefallen, und dann hat er losprusten müssen. Die alte Dame links neben ihm hat ihn sehr, sehr strafend angeschaut und den Kopf geschüttelt. Er hat seine Augen wieder geschlossen und einen auf Andacht gemacht. Hauptsache, nicht mehr lachen. Vielleicht ist er jetzt doch ein bisserl eingedöst, weil beim *Gebt einander ein Zeichen des Friedens* hat es ihn gerissen, dass du meinst Stromschlag. Die alte Schabracke neben ihm hat ihm ihren Ellenbogen in die Rippen gerammt, dass ihm die Luft weggeblieben ist. Dann hat sie ihn angelächelt und ihm ihre Hand zum Friedensgruß hingestreckt. Eins zu null für die Alte. Ihr Grinsen kannst du dir vorstellen.

Aber jetzt pass auf! Jetzt kommt's. Wie dann alle zur Kommunion aufgestanden und zum Altar vorgepilgert sind, ist der Drengler aufgesprungen und du hast gemeint, er muss als Erster vorne sein. So ein Pharisäer, hat sich der Sanktus gedacht, aber dann hat er auch schon das Handy in seiner Hand verborgen gesehen. Also nicht Kommunion, sondern Kommunikation mit der App. Pharisäer also nicht ganz so falsch. Der Drengler jetzt Unauffälligkeit in Person. Allein schon, wie er so möchtegern unauffällig geschlendert ist, da hat der Dümmste merken müssen, dass da was im Busch ist. Der Sanktus ist aber entspannt in seiner Bank gesessen und hat sich das Schauspiel angesehen. Der Drengler ist jetzt an einem Beichtstuhl, an einem Seitenaltar und wieder an einem Beichtstuhl vorbei. Dann hat er irgendwas an der seitlichen Wand beobachtet, was der Sanktus nicht erkennen hat können. Erkennen hat er eh nicht viel können, weil je weiter du nach vorn schaust, desto mehr werden die Säulen wie eine dichte Wand. Ganz vorne, kurz bevor der Sanktus den Drengler gar nicht mehr gesehen hat, hat der Drengler nervös auf sein Handy geblickt. Und dann fuchtelt der Depp in Richtung Sanktus und Hanspeter, dass wirklich jeder hat merken können, dass da was faul ist. Der Sanktus hat ihm eine Geste mit dem Finger quer zum Hals, also Rübe ab, geschickt und der Drengler hat ganz schnell abgedreht in Richtung Hostienempfang. Zurück in der Bank hat er eine reuige kniende Position eingenommen. Denk nur über deine Dummheiten nach, du Rindvieh, hat sich der Sanktus gedacht. Das passt schon.

Beim *Gehet hin in Frieden* hat der Sanktus aufgeatmet. Alle haben geantwortet »Dank sei Gott …« und der Sanktus »Gott sei Dank«, weil er das als Kind schon immer gemacht hatte.

Der Drengler hat den Sanktus und den Hanspeter jetzt mit voller Kraft nach vorne geschoben, entgegen aller, die die Kirche haben verlassen wollen. Großes Hallo! Kannst du dir vorstellen. Geschämt hat er sich, der Sanktus. Wirst du dir auch vorstellen können.

»Ihr müsst euch die Bilder ansehen! Ihr müsst euch die Bilder ansehen«, hat der Drengler durch die Kirche geplärrt.

»Halt dei Fotzen, zefix!«, hat der Sanktus gezischt und sofort gemerkt, dass das vielleicht die falsche Formulierung für ein Gotteshaus gewesen ist. »Äh, ruhig, mein ich. Braucht doch ned a jeder hören.«

»Sorry. Bin so aufgeregt. Also seht: da ist der Geist der *Stärke*, Koordinate negativ, der Geist der *Wissenschaft*, interessant, jedoch Koordinate negativ, der Geist der *Frömmigkeit*, kann nur negativ sein und jetzt haltet euch fest. Der Geist der *Gottesfurcht* und Koordinate: Bingo!« Gestrahlt hat er wie ein Honigkuchenpferd.

»Na muss der Cache hier wo sein«, hat der Sanktus schlussgefolgert.

»Warum muss?«, hat der Hanspeter gefragt. »I mein, des mit der Koordinate versteh i ja, aber warum Gottesfurcht?«

»Jens, ich glaub, du musst unseren Schwaben nachher noch über so einiges aufklären, mein ich«, hat der Sanktus angedeutet. »Aber jetzt such ma erst einmal des Kacherl.«

Also erst Lage peilen, ob Kirchenmuggel im Anflug. Zwischen dem Geist der Frömmigkeit und der Gottesfurcht haben ein paar kleine Kirchenbänke einen Wandvorsprung eingefasst. Eigentlich das einzig mögliche Versteck. Der Sanktus hat so getan, als würde er sich den Geist der Gottesfurcht genauer zu Gemüte führen, und ist mit der linken Hand hinter der Lehne unter dem Abschlussbrett der hinteren Bank entlanggestrichen, und schon hat er eine kleine Dose ertasten können.

»I hob's! Raus jetzt mit uns!«, hat er kommandiert.

Am Viktualienmarkt im kleinen Biergarten hat es zwar kein Sternbräu gegeben, aber dafür das zweitbeste Münchner Bier. Hat man auch gut trinken können, vor allem nach einer Stunde Kirche und Cache-Aktion.

Alle drei haben gebannt auf die kleine schwarze Dose mit dem grauen Deckel geschielt.

»Wer mag?«, hat der Sanktus gefragt.

Andrang riesig, also keiner hat so richtig wollen, weil Bammel vor dem Inhalt.

»Ihr habt's einfach keinen Arsch in der Hosen«, hat der Sanktus angegeben und das Doserl zittrig geöffnet. Ein neues Bild vom Kammerlander ist zum Vorschein gekommen. Das Wasser ist nun schon über dem Kinn gestanden, und der Mund war gerade noch frei. Angst in seinen Augen kein Ausdruck. Blankes Entsetzen und Panik.

Nur noch wenige Liter. Ihr seid zu langsam! Euer Versagen wird sein Tod sein, ist auf dem Bild gestanden.

Die Kommentare der drei und wie sie den Unbekannten geheißen haben, kannst du hier nicht niederschreiben. Wirklich nicht. Verzweifelt haben die drei Gefährten dann das Döschen wie im vorigen Cache nach einem zweiten Zettel durchsucht, doch es war keiner zu finden. Alles Schütteln hat nichts geholfen.

»Und jetzt?«, der Hanspeter.

»Wat nu?«, hat der Drengler fast geschluchzt.

Schweigen und Verzweiflung.

Und auf einmal haben sie alle gleichzeitig »Rückseite« gerufen und das Blatt umgedreht. Tatsächlich ist was drauf gestanden. Wie die kleinen Kinder haben sie nun versucht, sich den Zettel gegenseitig aus der Hand zu reißen und zu lesen, bis der Sanktus wieder einmal einen Schrei getan hat.

»Hörts auf, ihr Rindviecher. Wenn ma 'n zerreißen, hat der Bene am wenigsten davon. Herrschaftszeiten!«

»Lies vor, lies vor!«, hat der Hanspeter gefleht.

Erscheint im Westen nichts Neues, Kameraden? Wie Paul Bäumer sieht er siebenundsechzigmal das Ende nah. Denn Nord bleibt Nord und Ost bleibt Ost, ist auf dem Zettel gestanden. Lange fragende Gesichter jetzt Anfänger. Kurze Pause und dann Durcheinandergerede, machst du dir keine Vorstellungen. Turmbau zu Babel gar nichts dagegen.

»Na ganz toll«, hat der Sanktus die Zeilen kommentiert.

»Des isch eine Scheiße …«, hat der Hanspeter geflucht.

»Wie sollen wir das nun rausfinden?«, hat der Drengler wissen wollen.

»Keine Ahnung!«, Antwort der anderen und dann wieder Turmbau. Die drei haben diskutiert, geschimpft, geschrien, Thesen erstellt, Thesen verteidigt, Thesen angegriffen und Thesen wieder verworfen. Die Leute, die ringsum gemütlich ihr Bier haben trinken wollen, haben nur mit dem Kopf geschüttelt. Der Sanktus, wenn er sich selbst gesehen hätte, die Kommentare nicht auszudenken.

Und so hat das Ganze erst einmal einige Halbe Bier gedauert bis, ja kannst du dir denken, bis natürlich immer noch keine Lösung in Sicht.

»Mei sind mir Deppen!«, auf einmal Ausruf vom Sanktus. »Jens, wo müssen wir jetzt hin? Sag, ha?«

»Das wenn ich wüsste, du Schlaumeier, würden wir hier nicht mehr sitzen«, hat der Drengler genervt geantwortet.

Der Hanspeter hat nur Bahnhof verstanden und natürlich wissen wollen, warum der Drengler das nun gerade jetzt hat wissen sollen. Der Sanktus hat nun dem Hanspeter erzählt, was sie am Vormittag alles erlebt und welche Schlüsse sie gezogen hatten. Und natürlich von der Calaminus Jo und, dass sie glauben, dass der ›Owner‹ sie irgendwie die letzten Tage des Mädchens durchleben lassen will. Staunen vom Hanspeter jetzt natürlich groß.

»Und wohin seid ihr dann, na?«, hat er wissen wollen.

»Lass mich noch einmal überlegen«, hat der Drengler gemeint. »Nach der Kirche? Nach der Kirche? Wo wollte sie da hin? An den Feringasee. Genau! An den Feringasee.«

»Koordinaten?«, hat der Sanktus gerufen, und der Drengler hat sofort losgeappt, dass es geraucht hat.

»Wenn ich mitten hinein klicke, ist es 48.194550, 11.671615«, hat der Drengler gemeint. Der Sanktus hat die Koordinaten aufgeschrieben.

»Da!«, hat der Hanspeter laut aufgeschrien. »Da isch die 67. Leut, schauts!«

»Samma scho aufm richtigen Dampfer!«, hat der Sanktus triumphierend beigefügt. »So, bei den letzten haben wir nur vier Nachkommastellen gehabt, also 48.1945, 11.6716. Gut, aber er will uns ja wohl kaum im See tauchen lassen, oder?«

Kopfschütteln Rest.

»*Erscheint im Westen nichts Neues, Kameraden?* Müsste der erste Koordinatenteil sein«, hat der Drengler gemurmelt. »Erscheint im Westen nichts Neues, Kameraden? Erscheint im Westen nichts Neues, 1945. Erscheint im Westen nichts Neues, 1945?«

»Noi, noi, des war scho früher!«, hat der Hanspeter gesagt.

»Hä?«, seitens Drengler und Sanktus.

»Ja, ihr habt mich doch grad gfragt, wann des Büchle erschiene isch«, hat der Hanspeter beleidigt von sich gegeben. Sanktus jetzt Honigkuchenpferd-Grinsen.

»Hanspeter. Du bist eine Schau! Wann is des erschienen? Jens app, google, surf oder was immer du willst, aber bring des raus. Schnell!«

Der Drengler hat gegoogelt und 1929 herausgefunden.

»Jo hat vor all den Jahren irgendeine Arbeit über dieses Buch verfasst. Da kann ich mich noch vage erinnern. Mein Gott. Dieser Owner weiß selbst darüber Bescheid«, hat der Drengler herausgezittert.

»*Erscheint im Westen nichts Neues, Kameraden? Wie Paul Bäumer sieht er siebenundsechzigmal das Ende nah.*

Denn Nord bleibt Nord und Ost bleibt Ost. Nord bleibt Nord und Ost bleibt Ost?«, hat der Sanktus rekapituliert. »Was heißt des?«

»Ich würde darauf tippen, dass wir die 48° Nord und 11° Ost beibehalten sollen«, hat der Drengler geantwortet. »Die hatten wir bei allen Koordinaten zuvor auch schon.«

»Guad, na samma bei 48.1929, 11.6716. 67 ist gesetzt, oder?«

»Also müssa ma eigentlich nur no die 16 hinterfragen, oder?«, hat der Hanspeter gemeint.

»Also *Wie Paul Bäumer sieht er siebenundsechzigmal das Ende nah,* oder?«, hat der Sanktus gesagt.

»Welches Ende soll nah sein?«, hat der Drengler wissen wollen.

»Um was geht's eigentlich gleich wieder in dem Buch? Irgendwas mit Krieg, oder?«, hat der Sanktus gefragt.

Der Drengler hat wieder gegoogelt, aber der Hanspeter als belesener Schwabe hat die Antwort schon parat gehabt.

»Es geht um die Kriegserlebnisse des Kriegsfreiwilligen Paul Bäumer im Erschten Weltkrieg«, hat er konstatiert.

»Aha? Und Ende?«, der Sanktus.

»1918. Weiß doch jedes Kind, dass der Erste Weltkrieg 1918 zu Ende war, nö?«, der Drengler wieder ganz in seinem Metier.

»Passt aber ned hinter die 67, oder? Sonst wären's sechs Stellen«, ist's vom Sanktus gekommen.

»Mir nehma nur 18. Also 48.1929, 11.6718«, hat der Hanspeter bestimmt. »Herr Dr. Engler, walten Sie bitte Ihres Amtes und appen Sie.«

Der Drengler jetzt mit stolzer Brust wieder wichtigster Mann am Platz.

»Feringasee!«, hat er bestätigt.

»Gut, sehr gut«, haben sich die anderen gefreut.

»Nee, gar nicht so gut.«

»Warum?«, im Chor.

»FKK-Insel!«

Die FKK-Insel hat der Drengler jetzt, nervös oder erregt, wie er war, ein bisserl lauter als gewollt verkündet, und sofort war es an den umliegenden Tischen still. Alle Blicke jetzt auf das Ermittler-Trio. Bodenversinken angesagt.

»Und wie soll ma jetzt da hinkommen?«, hat der Sanktus wissen wollen. »Geht dein Karren wieder? War er scho da, dein Jaguar Service, oder ist sie immer no platt, die Kraxen?«

Der Drengler hat sich jetzt auf die Lippe gebissen, dass er nicht ausfallend wird, also echt gute Selbstbeherrschung und ein leises »Nöö, noch nich« rausgebracht.

Und der Sanktus gleich noch einen drauf: »Wunderbar. Super, Jens! Auf dich kann man sich verlassen. Und wie soll ma jetzt an den gschissnen Feringasee kommen? Zefix! *Du* willst doch den Bene retten, oder?«

»Also Sanktus«, hat sich der Hanspeter eingemischt, »jetzt bisch du aber sehr ungerecht. Der Dr. Engler kann doch nun wirklich nix dafür, dass sich sein Wagen verabschiedet hat. Mir sollten jetzt eher progressiv denken. Also welche Möglichkeiten han mir? Also bei uns, ja, die Annouk isch mit unserem Mercedesle unterwegs. Da geht nix.«

Die Köpfe von Sanktus und Drengler schwer am Rauchen. Der eine vor lauter Denken und der andere vor Wut.

»Ulrike ist auch nicht zu Hause«, hat der Drengler die nächste Möglichkeit ausgeschlossen.

»Die meinen sind auch unterwegs.« Pause. »Aber logisch! Da Hanse! Der Bubi, oder? Der könnt uns helfen. Hat der nicht letztens noch geprotzt, dass er sich so einen heißen Flitzer geleistet hat. Sonst fallt mir nix ein.«

Der Sanktus hat jetzt die Bhupinder-Nummer in sein Gerät eingegeben. Allein wie er schon getippt hat, hat allen gezeigt, Handydepp in Aktion. So mit dem Zeigefinger, weißt du. Aber nichtsdestotrotz hat er den Bhupinder an die Strippe bekommen. Es hat ein paar Minuten gedauert, bis der den Sachverhalt anscheinend doch kapiert hat, aber das Resultat: Er kommt in ein paar Minuten, weil von der Neuen Kirche zum Marienplatz ein Katzensprung und der Bhupinder sowieso Zeit, weil die Neue Kirche am Sonntagmittag eh nicht geöffnet. Also haben sich die drei schon einmal auf den Weg zum alten Rathaus gemacht, wo sie den Bhupinder treffen wollten.

Nach circa 20 Minuten ist der Sanktus schon nervös geworden, weil Warten sowieso nicht seine Königsdisziplin, und außerdem hätte der Inder wirklich schon da sein müssen. Der Hanspeter und der Drengler haben die aufgrund der Hitze spärlich bekleideten jungen Damen beobachtet und sich somit die Langeweile etwas vertrieben. Nach weiteren gefühlten 20 Minuten sind, von der Straße vom Isartor her kommend, mehrere Schüsse zu hören gewesen. Viele Leute hat es nicht interessiert, aber einige haben sich doch umgedreht und sich gewundert, woher dieser Lärm gekommen ist. Und du wirst es nicht glauben: Der Krach ist von einem kleinen gelben Auto, so einer Schäsen, gekommen. Dieses Modell hatten weder der Sanktus noch seine Mitstreiter jemals gesehen. Es hat ausgeschaut wie ein kleiner Fiat oder so was. Auf der Motorhaube ist ein Wesen mit Elefantenrüssel gemalt gewesen und von der Stoßstange sind mehrere rote Quasten gehangen. Auf den Wagentüren indische Schriftzeichen und drinnen stolz wie Oskar der Bhupinder auf dem rechten Fahrersitz, weil Commonwealth rechtsgesteuert. Jetzt winken und Fanfare. Weil ohne Fanfare im Auto kriegst du in Indien wahrscheinlich gar keinen TÜV, oder anders herum musst du das Auto sofort verschrotten, wenn sie kaputt geht. Das ist einmal offensichtlich.

Das Vehikel ist jetzt langsam an die drei staunenden Herren herangefahren. Durch die offenen Fenster hast du laut indische Musik gehört. Also Trommeln, Sitars, orientalische Klänge und lang gezogenen weinerlichen Singsang. Der Bhupinder hat aus seinem Wagen rausgegrinst. Da er rechts gesessen ist, war es für ihn einfach, die drei völlig perplexen Detektive zu beobachten.

»Was is? Warts ihr auf bessere Seiten? Wollts ihr ned einsteigen? Ich hab geglaubt, es presst!«

»Pressiert!«

»Na wegen mir, pressiert. Also lose geht!«

Das Innere des kleinen Autos hat ausgeschaut wie ein Museum. Die Sitze sind mit orientalischen Teppichen belegt gewesen – mehrlagig – und überall wo du hingeschaut hast, waren indische Blumen, Ketterl, Anhänger und Krimskrams umeinander gehangen und mehrere Ramakrishnabilder sind auf dem Armaturenbrett gepappt. Aber eine Soundanlage drin, dass du mit den Ohren schlackerst.

»Was is'n des für ein Karren, Hanse?«, hat der Sanktus, der vorne eingestiegen war, gefragt.

»Des is kein Karren, des is de Hindustan Motors, Ambassador Classic, model sixty nine. You don't like?« »Jo, jo, scho, scho, Hanse. Hab's halt noch nie gesehen, des Auto. Nett, sehr nett …«, hat der Sanktus gefaselt. »Hanse, wir müssen zum Feringasee. Ich erklär's dir, wo du hinfahren musst.«

»Yes, yes«, hat der Bhupinder wie aus der Pistole geschossen gemeint und mit dem Kopf gewackelt. Die Inder nicken nämlich nicht bei *Ja*, wie wir Europäer das gewohnt sind. Sie wackeln, ja schütteln eher den Kopf und es schaut mehr wie *Nein* als *Ja* aus. Ziemlich verwirrend, wenn du das nicht kennst, weil du meinst immer: was hat er denn jetzt wieder dagegen? Derweil ist der Inder voll deiner Meinung.

»Yes, yes, wir werden finden. Denn der Weg ist das Siel, sagt …« Aber weiter ist er nicht gekommen, weil der Sanktus ihn mit einem »Es pressiert wirklich!«, unterbrochen hat.

»Dann fest halte. Lose geht!«, hat der Bhupinder gerufen, und das Vehikel hat sich in Gang gesetzt. Beim Rufen hat er die Musik aufgedreht. Eine indische Sängerin ist anscheinend gerade gegrillt worden, so schrill hat sie geschrien. Der Sanktus hat immer so was wie ›Yieppeh, yippeh‹ verstanden, und der Bhupinder hat lauthals mitgesungen, mit den Händen auf dem Lenkrad getrommelt und mit dem Kopf gewackelt. So ein leichtes indisches ›Head Bangen‹.

»Du magst de Sharuk Khan?«, hat der Bhupinder gefragt. »Is de berühmteste indische Sänger und Schauspieler. Is de Schwarm von all of our girls. Oh ich wäre gern wie Sharuk.«

So ist es mit indischer Bollywood-Musik und Bhupinder-Gesang durch den Münchner Verkehr gegangen. Wenn du jetzt gemeint hast, der Ambassador kann nichts, hast du dich getäuscht. Ein paar PS hat er doch gehabt, und der Bhupinder ist gefahren wie eine gesengte Sau.

»Hanse, für was glaubst du, haben die die weißen Streifen auf die Straße gemalt?«, hat der Sanktus gestichelt, wie der Bhupinder zum x-ten Mal rechts überholt und zwischen zwei Spuren gefahren ist.

»Just indication, Sir, nur Orientierung, Sanktus«, hat der Bhupinder geantwortet. Und immer der Sharuk Khan am Plärren – abwechselnd und zusammen mit dem Bhupinder. Wenn der Sanktus ganz ehrlich gewesen ist, so schlecht hat er die Musik gar nicht gefunden, aber zugeben vor den anderen? Du kennst ihn ja. Den beiden Herren im Fond war auch nicht wohl bei der Fahrt. Völliges Unwohlsein hat das Fehlen der Anschnallgurte hinten ausgelöst, weil sowohl der Hanspeter und der Drengler Dipferlscheißer par excellence. *Oh, wenn da jetzt die Polizei … nicht auszudenken.* Wie beim Drengler hat der Sanktus die ganze Fahrt gemeint, er muss den Boden des Fahrzeugs durchbremsen. Also keine Verbesserung zum Fahrstil des Anwalts. Nur halt langsamer, dafür kreuz und quer und unbedingt auf fünf Zentimeter auffahren, sonst verloren! Aus die Maus. Auf der Effnerstraße hat der Sanktus geglaubt, der Ambassador hebt entweder ab oder explodiert in tausend Teile, aber nichts davon ist eingetreten. Sharuk Khan jetzt aus, dafür klassische Sitar-Klänge auf dem Programm. Nicht so ganz der Geschmack vom Sanktus, aber der Feringasee jetzt zum Greifen nahe, also Schwamm drüber. Auf der Fahrt hat der Sanktus zuerst einen seiner Bekannten, einen Schankkellner, um Aushilfe für den heutigen Tag gebeten und sich dann beim

Geschäftsführer des Sternbräu-Biergartens für den Sonntag und den Montag krankgemeldet. »Ersatz ist unterwegs, Herr Schöberl«, hat er genäselt und vorsichtshalber noch ganz furchtbar gehustet. Dann hat er noch kurz bei der Kathi durchgeklingelt und ihr von der bevorstehenden FKK-Aktion erzählt. Großer Lacher und die direkte Aufforderung, Beweisfotos aller beteiligten Herren mitzubringen. Nächster Lacher dann gleich vom Bhupinder, aber nicht über das anstehende FKK-Erlebnis, sondern über das uralte Mobiltelefon.

»Oh Sanktus, da wenn de Deutsche Museum vorbeikommt, dann is de Handy weg und wird da ausgestellt. Titel: das letzte dampf operated mobile phone.« Und dann hat er sich noch einmal geschüttelt vor Lachen und der Rest der Ambassador-Beifahrer, kannst du dir ja vorstellen, natürlich im Chor dabei.

Nach einer guten halben Stunde Fahrt ist der Ambassador vor dem Parkplatz in der Nähe der FKK-Insel am Feringasee eingerollt. Parkplatz natürlich am Sonntag und bei diesem Wetter bummvoll, kannst du dir vorstellen. Die drei Über-Detektive sind nur zu gern ausgestiegen, weil Kreuzweh von der Fahrt höchstens Umschreibung, Bandscheibenvorfall eher adäquater Ausdruck. Der Bhupinder hat warten wollen, bis ein Parkplatz frei wird. Wahrscheinlich hätte er sich eh nicht vom FKK-Bereich überzeugen lassen. Ist zumindest anzunehmen.

So sind sie den geteerten Weg vom Parkplatz in Richtung Feringasee entlang von Büschen gewandert. Der Sanktus hat sofort ein paar hübsche junge Damen in knappen Bikinis ausmachen können. Sehr angenehm, hat er sich gedacht und sich jetzt eigentlich schon auf die nackte

Ausführung gefreut. Vor dem Eingang zum FKK-Gelände ist ein Standl mit einigen Bierbänken gestanden. ›Imbiss am FKK‹ ist draufgestanden. Sehr einfallsreich. Aber dort haben die Leute noch Badekleidung angehabt.

Die FKK-Halbinsel ist an ihrem Eingang mit hohen Büschen von der Außenwelt abgeschirmt gewesen. Ein großes Schild mit der Aufschrift *Nacktbadegelände* hat dich gewarnt, was dahinter kommt. Die drei haben sich kurz angeschaut und mit den Schultern gezuckt. Kann man jetzt nichts machen. Da muss man durch. Der Drengler hat sein Handy in die Luft gehalten und die Lage gepeilt und hat unmissverständlich in Richtung FKK gezeigt beziehungsweise geappt. Also nichts wie durch und gleich hinter den Büschen erst einmal Überblicken der generellen Lage durch ihre Sonnenbrillen. Und ob du es jetzt glaubst oder nicht, da waren wirklich alle nackt. Der Sanktus hat seinen Blick schweifen lassen und hat die Pendants zu den netten Bikinidamen gesucht, aber Fehlanzeige. Große Fehlanzeige, weil alle gefühlte 100 Jahre älter.

Die drei haben saudumm aus der Wäsche geschaut. Der Sanktus hat gerade über eine dicke Mittfünfzigerin lästern wollen und schon einmal mit dem Finger auf sie gezeigt, da hat sich ein Zweimeterschrank vor ihnen aufgebaut. Vokuhila mit Dauerwelle! Muskeln hat der gehabt, glaubst du nicht. Und genauso protzig wie seine Muskeln, sein … na du weißt schon. Zuchthengst war da der Gedanke beim Sanktus im Hirn.

Der Kerl hat die drei angeschaut und nur »Ausziagn!« gesagt. Schon aber so mit Nachdruck, dass du ihm geglaubt hast, dass es ihm ernst ist. »Jetzt«, hat er noch hinten nachgeschoben. »Sonst könnt ma ja meinen, ihr seids zum Spannen da, gell. Und des woll ma doch ned, oder?«

»Naa, naa«, hat der Sanktus nervös bestätigt, »woll ma auf keinen Fall.« Und hat angefangen, sich auszuziehen. Er hat jetzt nicht gewusst, was ihn nervöser macht. Der Schrank oder das Ausziehen. Aber wird sich alles schon noch zeigen.

Der Drengler hat sich recht forsch entkleidet, und du hast ihm nicht ansehen können, dass es ihm irgendwie peinlich gewesen wäre. Der Hanspeter hat geschwitzt, weil extrem-gschamig, und der Sanktus gute Miene zum bösen Spiel, weil eigentlich nichts mit FKK am Hut, aber mei, hilft ja nix.

»Sehr guad. Vui Spaß«, hat ihnen das Muskelpaket gewünscht, ist zu seiner Hightech-Liege zurückmarschiert und hat sich und seinen Johannes wieder in die brütende Sonne verfrachtet.

»Wo sollet ma denn unser Gewand nalega?«, hat der Hanspeter zitternd wissen wollen.

»Na hier auf 'nen Haufen. Seid wohl etwas verklemmt, ihr Süddeutschen. Meine Großmutter kam ursprünglich aus Westfalen. FKK-Pionierin. Ich bin mit so was aufgewachsen. Schockiert mich nicht im Geringsten«, hat der Drengler proklamiert und beide Arme mit einem befreienden Seufzer von sich gestreckt. Der Sanktus sofort nur einen Blick auf den Drengler und Gott sei Dank gewonnen. Gegen den Hanspeter keine Chance.

Der Drengler jetzt append und strammen Schrittes voraus nur mit Smartphone bekleidet. Der Sanktus und der Hanspeter hintendrein immer schützend eine Hand davor. Schüchterne Blicke rechts und links. Jetzt ist dem Sanktus schlagartig klar geworden, warum man Geschenke verpackt. Viele der Damen hätten ihren Busen in die Bikinihose stecken können, aber nicht mal die war vorhanden. Die Männer aber auch nicht besser, und der Sanktus hat jetzt wirklich Angst gehabt, dass er später auch einmal so ausschaut. Also ist er halt im Stechschritt dem Drengler hinterher. Sie sind immer schön den Pfad rund um die Halbinsel marschiert, sodass ihr Weg rechts und links von nackten Sonnenanbetern gesäumt war. Der See zur Rechten eine angenehme Ablenkung, wenn zu schlimm. Der Sanktus hat nur einmal kurz einen Blick nach rechts unten gewagt und sich gedacht, die Füße kennst du. Aber woher? Und so ist er kurz stehen geblieben. Irgendwoher, aber woher? Die Frauenfüße haben zu einer abgemagerten dunkel gebräunten Lederhaut gehört. Das Gesicht hast du nicht sehen können, weil es unter der violetten Schirmmütze verborgen war.

»Sanktus, was ist? Komm!«, hat der Drengler gerufen, und in diesem Augenblick ist die vermeintlich schlafende Lederne wie von der Tarantel gestochen aufgesprungen, und das Fräulein Huber, der ›Schlosshund‹ genannte Vorzimmerdrachen des früheren Brauereidirektors Müller, ist in seiner ganzen Nacktheit vor ihm gestanden. Der Sanktus ist zusammengefahren, dass du meinst, der Blitz hat ihn getroffen. Super-GAU, weil er und die Huberin, ein glattes No Go!

Aber da schau her. Das Fräulein Huber, inzwischen hat sie knappe 50 sein müssen, hat ihn angelächelt. Das erste Mal seit über 15 Jahren, also eigentlich seit jeher, weil angelächelt hat es ihn eigentlich noch nie in seinem Leben, das Fräulein. Süffisant ja, aber das jetzt war ganz und gar ehrlich.

»Ja Herr Sanktjohanser. Sie hier? Das wenn ich gewusst

hätte, dass Sie auch dem Nudistentum frönen. Na da hätten wir uns bestimmt früher besser verstanden. Schade. Oder was meinen Sie?«

Der Sanktus hat jetzt grad gar nichts gemeint, weil er nicht gewusst hat, ob er lachen oder weinen soll. Oder beides. Auch möglich. Eher lachen, weil die Huber so vor ihm, nur mit einem violetten Kapperl auf ihrem Ratzenschädel und mit diesem Lederbusen eigentlich zum Lachen. Ihr Pferdegebiss hat wunderbar dazu gepasst.

»Freilich. Bestimmt. Sehr schade, gell …«, hat der Sanktus gestammelt. »Ich muss leider weiter. Wiedersehen.«

Das Fräulein Huber hat ihm fröhlich nachgewinkt, aber der Sanktus nichts wie weg.

»War des die Huber?«, hat der Hanspeter wissen wollen. »I bin glei weiter, weil die seh ich ja in der Brauerei ab und zu. Ich wüsst ja gar nemme, wo ich hingugga müsst, wenn ich die so nackig kenn. Heiligs Blechle, da bleibt oim gar nix erspart.«

»Mir is schlecht. Des war zu viel. Eindeutig«, hat der Sanktus noch rausgebracht.

Der Drengler war schon ein ganzes Stück weiter und hat den beiden schon zugerufen, wo sie bleiben.

Kurz danach war es auf einmal so weit. Der Sanktus hat geglaubt, er traut seinen Augen nicht. Spielen da nicht zwei junge knackige Blondinen Federball. Eine hat ein weißes Tuch, die andere eine weiße Schirmmütze aufgehabt. Die beiden sind wie im Zeitlupentempo auf und ab gesprungen und ihre Brüste haben bei jedem Schlag einen fulminanten Hüpfer gemacht. Freudensprung quasi. Dem Sanktus war klar, in Zukunft würde er nur noch an FKK-Stränden zu finden sein. Wenn er genau hingeschaut hat,

hat er die Schweißtropfen an den muskulösen, schlanken braun gebrannten Körpern herunterlaufen sehen können. Der Blick auf die Hintern, einfach ein Gedicht. Eines der Mädchen hat ihm sogar zugezwinkert und eine Kusshand zugeworfen. Der Sanktus war jetzt völlig perplex. So was am Feringasee? Hat doch eigentlich nicht sein können.

»Des kann doch net sein. Der isch ja total weggetreten. Saaaanktus, wach auf!«, hat der Hanspeter gerufen. »Saaaanktus, was isch denn los?«

»Sonnenstich!«, hat der Sanktus leise gemurmelt. Keine knackigen Mädels mehr da, nie da gewesen, dafür der Hanspeter, wie ihn der Herrgott geschaffen hat in seinem Blickfeld. Kein guter Tausch, wirklich nicht. Der Drengler schon wieder weit voraus am appen, der Sanktus jetzt total groggy, aber hinterher.

Vor dem letzten Strommast der Insel, der zur Hälfte von Gebüschen umringt war, ist der Drengler verharrt und hat gerufen: »Hier müsste es sein!« Auf den strafenden Blick der beiden anderen hat er ein »Das gute Netz. Fünf Balken!«, nachgelegt. Dann ist er völlig unauffällig, wie du dir vorstellen kannst, um den Strommast herum geschlichen. Er hat nun so getan, als wär das wunder was für ein tolles Netz, der Sanktus hat sich auf einmal für die Verstrebung des Masts interessiert, und der Hanspeter hat die Gebüsche begutachtet. Alle natürlich mit einem Schielen auf einen möglichen Cache. Aber nichts zu finden. Natürlich auch viel zu viele Muggel.

»Das kann keine Dose sein«, hat der Drengler gemeint. »Der Owner muss wissen, dass wir hier nicht graben können, und eine angeklebte Dose wäre zu auffällig. Der Cache muss irgendwie anders versteckt sein.«

Wieder große Inventur und Beobachtung, aber vergebens. Nach einigen Minuten Schauen hat der Sanktus verstohlen geflüstert: »Ich glaub, ich hab ihn!«, und ist in Richtung Mast. An der Unterseite einer Längsstrebe war ein dickes Blech befestigt, das farblich fast dem Blech des Masts geglichen hat. Man hat den Unterschied fast nicht gesehen. Aber Klein-Sanktus-Adlerauge natürlich schon. Es hat sich um ein magnetisches Flacheisen gehandelt. Der Sanktus hat es entfernt und einen feinen, dünnen Zettel drunter gefunden. Darauf ein Bild vom Kammerlander im Wasser, wo nur noch die Nasenspitze herausgesehen hat. Also kurz vor dem Ertrinken.

»Shit, shit, shit!«, hat der Drengler durch seinen verkniffenen Mund gezischt, sodass es nicht überall herum zu hören war.

»Haben wir einen Hinweis auf die nächste Koordinate?«, hat der Sanktus sofort gefragt.

»Vorne nicht«, hat der Drengler sofort geantwortet.

»Schau hinda no!«, hat der Hanspeter geschwäbelt, weil jetzt Spitz auf Knopf.

»Tatsächlich. Da steht etwas«, der Drengler.

»Lies, lies!«, die beiden anderen wieder im Chor.

Auf der Zettelrückseite ist gestanden:

Zur Feier des 18. Juni ein Hoch auf den Landsturm auch ohne Sold.

Singt das Abendlied vom Jahre 1813 Ihr Männer und Buben.

Auf Scharnhorsts Tod Bei der Völkerschlacht bei Leipzig.

Der Sanktus hat den Text noch einmal fast flüsternd zitiert, aber schlau ist er nicht daraus geworden.

»Des hört sich schon so nach Studentenscheiß an, oder, Jens? Ich bin mir eigentlich fast sicher, dass der Owner einer von eurer Verbindung ist. Das Gefasel, wenn ich schon wieder hör«, hat der Sanktus gemeckert.

»Es könnt aber auch ein jeder andere sei, Sanktus. Es isch klar, dass es was mit der Verbindung zu dun hedd, aber ob der Owner aus der Verbindung stammen muss, isch ned gsagt«, hat der Hanspeter eingeworfen. Sanktus und Drengler verständiges Nicken. Sie haben noch einige Minuten herumdiskutiert und sich dann aber schnell geeinigt, dass die Lösung dieses Caches direkt vor Ort nicht nötig sei. Besser eigentlich so schnell wie möglich zum Gewand. Der Sanktus hat sein Glück versucht und auf dem Rückweg nach den zwei Blondinen Ausschau gehalten, aber leider verloren.

Zurück auf dem überfüllten Parkplatz haben die drei Ausschau nach dem Bhupinder gehalten. Sie haben ihn aber nirgends sehen können, jedoch hören. Sie haben in der Gegend herumgeschaut, und das Wasser ist ihnen durch den heißen Parkplatz-Asphalt noch mehr heruntergelaufen. Wüste Gobi Dreck dagegen.

»Pst, seids amal stad!«, hat der Sanktus gemeint. »Hörts es?«

»Da klopft ebbes?«, hat der Hanspeter hinzugefügt.

»Genau! Des is dem Hanse sei Gsoadl!«, hat der Sanktus gesagt.

»Was haste gesagt?«, hat der Drengler wissen wollen.

»Bhupinders Krach!«, hat der Sanktus gepreußelt. »Jetzt verstanden?«

»Oh!«, war alles, was dem Drengler eingefallen ist.

Der Hanspeter ist ein Stück weit in Richtung der indischen Musik und hat dem Bhupinder gewinkt. Aber keine Reaktion. Also alle hinter zum Ambassador mit 300 Dezibel. Der Bhupinder ist friedlich inmitten dieses Getöses mit den Füßen durchs heruntergekurbelte Fenster gestreckt im Wagen gelegen und hat geschlafen.

Der Sanktus hat den Bhupinder an den Fußsohlen gekitzelt, weil Inder im Sommer natürlich barfuß in seinen Schlapperln. Den Bhupinder hat's gerissen, kannst du dir nicht vorstellen.

»Oh my god, Sanktus. Are you crazy, oder was? Du kannst mich doch ned so erschrecken. Ich war gerade im Traum bei Ramakrishna.«

»Und was sagt er?«, hat der Sanktus wissen wollen.

»Nix sagte der. Der wollte grad was sagen, aber du hast mick geweckt!«, hat der Bhupinder verdrießlich geantwortet.

»Ewig schad, Hanse, gell«, ist's vom Sanktus gekommen. »Kömma wieder?«

»Alles klar. Einsteige, bitte. Wo möcktest du hin?«

»In die Neue Kirche. Wir brauchen dringend eine Halbe und müssen ein Rätsel lösen«, hat der Sanktus dirigiert.

»Aber die hat dock nock su!«

»Hanse? Willst mich verarschen?«

»Oh, so ein Sufall. Sanktus schau. Ick hab de Schlüssel dabei! Auf geht!«

Und schon ist der Ambassador mit einem Dröhnen los. Der Bhupinder wieder singend, klopfend, und der Sharuk Khan anscheinend immer noch oder wieder Zahnweh. Na bravo.

In der Kirchenstraße angekommen sind die drei Fragezeichen sofort an einen schattigen Tisch vor der Wirtschaft und haben von der Ramona, die Gott sei Dank schon zum Herrichten da war, jeder ein Sternbräu Weißbier gekriegt. So schnell hast du gar nicht schauen können, war das Glas leer und die zweite Runde im Äther. Der Bhupinder hat sein Auto in die Garage gefahren und hat sich anschließend wieder dazugesellt.

»Zur Feier des 18. Juni ein Hoch auf den Landsturm auch ohne Sold.

Singt das Abendlied vom Jahre 1813 Ihr Männer und Buben.

Auf Scharnhorsts Tod Bei der Völkerschlacht bei Leipzig«, hat der Drengler zitiert. »Ich kapier's nicht!« Und so hat er es immer und immer wieder vor sich hergesagt.

Der Bhupinder hat nur mit dem Kopf geschüttelt und gemeint: »Ramakrishna sagt: Der menschlicke Geist, der beschränkt ist, sieht nikt sehr weit. Er hat keine Sugang sum Land Gottes. Du musst deinen Geist öffnen. Trink noch eine Schluck Weiße Bier und nock mal denken.«

Der Drengler, der Sanktus und der Hanspeter haben alle drei einen tiefen Schluck getrunken, aber Erleuchtung eher gering bis gar nicht.

Der Drengler hat den ganzen Passus in das Internet eingegeben. Aber da ist nur eine historische Seite bezüglich der Völkerschlacht zu Leipzig herausgekommen. Also auch nix.

»Denk halt einmal studentisch, Depp!«, hat der Sanktus versucht, den Drengler zu bewegen.

»Kommt Ihne gar koi Idee, Herr Dr. Engler?«, hat der Hanspeter wissen wollen.

»Herr Doktor pflegt gerade, keine Ideen zu entwickeln«, hat der Sanktus gefrotzelt.

Der Drengler hat jetzt wie in Trance die Zeilen wiederholt.

»Herr Doktor sucht nämlich gerade sein Karma«, hat der Sanktus weitergemacht.

»Noi, noi, des isch wahrscheinlich a Mantra«, hat der Hanspeter mitgemacht, und beide haben gelacht.

Der Bhupinder hat wieder nur den Kopf geschüttelt, weil Blödsinn zu immens.

»Ihr müsst euren Freund finden. Aufhören mit Spaß. Die Lage ist ernst. Nur der Drengler drengt sich an.«

»Der Anstrengler sozusagen«, hat der Sanktus ergänzt, und Lachen wieder groß.

»Er hört auf seine innere Insinkt«, hat der Bhupinder unterstrichen. »Das ist ricktig.«

»Insinkt? Insinkt. Wer singt?«, ist der Drengler aus seiner Trance aufgewacht. »Richtig! Singt! Es sind alles Liedertitel aus dem Kommersbuch!«

»Ich als Schwabe kenn nur die Commerzbank«, hat der Hanspeter gewitzelt, aber der Sanktus hat ihn abgewürgt. Jetzt wieder ganz Fährtensucher.

»Und weiter?«, hat der Sanktus wissen wollen.

»Wie weiter?«, hat der Drengler gefragt.

»Ja, Lösung!«, der Sanktus.

»Nöö, noch nicht«, schnelle Antwort vom Drengler und dann kurzes Googeln. »Aber die Titel heißen: *Zur Feier des 18. Juni, der Landsturm, das Abendlied vom Jahre 1813, Männer und Buben, auf Scharnhorsts Tod* und *Bei der Völkerschlacht bei Leipzig.*«

So weit, so gut, aber trotzdem noch ratlose Gesichter. Rauchende Köpfe Anfänger dagegen. Der Drengler hat gegoogelt und geappt, dass du gemeint hast, das Telefon schmilzt gleich weg, so hat er auf dem Display herumgewürgt.

»Also«, hat der Sanktus angefangen, »simmer uns ehrlich. Hinter den Liedern müssen sich eigentlich die Koordinaten verbergen, oder?«

Nicken der beiden anderen, Kopfwackeln, also ja auf Indisch vom Bhupinder.

»Was könnt also der 18. Juni da bedeuten?«

»Kommt nichts heraus«, hat der Drengler geantwortet.

»Mit Kommersbuch? Google's mit Kommersbuch. Mach schon, zefix!«, hat der Sanktus gedrängt.

»Lass mal sehen. So, so. Ich geh mal rein. Aha, da kommt der Text. Das Lied ist auf Seite 48 des Allgemeinen Deutschen Kommersbuches zu finden ...«

Kurz dumme Gesichter, und dann hat der Hanspeter ein Glühen in den Augen gekriegt. »48 Grad Nord. Des isch es. Des muss es sei!«

»Stopp, stopp!«, hat der Sanktus eingeworfen. »Welche Ausgabe? Die Seiten werden ja wohl nicht bei allen Kommersbüchern gleich sein, oder?«

»Oh Sanktus. Wie du ja wohl aus deiner studentischen grauen Vorzeit wissen müsstest, werden die Canti stets durch die Fuchsentafel angesagt«, hat der Drengler doziert.

»Ja und?«, der Sanktus.

»Wäre ein ganz schönes Tohuwabohu, wenn die Bücher der Kneipenteilnehmer verschiedene Seitenzahlen hätten, nicht wahr.«

»Ha ja, des isch wie beim Gotteslob«, hat der Hanspeter bestätigt.

»Perfekt. Weiter, Jens!«, hat der Sanktus den Drengler angestachelt. Auf geht's!«

»Okay«, hat der Drengler begonnen, »*Zur Feier des 18. Juni*, Seite 48 *der Landsturm*, Seite 15, *das Abendlied vom Jahre 1813*, Seite zehn, *Männer und Buben*, Seite elf ...«

»Des isch die Ost-Koordinate. Passt!«, hat der Hanspeter ausgerufen.

»… *auf Scharnhorsts Tod*, Seite 64 und *Bei der Völkerschlacht bei Leipzig*, Seite 38«

»Also hamma: Nord 48.1510 und Ost 11.6438. Jens, bitte walte deines Amtes!«

»Insterburger Ecke Zur Deutschen Einheit. Das ist da Richtung Englschalking raus. Macht null Sinn.«

»Hmh, wo seid ihr eigentlich nach dem Feringasee na?«, hat der Hanspeter gefragt.

»Wenn ich mich nicht täusche, sind wir zu Jo.«

»Jetzt fallts mir grad ein. Warts ihr mit dem Mädl eigentlich beim Nacktbaden, oder wie?«, hat der Sanktus aufgebracht dazwischen gerufen und der sich rot färbende Drengler-Kopf hat ihm signalisiert: Treffer genau ins Schwarze, 150 Punkte aus erreichbaren 100.

»Sanktus, lass gut sei. Machen wir weiter. Also des sind aber g'wiss net die Koordinaten von der Jo, stimmt's?«

»Nee, die hat weiter draußen gewohnt. Ich kann mich nicht mehr genau erinnern, da unser Alkoholpegel zu diesem Zeitpunkt wohl schon beträchtlich war, Hanspeter«, hat der Drengler zugegeben.

»Oiso stimmt was ned!«, Zusammenfassung vom Sanktus. »Schau ma uns den Text halt noch amal an.«

»Zur Feier des 18. Juni ein Hoch auf den Landsturm auch ohne Sold. Singt das Abendlied vom Jahre 1813 Ihr Männer und Buben. Auf Scharnhorsts Tod Bei der Völkerschlacht bei Leipzig«, hat der Drengler noch einmal verlesen.

»Also wir haben außer den Titeln noch Hoch, auch ohne Sold und singt«, hat der Sanktus herausgefiltert.

»Was soll des mit dem Sold. Des han mir noch net verwertet«, hat der Hanspeter eingeworfen.

»Sold, ohne Sold«, und wieder Googlen seitens Drengler, »lass mal schauen. *Hoch* und *Singt* keine Ahnung, aber *ohne Sold*, das kommt im Liedertext tatsächlich vor, aber, aber, ich hab's. Aber erst auf Seite 16!«, hat der Drengler triumphierend gerufen und so eine kleine Pirouette getanzt.

»Also 48.1610 und Ost 11.6438! Was kommt raus, Jens?«

»Freischützstraße Höhe Bruno-Walter-Ring. Ich glaub, da könnte die Wohnung von Jo gewesen sein. Sakrament noch mal.«

»Hör dir ihn an«, hat der Sanktus gelacht. »Jetzt flucht er schon wie ein Bayer. Verreck Kaffeehaus!«

Der Bhupinder ist natürlich extrem begeistert gewesen, dass er jetzt den Ambassador noch einmal hat satteln sprich aus der Garage holen dürfen. Leider hat ihm die Ramona felsenfest versichert, dass sie bis 18 Uhr locker ohne ihn auskommen würde, und so ist er machtlos gewesen. Da hat nicht einmal der Ramakrishna was dagegen gewusst.

Also klassisches Déjà-vu: der Hindustan Ambassador am Knattern, Sharuk Khan noch immer Schmerzen, indische Sängerin anscheinend unter Folter, Bhupinder am Grooven, und die drei Fragezeichen mit ihrem ersten Detektiv Sanktus Jonas am Bangen, dass hoffentlich bald die Freischützstraße kommt, weil taub kein Ausdruck. Der Weg dahin hat zwar mit dem Auto nur eine Viertelstunde gedauert, aber mit diesem Lärmpegel gefühlte Stunden.

Gott sei Dank ist sie dann doch schneller gekommen, als erwartet, die Freischützstraße, und der Sanktus daher mehr als glücklich. Auch der Drengler und der Hanspeter haben relativ erleichtert dreingeschaut. Erleichtert weil endlich ›khanfrei‹. Der Drengler ist postwendend losgeappt und ist auf einmal relativ still für seine Verhältnisse stehen geblieben und hat in Richtung eines großen Wohnblocks geschaut. Der Hanspeter und der Sanktus haben ihn zweifelnd angeschaut, weil Schlaganfall, Herzinfarkt oder Ähnliches möglich. Aber keine Sorge, nur Sprachlosigkeit. Gar nicht mal so schlecht, hat der Sanktus gedacht. Könnt öfters so sein.

»Oh Gott«, hat der Drengler geflüstert. »Das ist tatsächlich Jos Haus. Hier haben wir übernachtet. Ich hatte das alles verdrängt. Ich kann mich zwar an das Haus erinnern, aber nicht, was in jener Nacht passierte.«

»In *jener* Nacht«, hat der Sanktus gelacht. »Jetzt wird er auch noch poetisch.«

»Spotte nicht, Sanktus. Es ist so schon schwer genug. Ich weiß nicht, warum dieser Mensch uns umbringen will, und ich kann mich nicht an diese Nacht erinnern. Was ist, wenn das wichtig ist? Wichtig, um zu überleben, Sanktus!«, hat der Drengler gewinselt.

»Da brauchen Sie sich koine Sorgen machen, Herr Dr. Engler. Wir passen schon uf Sie uf«, hat der Hanspeter versichert.

»Dankeschön, Freunde«, hat der Drengler gesagt. »Dann auf zum nächsten Rätsel.«

Und so sind die Meisterdetektive auf einem asphaltierten Weg durch eine kleine Grünanlage entlang von Sträuchern zum Eingang des kalt wirkenden Hochhausblocks gegangen. Der Drengler mit der App voraus. Der Bhupinder hat mit dem Sharuk im Auto gewartet. Jetzt wenn du meinst, wunder wie denen der nächste Cache sofort magisch in die Augen gestochen ist, leider verloren. Ganz normaler Eingangsbereich, ganz normale Glastür, ganz normales Klingelbrett. Blöd gelaufen und natürlich Diskussion, weil war da ein Tipp? Oder haben wir was übersehen? Und so weiter. Der Frust ist halt ein bisserl rausgekommen aus allen dreien. Aber war ja nichts dabei, weil gleich wieder vollstes gegenseitiges Verständnis.

»In welchem Stock hat die Jo eigentlich gewohnt?«, die Frage vom Sanktus aber drenglerseits völlige Amnesie, also null Ahnung.

Der Sanktus hat sich das Klingelbrett einmal genauer angeschaut, weil Neugierde immer da und sowieso gerade keine erhellende Idee vorhanden.

»Wie hat die noch einmal geheißen?«

»Calaminus. Johanna Calaminus«, ist es vom Drengler gekommen.

Der Hanspeter hat jetzt auch auf das Klingelbrett geschaut, und er und der Sanktus haben gleichzeitig auf die Klingelattrappe mit der Aufschrift *J. Calaminus* gezeigt.

»Was soll des?«, hat der Sanktus gemeint.

»Keinen blassen Schimmer!«, hat der Drengler zugegeben.

»Koi Ahnung«, der Hanspeter.

Der Sanktus hat vorsichtshalber einmal draufgedrückt, aber natürlich sinnlos. Eh klar! Doch beim Draufdrücken hat sich die Attrappe vom Blech gelöst und ist auf den Boden gefallen. Der Sanktus hat sie aufgehoben, und die drei haben bemerkt, dass etwas in winzigster Schrift auf der Rückseite gestanden ist. Nämlich: ›Ihr habt ihr nachgestellt, sie verfolgt und hier vergewaltigt. Mail an johanna@calaminus.com ab 21 Uhr‹. Unverständnis und lange fragende Gesichter, der Drengler weißer als weiß. Keiner der drei hat sich zu fragen gewagt, ob man die Adresse gleich schon einmal ausprobieren sollte, weil Risiko immens, verstehst du, gell.

Bis 21 Uhr sind es gute drei Stunden gewesen. Die Detektive sind jetzt im Ambassador zur Beratung gesessen. Ohne Sharuk Khan. Der Drengler war noch immer ein wenig blass ums Näschen. Keiner der beiden anderen hat sich getraut, ihn nach den Geschehnissen *jener* Nacht zu fragen. Der Sanktus hat keine Minute daran geglaubt, dass der Jens eine Frau vergewaltigen würde, aber weiß man's? Kannst du wirklich in einen Menschen reinschauen? Sicherlich nicht. Möglich sein kann alles.

»Ihr müsst mir glauben«, hat der Drengler kleinlaut angefangen. »Ich kann mich an nichts, aber auch wirklich an gar nichts von dieser Nacht erinnern. Wir waren auf der FKK-Insel am Feringasee. Wir hatten unterwegs weißen Rum und Cola eingekauft. Ich weiß weder wie wir zu Johanna nach Hause kamen noch was dort geschehen ist. Für Ben und Heinrich kann ich natürlich die Hand nicht ins Feuer legen, aber … ich kann's ja nicht mal für mich. Aber wenn sie jemand von uns vergewaltigt hätte? Also die Stimmung am nächsten Morgen war so ausgelassen. Das kann einfach nicht sein. Das wäre doch eskaliert.«

»Was habt ihr dann am nächsten Morgen gemacht?«, hat der Sanktus wissen wollen.

»Wir haben fast bis Mittag ausgeschlafen. Der Pavarotti ist vorbeigekommen und hat Brötchen gebracht.«

»Der Pavarotti? Der Meinert?«

»Wer isch der Pavarotti?«, hat der Hanspeter gefragt. »Ich kenn bloß den Luciano.«

»Klaus Meinert. Heute Politiker. Staatssekretär. Der war immer mit von der Partie. Sozusagen das fünfte Rad am Wagen. Der war viel älter als wir und zu dieser Zeit bereits Philister, also Alter Herr. Er war stets auf dem Bundesheim und bei uns dabei. Scheinbar hatte er keine eigenen Freunde. Eigentlich ein harmloser Kerl, aber nervig. Er war immer der Freund von Jo, wisst ihr. Der beste Freund zum Ausweinen und Trösten, der aber nie eine Frau abbekommt. Heute lacht er uns alle aus.«

»Und dann, wie isch es weiter gangen?«, der Hanspeter.

»Dann sind wir alle zusammen zu unserem Alten Herrn Wagenknecht an den Starnberger See und haben dort das Wochenende ausklingen lassen. Den Rest der Geschichte kennt ihr ja.«

»Und die Johanna war ganz normal wie immer?«, hat der Sanktus gefragt. »Nicht komisch oder irgendwie anders?«

»Nee, nee. Wie immer. Wir sind ihr nachgestiegen, und sie hat uns abblitzen lassen.«

»Sauber! Also was nun?«

Betretene Ruhe im Ambassador. Sehr betreten.

»Wenn der Owner konsequent ist, müssen wir an den Starnberger See. Das ist die nächste Station. Jens, Hand aufs Herz. War da wirklich nix mehr dazwischen?«, hat der Sanktus den Drengler beschworen. »Denk noch einmal genau nach.«

»Da war nichts, Sanktus. Wir sind direkt nach dem Frühstück mit Jos Wagen nach Starnberg zu Professor Wagenknecht.«

»Gut. Na ruf ihn an, dass wir kommen!«

»Wen? Wagenknecht? Ich kann doch da nicht einfach …«

Der Sanktus hat den Drengler ignoriert und den Kommissar Bichlmaier angerufen. Er hat ihm die Sachlage beschrieben, und der Bichlmaier hat sofort seine Kollegen in Starnberg angerufen. Man hat sich verständigt, sich bei Herrn Professor Wagenknecht so schnell wie möglich zu treffen.

Kurz darauf hat das Drengler-Handy geklingelt. Der nervige Plodek, das Bürscherl, war wieder einmal dran und wollte wissen, wie es bei der Suche nach dem Kammerlander gestanden ist. Der Drengler hat ihm alles kurz erklärt und seine Unterstützung zur Mithilfe einige Male ablehnen müssen, bis er es kapiert gehabt hat. Der Plodek wär dem Sanktus gerade noch zu seinem Glück abgegangen.

Danach noch Telefonat mit der Kathi und dann mit der Ramona, weil der Bhupinder als Chauffeur noch wichtig. Aber keine Chance. Aber so überhaupt keine, dass der Sanktus gemeint hat, er erkennt die Bedienung der Neuen Kirche nicht wieder. Aber das Lokal war am Abend komplett ausgebucht. Nach langem Hin und Her hat sich der Bhupinder überreden lassen und hat den drei Gesellen den Hindustan Ambassador-Schlüssel übergeben.

Nachdem sie den Koch in der Kirchenstraße abgesetzt hatten, ist's in Richtung Starnberg gegangen. Der Bichlmaier hat sich zwischendrin gemeldet und mitgeteilt, dass bereits ein kleines Polizeiaufgebot auf Wagenknechts Grundstück auf der Lauer nach dem Owner liegen würde.

Der Hanspeter hat den Ambassador sicher durch die Innenstadt auf den Ring und in Richtung Autobahn gesteuert. Rechte Spur obligatorisch, weil der Hindustan einfach kein Jaguar. Aber der Hindustan ist halt gefahren. Klassisches 1:0. Sogar der Sharuk Khan hat singen dürfen. Nicht so laut wie beim Bhupinder, aber die Stimmung war so gedrückt, dass die Fahrt mit Musik, selbst mit indischer, leichter zu ertragen war. Von Starnberg aus ist es nach Niederpöcking gegangen. In der Nähe hat sich das Grundstück vom Wagenknecht befunden.

Bei einem pompösen Tor in einer großen Mauer ist der Hanspeter links in das Grundstück eingebogen. Die Zufahrt hat durch eine kleine Allee zum Haus geführt. Inzwischen war es sieben Uhr.

Vor dem Haus war ein runder Springbrunnen, um den der Hanspeter jetzt rumgefahren ist, um zu dem mit dorischen Säulen, oder waren's ionische? gesäumten Eingang des Herrenhauses zu gelangen. Dort ist schon der dunkelblaue Bichlmaier-BMW gestanden. Sonst ist nichts von irgendeinem Polizeiaufgebot sichtbar gewesen.

Der Bichlmaier hat die Burschen gleich an der Tür empfangen und durch die mit einem Marmorboden ausgestattete Halle in die große beeindruckende Bibliothek geführt. Agatha Christie und Sherlock Holmes zusammen Anfänger. Wie bei den großen Krimis, hat sich der Sanktus gedacht.

In einem weinroten Ohrensessel ist ein älterer weißhaariger Herr im Hausmantel gesessen und hat recht verschmitzt gegrinst. Der Drengler wie eine Rakete hin und hat zu stammeln angefangen. Von wegen Entschuldigung und peinliche Störung und überhaupt unangenehm, weil ja so ein Alter Herr und Professor etwas anderes zu tun habe und so weiter. Der Professor hat immer mehr gegrinst und gemeint: »So war er schon als Fuchs, gell, der Jens. Immer korrekt und einen Stock im Arsch. Herrschaftszeiten, Jens. Es geht um Leben und Tod. Da ist doch egal, wer da bei mir herumturnt. Reiß dich zusammen und unterstütz den Herrn Kommissar.«

Den Herrn hat der Sanktus sofort ins Herz geschlossen. Dem Akzent nach Alt-München. Ihm ist das Herz aufgegangen. Der Drengler hat betreten dreingeschaut, aber nicht einmal eingeschnappt. Der Bichlmaier und der Hanspeter haben sich das Lachen ganz fest verkneifen müssen und sich die Hand auf den Mund gepresst.

»Also, Sachlage!«, hat der Kommissar angefangen. »Wir haben das ganze Grundstück durchsucht. Keine Spur von irgendeinem Eindringling. Weder draußen noch im Haus. Gibt's irgendeinen Anhaltspunkt?«

»Wir waren damals den ganzen Tag hier und die Nacht über auch noch. Wir hatten ja dann Semesterferien und mussten am Montag nicht in die Uni«, hat der Drengler doziert.

»Ja, lustig war 's. Eine saumäßige Gaudi«, hat sich der Wagenknecht eingemischt. »Da war ich noch a bisserl agiler und trinkfester, seinerzeit. War ein schönes Fest. Schade, dass es so schlimm ausgegangen ist. Der Pavarotti war ja auch ganz zerstört.«

»Der Pavarotti?«, hat der Hanspeter gefragt.

»Meinert?«, ist es vom Drengler gekommen.

»Ja logisch«, hat der Professor bestätigt. »Der war doch hochgradig verliebt in das Mädel. Unglücklich halt, weil sie ihm ja nix wollt.«

»Wir kommen immer wieder bei dem Pavarotti-Meinert raus«, hat der Sanktus zusammengefasst.

»Den schau ma uns morgen auf jeden Fall an«, hat der Bichlmaier beschlossen. Und so haben sie weiter über die Verbindungszeiten mit dem Professor Wagenknecht diskutiert. Bier ist auch gereicht worden, aber jeder Versuch, dem Geheimnis dieses mörderischen Geocaches auf den Grund zu kommen, ist irgendwo im Sand verlaufen. So sind irgendwann alle nur noch dagesessen und haben auf den Schaum ihres Bieres gestarrt und das Neunuhrläuten abgewartet. Der Drengler hat zwischendrin doch schon einmal eine leere Mail an die vorgeschriebene Adresse geschickt, aber keine Reaktion.

Punkt neun Uhr hat der Drengler sein Smartphone, das die ganze Zeit vor ihm auf dem Tisch gelegen ist, an sich gerissen und eine leere Mail an die vorgegebene E-Mail-Adresse geschickt. Diesmal hat sich sofort der Abwesenheitsassistent gemeldet. *Die Erlösung ist nah. Ihr habt keine Chance. N° 47.9640, O° 11.3471!*

Der Drengler hat sofort geappt.

»Berg. Nein zwischen Berg und Leoni am Starnberger See!«, hat er gerade noch herausgebracht.

»Zefix. Genau gegenüber«, hat der Professor gerufen.

Der Bichlmaier hat sofort telefoniert und seine Kollegen losgeschickt. Und noch bevor er was hat sagen können, hat sein Telefon schon geläutet, und der Bichlmaier ist still geworden.

»Grad ist von Passanten a männliche Leich beim Kreuz, wo seinerzeit der König Ludwig ertrunken ist, gmeldet worden. Auf geht's, meine Herren! Nüber!«

Der Ambassador hat erheblich Probleme gehabt, dem BMW durch Starnberg und dann auf der Landstraße von Percha über Kempfenhausen vorbei an Berg nach Leoni zu folgen. Gleich in der Nähe des Ortseingangs ist der Bichlmaier in Richtung Schlosspark nach rechts in die Parkstraße abgebogen. Vorbei an Schiffswerften ist der Hindustan dem BMW durch ein großes schmiedeeisernes Eingangstor gefolgt. Im Park auf der rechten Seite hat der Sanktus eine weiße Tafel, die die Parkordnung beschrieben hat, ausmachen können. Der Park hat bis um 22 Uhr aufgehabt, und das Verschmutzen des Parks ist mit bis zu 100.000,-- DM bestraft worden. Der Park wird heut länger aufhaben, hat sich der Sanktus gedacht, und Gott sei Dank gibt's keine Mark mehr, weil der Hindustan war halt doch eine rechte Dreckschleuder. Ein kurzes Lächeln ist ihm ins Gesicht geschossen, das dann aber der Gedanke an den Kammerlander gleich wieder ausradiert hat. Der Hindustan ist nun auf dem Kiesweg über eine kleine Brücke bergauf zur nächsten Kreuzung getuckert. Geraucht hat er inzwischen, dass es dir schlecht hat werden können. An der Kreuzung war schon ein Schild mit dem Bild des bayerischen Königs in Richtung Votivkapelle. Der Bichlmaier ist jedoch gleich wieder links in Richtung See abgebogen. Aus der Ferne hat der Sanktus schon einen mit Scheinwerfern ausgeleuchteten Platz ausmachen können. Mehrere Polizeiwägen waren schon vor Ort. Die drei sind aus dem Hindustan ausgestiegen und haben nach oben geblickt. Über ihnen hat die Votivkapelle, die der Prinzregent Luitpold zu Ehren des toten Königs zehn Jahre nach dessen Tod vom ehemaligen Architekten Ludwigs erbauen hatte lassen, gethront. Zwischen der Kapelle und dem Platz hat die Totenleuchte, eine große rot leuchtende Laterne, über das Geschehen gewacht.

Der Sanktus war von diesem historischen Ort extrem beeindruckt. Eigentlich hat ihn alles, was mit dem mysteriösen Tod des bekanntesten Bayern-Königs zu tun gehabt hat, fasziniert. ›Ein ewig Rätsel will ich bleiben mir und anderen‹, hatte Ludwig II. zu Lebzeiten über sich gesagt. Und das hatte er geschafft.

Plötzlich ist der Sanktus von hinten gestupst worden.

»Sanktus, was isch los? Träumst du? Schau da!«, hat der Hanspeter ihn angewiesen.

Der Sanktus ist von der Mystik des Orts so gefangen gewesen, dass er kurzzeitig sogar den Kammerlander vergessen gehabt hat. Völlig erschrocken hat er natürlich sofort in Richtung See geschaut. Er hat ein gelbes Schlauchboot beim Kreuz sehen können. Darin ist jemand gelegen. Die Polizisten haben gerade begonnen gehabt, das Boot ans Ufer zu ziehen.

Der Anblick war nicht so schlimm, wie es sich der Sanktus vorgestellt hatte. Vielleicht ist es daran gelegen, dass es sich um eine völlig irreale Situation gehandelt hat und für ihn alles schon etwas unscharf geworden war. Vielleicht aber auch daran, dass der Kammerlander völlig entspannt im Schlauchboot gelegen ist. Er hat Badeklamotten an, eine Sonnenbrille auf und eine Flasche Bier in der Hand gehabt. Nur tot war er halt. Aber entspannt. Musst du ihm schon lassen.

Der Sanktus und der Drengler haben den Kammerlander eindeutig identifiziert. Der Hanspeter hat sich etwas im Abseits gehalten, weil er gezittert und so ausgeschaut hat, als tät er jede Sekunde zum Kotzen anfangen.

Nach einiger Zeit hat der Bichlmaier das Detektivteam heimgeschickt, da nichts mehr tun gewesen ist. Der Hanspeter ist stumm am Steuer gesessen. Der Sanktus und der Drengler haben auch nicht viel gesprochen. Ihnen ist klar geworden, dass die ganze Geocachejagd eine einzige Farce gewesen war, weil sie nie die geringste Chance gehabt hatten, den Kammerlander zu retten. Wahrscheinlich war er schon seit dem Morgen tot gewesen, zumindest laut Polizeiarzt. Der Drengler hat jetzt berechtigte Angst gehabt, dass er selber in großer Gefahr war. Doch keiner der drei hat gewusst, was zu tun war. Nicht mehr aus dem Haus gehen, war ja auch keine Lösung. So haben sie sich verständigt, die Neuigkeiten von der Polizei bis zum nächsten Tag abzuwarten und sich am Abend im Sternbräu-Biergarten zu treffen.

Der Hanspeter hat den Ambassador in seiner Garage abgestellt, und dann haben sie in der Neuen Kirche noch einen auf den Kammerlander getrunken. Die Stimmung war natürlich ganz unten, aber diese Halbe hat sein müssen.

»Auf den Bene!«

»Auf Ben.«

»Proscht!«

»So hast vor vier Jahr auch dreingeschaut, wies d' an Kellerer sein Mörder gsucht hast, Sanktus«, hat die Ramona eingeworfen, wie sie die leeren Gläser abgeräumt hat.

»Genauso?«

»Ja! Genauso!«

»Und?«

»Ja was und? Kriegt hast'n auch. Also jetzt geht's heim, schlafts euch aus, und morgen is wieder a Tag. Ab, ab! Zack, zack!«

So haben sich die Gefährten verabschiedet, und jeder ist in Richtung Heimat. Am Johannisplatz haben sie den Sanktus verabschiedet. Der Hanspeter ist weiter zur U5 und der Drengler zur Inneren Wiener Straße.

Der Sanktus hat mit der Kathi am Balkon noch eine Flasche Rotwein vernichtet, so lange hat es gedauert, bis er die Geschichte dieses irren Tages erzählt gehabt hat.

IRGENDWO IN MÜNCHEN

Er war sehr zufrieden mit sich. Die Geocacheaktion war äußerst zufriedenstellend verlaufen. Früh morgens hatte er die beiden durch die Webcam im Verbindungshaus beobachtet und ihnen später am Eisbach aufgelauert. Amüsiert und doch fast besorgt um seinen Zeitplan hatte er die Panne des Jaguars verfolgt. Er war ihnen in die Kirche gefolgt und hatte dann hoffen müssen, dass ihre Fahrt mit dem indischen Auto wirklich zum Feringasee ging. Ab hier hatte es für ihn keine Möglichkeit mehr, zu folgen, gegeben, aber er war zuversichtlich gewesen, dass sie den Weg finden würden. Er war nach Hause zurückgekehrt und mit seinem Transporter zum Starnberger See gefahren. Schon seit Langem hatte er sich den passenden Ort, wo er ungestört möglichst nah ans Ufer fahren konnte, ausgesucht. Schnell und unbeobachtet hatte er die Leiche in das Schlauchboot, das er extra angeschafft hatte, drapiert. Halb neun abends war die perfekte Zeit gewesen, da der Tumult auf dem See um diese Stunde schlagartig nachließ.

Keinem der Passanten war aufgefallen, dass der Passagier des Schlauchbootes bereits tot war, als er das Boot in aller Ruhe am Kreuz in der Nähe des Ufers befestigte. Niemand hatte bemerkt, wie er sich unauffällig im Windschatten des Bootes seine Flossen übergestreift, Maske und Schnorchel aufgesetzt hatte und abgetaucht war.

Zurück am Tatort hatte er später beobachtet, wie Passanten den Toten gefunden hatten. Eine wahre Genugtuung. Er war auch anwesend gewesen, als der BMW und das indische Auto angekommen waren. Der Transporter war gleich in der Nähe abgestellt. Sie würden beim Zurückfahren direkt an ihm vorbeikommen. So war es ihm ein Leichtes gewesen, das indische Auto bis nach München zu verfolgen. Leider hatte er sich dann vor dem Lokal noch etwas gedulden müssen, ehe sich sein nächstes Opfer auf den Heimweg gemacht hatte.

Ein kurzer Anruf hatte genügt, um es zum Umdrehen zu bewegen, in den Transporter zu locken und zu betäuben.

Er konnte die baldige Erlösung spüren.

MONTAG

Das Kreuz ist das bekannteste kulturelle und religiöse Symbol der Welt. Seine horizontale Linie symbolisiert die Erde, die vertikale die Verbindung derer mit dem Himmel. Das Kreuz steht ebenfalls für die vier Himmelsrichtungen und symbolisiert die Stützen des Himmelsgewölbes. Es ist seit Urzeiten das zentrale Sinnbild des Christentums. Der horizontale Balken verkörpert die Beziehung zwischen den Menschen, der vertikale deren Verhältnis zu Gott. Das Kreuz steht für den Tod sowie das ewige Leben. Jesus hat durch seinen Tod am Kreuz, durch sein Blutvergießen die Verbindung zwischen den Menschen und Gott wiederhergestellt zur Vergebung der Sünden, um die Menschen zu erlösen.

Seit drei Uhr in der Früh hatte sich der Sanktus nun im Bett herumgewälzt, ohne irgendwie nur annähernd in Richtung Schlaf zu kommen. Rechts, links, wieder rechts. Abdecken, zudecken, Nase putzen, pieseln gehen und wieder von vorne. Aussichtslosigkeit klare Untertreibung. Er hätte es natürlich niemandem gegenüber zugegeben, aber dieses Detektivspiel ist ihm inzwischen richtig an die Nieren gegangen. Auch seinerzeit bei den Brauereimorden? Klares ja, aber da war diese unendliche Hilflosigkeit nicht gewesen. Es war immer eine Spur vorhanden. Da hat sich ein Puzzle vervollständigt. Aber dieses

Mal? Kaum hat er geglaubt: »Bingo, jetzt haben wir ihn«, schon wieder komplette Niederlage. Sie hatten den Kammerlander nicht retten können. Sie hatten einfach keine Chance gehabt. Sie hatten sich verzettelt und den Cache verfolgt, in der Hoffnung, das Opfer zu finden. Doch das war nie der Sinn des Rätsels. Das hätten sie erkennen müssen, hatten es aber in ihrem Übereifer total ignoriert und verdrängt. Und sie hatten ihre Quittung bekommen. Herzlichen Glückwunsch, Sanktus! Gut gemacht! Owner zwei, Sanktus nuuuuull!

Der Kammerlander war jetzt tot und somit der Drengler in höchster Gefahr. Das hat der Sanktus zumindest vermutet. Kammerlander, Kübrich, Drengler, Calaminus – wie reimt sich das zusammen? Diese Frage hat der Sanktus nicht aus dem Kopf herausgebracht. Wie reimt sich das zusammen? Gar nicht, war für den Sanktus die einzige Antwort. Zu diesem Reim haben noch einige Wörter gefehlt. Es hat heißen müssen: Kammerlander, Kübrich, Drengler, Calaminus und Owner, wie reimt sich *das* zusammen? In welcher Verbindung ist der Hintermann dieses grausamen Ratespiels mit diesen Leuten in Verbindung gestanden. Und dem Sanktus hat sich der Verdacht aufgedrängt, dass die Verbindung zur Johanna die entscheidende war. Die Johanna war an diesem verhängnisvollen Wochenende im Starnberger See ertrunken. Der Kübrich, der Kammerlander und der Drengler waren dabei. Und der Meinert anscheinend auch – nicht zu vergessen. Doch was war damals geschehen? Die Frage hat ihm bisher noch keiner beantworten können. Was bezweckt der Owner? Rache? Rache wofür? Hatten die drei irgendetwas mit Johannas Tod zu tun gehabt? Hat der Owner die Johanna in irgendeiner Weise rächen wollen?

Und wenn ja, warum? War er der Freund oder Lebensgefährte? Und warum erst jetzt? Fragen, Fragen, Fragen …

Der Sanktus ist noch einmal aufgestanden und aufs Klo gegangen. Er hat sich sogar hingesetzt, musst du wissen. Aber auch an diesem stillen Örtchen ist ihm kein erlösender Gedanke gekommen. Er hat unbedingt den Bichlmaier anrufen und fragen müssen, wie es damals im sozialen Umfeld und in der Familie von der Johanna ausgesehen hat. Vielleicht hätte der Kommissar ja schon was rausgefunden. Ja, das war wohl die einzige Spur, die man noch verfolgen hat können.

Zurück im Bett war ihm gleich wohler bei dem Gedanken, doch wieder eine Möglichkeit im Sinn zu haben, weiterzukommen.

Er hat sich an die Kathi hin gekuschelt, seine Hand an ihrem Busen und seine Füße an ihren und ist dann doch schlussendlich eingeschlafen. Er hat geträumt, er sei der König Ludwig, den sie auf Schloss Berg gefangen halten. Er hatte den Doktor von Gudden gerade zu einem Spaziergang hinunter an den Starnberger See überreden können. Der war ihm natürlich auf Schritt und Tritt gefolgt, weil der Ludwig ja irr und unberechenbar. Unten am Seeufer sind zwei merkwürdige Gestalten auf ihn und den Doktor zugekommen. Es waren der Kübrich und der Drengler. Beide gekleidet wie im 19. Jahrhundert. Die zwei haben gerufen: »Ein Spiel, ein Spiel«, und den Sanktus, also den bayerischen König, gepackt, in den See getaucht. Der Meinert, der auf einmal auch da war, hat den Doktor mit einer Waffe in Schach gehalten und gegrinst. Er, also der Sanktus, hat immer nach seinem kleinen Bruder Otto gerufen. »Ihr könnts mich doch ned umbringen! Der Otto ist doch dann allein!« Plötzlich hat ihn der

Bichlmaier aus dem Wasser gezogen und gemeint: »A *so* a schöne Wasserleich hab ich ja noch *nie* gsehn.«

Mit einem Entsetzensschrei ist der Sanktus aufgewacht. Die Kathi hat ihn völlig verdattert angeschaut.

»Welcher Otto?«, hat sie ihn gefragt.

»Der von Bayern. Also mein Bru…, ach Schmarrn, dem König Ludwig sein Bruder. Wahnsinn. Mich haben s' grad im Starnberger See versenkt.«

Die Kathi hat ihm ein Busserl auf die Stirn gegeben und sich kopfschüttelnd wieder hingelegt, und der Sanktus hat sich wieder an sie gekuschelt. Er ist aber alle fünf Minuten aufgewacht und hat das Gefühl gehabt, sein Herz samt Atmung setzt aus. Irgendwann ist er dann doch eingeschlafen.

Und er wäre auch nicht aufgewacht, wenn nicht um kurz nach fünf Uhr das Telefon geklingelt hätte. Die Kathi ist hingegangen, und der Sanktus hat nur »Müsste doch schon lange daheim sein« und »Da ist was passiert« gehört.

Wie die Kathi wieder zum Sanktus ins Schlafzimmer gekommen ist, hat sie nur gesagt: »Der Jens ist verschwunden. Er ist anscheinend gestern ned heimkommen.«

»Ja aber wir sind doch alle miteinander von der Neuen Kirche zurück. Der Hanspeter zur U-Bahn und der Drengler weiter heim. Des gibt's doch ned. Wie kann denn des gangen sein? Scheiße, zefix. Ich Depp hätt ihn begleiten sollen. Hat sie was gekriegt?«

»Wer und was gekriegt?«, hat die Kathi wissen wollen.

»Na die Ulli. Ein Mail. Ist ein Mail mit einem Wassermotiv und vielleicht ein Bild oder so was gekommen? Das hat der Owner bei jeder so geschickt.«

»Bei jeder was, Sanktus?«

»Leiche«, hat der Sanktus zögernd herausgebracht.

»Meinst du, dass …?«

»Ja, dass der Owner wahrscheinlich jetzt den Drengler in seiner Gewalt hat. Der glaubt irgendwie, dass die drei was mit dem Tod von der Johanna zu tun haben. Aber der Drengler sagt ja nix, des riesen Rindviech. Des hat er jetzt davon, der Trottel. Zefix noch amal! Oder vielleicht weiß der ja wirklich nichts und ein ganz anderer … Ich kenn mich ned aus!«

»Und was machma jetzt?«

»Ruf bitte die Ulli an und frag sie, ob sie irgendeinen Hinweis gekriegt hat.«

Die Kathi hat das schnurlose Telefon ins Bett gebracht, und die Martina ist inzwischen auch wach geworden und hat wissen wollen, was da los war. Der Sanktus hat ihr die Wahrheit gesagt, weil sie ja sowieso nichts vor dem Mädel verheimlichen haben können. Sie hat sich natürlich nicht mehr allein ins Bett zurückgetraut und ist im Doppelbett geblieben und kurz später eingeschlafen.

Die Kathi hat die Ulli angerufen, und die hat sofort ihren Posteingang überprüft. Tatsächlich hat sie eine Nachricht in ihrem Posteingang gehabt.

»Es ist ein See«, hat die Ulli den Inhalt beschrieben, »mit einem Kreuz drin. Was soll denn das sein?«

»Schloss Berg«, ist es wie aus einem Mund vom Sanktus und von der Kathi gekommen, »wo sie gestern den Kammerlander und seinerzeit den König Ludwig gefunden haben.«

»War kein zweites Mail dabei?«, hat der Sanktus wissen wollen.

»Nee, nur eine Mail«, hat die Ulli gemeint.

»Gott sei Dank! Dann haben wir noch Zeit«, hat der Sanktus geseufzt.

»Wie *Zeit*?«, hat die Ulli gekreischt.

Der Sanktus hat ihr dann ganz schonend seine Theorie, dass der Drengler vom Owner entführt worden war, beigebracht.

»Das zweite Mail kommt immer erst am Todestag. Also haben wir noch die Chance, ihn zu finden. Steht irgendwas dabei?«

»*Todestag?*«, hat die Ulli geplärrt und geschluchzt.

»Ulli, ganz ruhig. Den holen wir dir schon vorher zurück. Jetzt schau bitte nach, ob noch was dabeisteht«, hat der Sanktus versucht, sie zu beruhigen. Aber ein Meister der Beruhigung war er halt leider nicht, der Sanktus.

»Ja: *Es neigt sich dem Ende zu. Die Erlösung ist nahe*«, hat die Ulli vor Tränen gestottert. »Was soll das heißen?«

»Keine Ahnung«, hat der Sanktus gelogen. »Aber bitte tu mir den Gefallen und verständige unbedingt gleich den Kommissar Bichlmaier.«

Der Sanktus hat der Ulli die Handynummer durchgegeben.

»Warum lügst du die Ulli an?«, hat die Kathi gefragt.

»Ich will sie ned beunruhigen, aber falls ich recht hab …?«

»Beunruhigen. Du bist ja lustig. Die ist fix und fertig. Die brauchst du nicht mehr beunruhigen.«

»Ja, hast ja recht, aber mir ist gerade was gekommen. Für was steht das Kreuz?«

»Na für den Fundort vom König Ludwig!«

»Naa, weiter. Für was noch?«

»Kirche, Religion, Jesus, Herrschaft, spann mich ned so auf die Folter.«

»Warum ist der Jesus für uns gestorben? Jetzt komm, du hast in Religion bestimmt besser aufgepasst als ich.«

»Dass wir erlöst werden halt ...« Und dann ist die Kathi ins Stocken geraten und hat gestottert: »Die Erlösung ist nahe.«

»Genau. Und wenn wir Pech haben, und ich glaub, das haben wir, dann ist das Wasser- und Symbolmail in einem, das heißt ...«

»Das heißt, wir haben überhaupt keine Zeit?«

»Richtig! Ich glaub, der will den Drengler heute noch umbringen!«

Um sieben Uhr ist der Sanktus schon in der Ettstraße gewesen. Die Ulli war auch da. Die Betty-Lou hatte sie vorher bei der Kathi abgegeben, die sich heute freigenommen hatte, um sich um das Mädchen zu kümmern. An Schule war für die Betty-Lou unter diesen Umständen nicht zu denken. Der Bichlmaier hat sich mit der Ulli unterhalten und sie über den gestrigen Tag befragt. Die Sorge ist ihm ins Gesicht geschrieben gewesen. Er hat versucht, jeden noch so kleinen Hinweis aus der Ulli herauszubekommen, um irgendeine Spur zu finden. Der Demuth war in seinen Rechner vertieft.

»Können Sie was über Angehörige oder die Familie rausfinden?«, hat ihn der Sanktus gefragt.

»Wessen Familie?«, hat der Demuth wissen wollen.

»Na die von der Johanna Calaminus!«

»Herr Sanktjohanser«, hat der Demuth genervt angefangen, »maanen Sie, dass wir na bloß dasitzen und wadden, bis Sie kommen und uns die Ärbat anschaffen? Kann des saan?«

»Häh?«, Rückfrage vom Sanktus.

»Meinen Sie, dass wir bloß dasitzen und warten, bis Sie kommen und uns die Arbeit anschaffen? Kann das sein?«, hat der Demuth ins Hochdeutsche übersetzt.

»War ja bloß a Frage. Sei halt ned immer glei so eingeschnappt.«

»Herr Sanktjohanser, wir sind fei noch beim Sie, gell.«

»Is recht, Demuth.«

»Herr Demuth. So viel Zeit muss sein.«

»Ja, passt!« Der Sanktus hätte ihm jetzt am liebsten eine Gewaltige betoniert, hat sich aber zusammengerissen.

»Also«, hat dann der Demuth doch angefangen, »da hat's 'ne Mutter gegeben, Ingrid Calaminus, 'nen Vater, Herbert, und einen Bruder Kurt. Die Familie hat in Hessen gewohnt.«

»Ah, haben Sie des jetzt endlich rausgefunden?«, ist von hinten die sonore Bichlmaier-Stimme gekommen. »Sehr schön, Demuth! Und weiter?«

»Beide Eltern sind tot. Der Vater ist 1999 gestorben. Selbstmord, die Mutter 2005. Der Bruder lebt anscheinend noch. Zuletzt war er in einem Kinderheim in der Nähe von Frankfurt gemeldet. Das ist aber schon einige Zeit her. Was danach kam, weiß ich ned.«

»Gut, dann bringen S' des in Erfahrung, Demuth. Ich muss jetzt noch einmal nach Starnberg an den Leichenfundort.«

»Ich fahr mit!«, ist's vom Sanktus wie aus dem Gewehr geschossen gekommen,

»Sanktus?«, hat der Bichlmaier gefragt und mit den Augen gerollt.

»Ach so. Äh, ja. Äh, ich muss ja wieder heim, gell«, hat der Sanktus gestottert und ist aus dem Zimmer verschwunden.

Unten im Hof haben sich die beiden wieder getroffen. Das Einzige, was der Bichlmaier gesagt hat, war: »Kennst 'n doch, den fränkischen Bürokraten. Der hängt mich doch sofort hin.«

»Hab ich ned dran dacht!«, hat der Sanktus erwidert, und die zwei sind in Richtung Berg am Starnberger See gefahren.

Auf der Fahrt hat der Sanktus vorgeschlagen, dass man unter Umständen noch mit dem Plodek sprechen sollte. Da der Drengler immer wieder mit ihm am gestrigen Tag gesprochen hatte, hat es ja durchaus sein können, dass er am Schluss nach der Neuen Kirche noch mit ihm telefoniert hatte. Der Sanktus hat also den Plodek angerufen. Der hat noch nichts von der Drengler-Entführung gehört gehabt und ist sichtlich bestürzt gewesen. Er hat es sich nicht ausreden lassen, sofort nach Berg zu kommen, um mit ihnen zu sprechen.

Der Sanktus und der Bichlmaier haben das Auto am schmiedeeisernen Tor in Leoni abgestellt. Der Park war heute für alle Besucher gesperrt, weil Spurensicherung, weißt du. Die zwei haben dem Polizisten am Tor einen guten Morgen gewünscht und sind zu Fuß zur Votivkapelle gewandert, wo der tote Kammerlander am Tag zuvor gefunden worden war.

Nebeneinander haben sie schweigend von der Empore aus auf den in der Sonne glänzenden Starnberger See geschaut. Die Spurensicherung hat unten mit mehreren Personen im weißen Anzug das Gelände abgesucht.

»Weißt, was ich heut Nacht träumt hab?«, hat der Sanktus den Bichlmaier gefragt.

»Naa«, hat der zurückgebrummt.

»Willlst es wissen?«

»Naa, ned unbedingt.«

»Schad.«

»Wieso?«

»Weilst du drin vorkommen bist.«

»I?«

»Ja, du.«

»Aha.«

»Wia aha?«

»Ja, aha hoid.«

»Möchst es jetzt wissen?«

»Wird ma ja nix anders übrig bleiben, oder?«

»Naa.«

»Oiso erzähl.«

»I war der König Ludwig, und der Drengler und der Kübrich ham mi da drunt im See versenkt.«

»Und?«

»Du hast mi rauszogn und hast gsagt, du hättst noch nie so a schöne Waserleich gsehn.«

»So ein Schmarrn!«

»Und der Meinert ist am Rand g'standen und hat den Dr. von Gudden mit einem Revolver in Schach g'halten.«

»Jetzt wiss ma zumindest, dass es nicht ein, sondern gleich zwei Preißn waren, die unseren Kini umbracht ham. Respekt, Sanktus. Solltest einmal in eine Fernsehshow gehen.«

»Depp.«

»Selber Depp.«

»Aber der Meinert mit der Waffe. Irgendwie geht mir der ned aus dem Kopf. An dem ist auch was faul. Der is ned ganz hasenrein.«

»Gfallt mir auch ned«, hat der Bichlmaier diese Diskussion geschlossen.

Dann haben sie beide wieder geschwiegen, bis der Bichlmaier das Wort wieder ergriffen hat.

»Weißt du, was mich wahnsinnig macht, Sanktus? Wie kann jemand an einem Sonntagabend im Hochsommer unentdeckt eine Leiche in ein Schlauchboot stecken, sie zum Ludwig-Kreuz fahren, sie auch noch festbinden und dann in aller Ruhe wieder abhauen und niemand merkt's?«

»Es scheißt sich niemand mehr was, Bichä! Es kümmert sich keiner mehr um den anderen«, hat der Sanktus geseufzt. »Du kannst neben einem tot umfallen, und er merkt's wahrscheinlich nicht, weil er grad auf seinem Handy herumwischt. Oder der neben dir hat Angst, dass du ihn anzeigst, wenn du ihm beim Wiederbeleben eine Rippe brichst. Das sind die heutigen Zeiten. Früher …«

»Ja schon, Sanktus. Des erzählst du mir immer wieder. Früher war alles menschlicher, und ich glaub's dir auch. Aber es kann doch trotzdem ned sein, oder? Das muss doch wer gesehen haben.«

»Ist er über den See oder den Park gekommen?«

»Ich kann mir nur über den See vorstellen. Durch den Park zerrst du doch ned so einfach einmal ein Schlauchboot und einen Toten. Der muss irgendwo in aller Ruhe sozusagen *in See gestochen* sein, ist da her gerudert oder so ähnlich, hat den Kammerlander festgebunden und ist wieder weggeschwommen. Ganz einfach! Das Schwierigste ist aber, wo ist er losgeschippert. Es ist Sommer. Da wurlt's überall am See. Auch um die Zeit am Abend. Das meiste Ufer ist Privatbesitz. Da kannst du ned so mir nichts dir nichts a Leich zu Wasser lassen. Verstehst?«

»Schon. Aber da fällt mir nur der Wagenknecht ein. Der wird's ja wohl ned gwesn sein. Höchstens ein anderer von der Verbindung. Das wär möglich.«

»Kann sein. Aber halt mit dem Risiko, dass er entdeckt wird. Ich kann's mir nicht vorstellen. Der Professor lässt doch aa ned an jeden in seinem Grundstück umeinander hupfen, wie einer grad lustig ist, oder?«

»Vielleicht bringt ja der Piefke was raus. Der ist heut mit dem Giovanni bei der Swapingia auf Besuch. Der Malte spielt einen korporierten Ingenieur des Brauwesens und Consultant. Der Giovanni mimt den ausländischen Brauereiinvestor. Sein Kontakt ist der Kammerlander, der ihm geraten hat, dort mal auf ein Bier vorbeizuschauen.«

»Hört sich kompliziert an«, hat der Bichlmaier gemeint.

»Naa, ganz im Gegenteil. Solche Besuche sind völlig üblich. Die dürfen ihn gar nicht abwimmeln.«

»Verreck. Na wennst meinst.«

»Aber sonst tapp ma ganz schön im Dunkeln, ha?«

»Aber so was von. So dunkel war's noch nie. So lange wir ned wissen, wen wir suchen müssen, haben wir keine Chance. Und ich hab nicht die leiseste Ahnung. Vielleicht findet der Demuth noch was raus. Ein Wadlbeißer ist er ja.«

Auf einmal hast du von hinten ein Tappen im Kies des Weges kommen hören, und der Plodek ist angeschossen. Schlecht hat es ausgeschaut, das Büberl. Augenringe, Tränensäcke, also halt um ein paar Jahre älter. Dass des den so mitnimmt, hat sich der Sanktus gedacht. Dass der vielleicht doch schwul? Wär möglich gewesen. Aber dann hätte er ja mit dem Drengler ...? Nein, unmöglich. Unmöglich? Unmöglich war ja bekanntlich gar nichts.

Der Bichlmaier hat den Plodek ausgefragt, wann er das letzte Mal mit dem Drengler telefoniert und was sie geredet hätten. Der Plodek hat aber nur die Zeiten bestätigt, die der Sanktus sowieso gewusst hatte. Später, also nach der Wirtschaft, habe der Drengler nicht mehr bei ihm angerufen. Ob jemand Mails erhalten hätte, hat er wissen wollen, der Plodek. Er tät's vom Drengler wissen, dass das so Usus sei. »Usus«, hat er gesagt, der Herr Lateinschüler. Und wenn ja, ob die Eipi-Adresse geprüft worden sei. Was eine Eipi-Adresse ist, hat der Sanktus nicht gewusst, aber der Bichlmaier hat einen wissenden Blick aufgesetzt und den Demuth angerufen. Der Plodek hat dem Sanktus inzwischen erklärt, dass es IP-Adresse heißt und dass man damit sozusagen den Rechner, der das Mail geschickt hat, nachverfolgen könnte. Dem Sanktus war die Aktion nicht erklärbar, weil es ja bisher immer geheißen hat, dass der Owner immer von verschiedenen öffentlichen Rechnern gemailt hätte. Aber die zwei waren bestimmt in diesen Sachen gescheiter. Der Sanktus hat wieder auf den See hinausgeschaut. Dieses Blau, ein Traum. Früher, als Bub, war er oft mit der Anna und seiner Oma raus an den Starnberger See gekommen. Da hat er dann Elektroboot fahren dürfen, oder sie sind mit dem Dampfer nach Tutzing. Da hat's ein wunderbares Eis gegeben, und dann wieder zurück. Und heut steht er da und redet über Morde. Bravo!

»Aha, Demuth ... Haben Sie schon ...? Sehr gut. Danke«, hat er den Bichlmaier den Anruf beenden hören.

Der Bichlmaier ist zu ihnen rübergekommen und hat eine Adresse in Planegg genannt, von der das Mail losgeschickt worden ist. Der Plodek ist beim Nennen der Adresse zusammengefahren, dass du meinen hast können, es ist der Ischias. Blitzeinschlag gar nichts.

»Gell, da schaun S', Herr Plodek«, hat der Bichlmaier überlegen gesagt und der Sanktus hat sich gedacht, jetzt hat er ihn. Der Plodek war's. Aber Planegg? Schon komisch.

»Da wohnt ja Bundesbruder Meinert«, hat der Plodek geschlottert. »Mein Gott! Das ist ja …«

»Genau, der Meinert. Den Herrn sollten wir uns vornehmen, Sanktus«, hat der Kommissar verkündet.

»Ich komme mit!«, hat der Plodek gerufen.

»Ja, wär ja noch schöner. Sie gehen jetzt einmal heim und ruhen sich aus. So wie Sie ausschauen, tut Ihnen eine Pause gut. Wir besuchen den Meinert. Halten Sie sich bitte zu unserer Verfügung, falls wir noch etwas von Ihnen brauchen.«

»Meinen Sie, Bundesbruder Meinert hat die beiden umgebracht?«, hat der Plodek gefragt.

»Ich mein gar nichts. Außerdem wird's schwierig, weil der Herr ist Staatssekretär. Da müssen wir sachte vorgehen. Langsam und doch bestimmt. Mit nichts herausplatzen, Sanktus. Immer dezent.«

Dem Sanktus ist schon wieder alles auf der Zunge gelegen, hat sich aber zusammengerissen.

»Ja«, hat der Plodek bestätigt, »sachte. Stetiger Tropfen höhlt den Stein. Viel Erfolg. Auf Wiedersehen.«

»Komischer Uhu«, hat der Sanktus kommentiert.

»Des kannst laut sagen«, hat der Bichlmaier bestätigt.

Circa eine halbe Stunde später ist der BMW in Planegg, mit der Betonung auf der zweiten Silbe, also auf dem Egg, vor dem Meinert-Haus zum Stehen gekommen. Es war inzwischen fast Mittag, und die Sonne, glaubst du nicht. Hell kein Ausdruck. Das Haus war von einem hohen Metallzaun umgeben und komplett abgeschirmt. Politikervilla halt. Da darf natürlich keiner reinschauen, zum Meinert, weil Privatsphäre. An der Tür des Zauns ist kein Name gestanden, aber der Sanktus hat trotzdem gleich geklingelt. Neben der Tür ist eine Kamera eingelassen gewesen, in die die zwei jetzt reingeschaut haben wie die Schwalberln, wenn's blitzt.

»Ja bitte?«, hat sich eine Stimme gemeldet. Hätte schon die vom Meinert sein können.

»Bichlmaier. Kriminalpolizei München. Dürfen wir reinkommen, Herr Meinert?«

Daraufhin hat der Türöffner gesummt, und der Sanktus und der Kommissar sind in das Grundstück hinein. Der Garten war wie geschleckt. Alles war auf japanisch gemacht. Mit viel Stein, Brücken und kleinen Wasserläufen. Hinter Bäumen verborgen ist das Wohnhaus gelegen. Der Meinert ist in einer Art Kimono in der Tür gestanden. Karate-Kid Anfänger, ist es dem Sanktus eingeschossen.

»Grüß Gott die Herren«, hat er die beiden begrüßt. »Wie kann ich Ihnen helfen?«

»Grüß Gott, Herr Meinert«, hat der Bichlmaier angefangen, »gestern wurde Herr Benedikt Kammerlander tot am Starnberger See aufgefunden.«

Jetzt gleicher Blitzschlag wie beim Plodek.

»Der Bene? Um Gottes willen. Wolln ma uns ned setzen?«

Nicken von Sanktus und Bichlmaier. Der Meinert hat sie rund um das Haus in den hinteren Teil des Gartens geführt. Hinter einem kleinen Teich ist ein japanisch anmutender Pavillon gestanden. Dort hinein hat der Staatssekretär die beiden bugsiert.

»Darf ich Ihnen einen Tee anbieten?«, hat der Meinert gefragt.

Ein Bier wär mir lieber, hat der Sanktus gedacht, sich's aber doch verkniffen.

»Ja gern«, hat der Bichlmaier bestätigt, und der Meinert ist wieder in Richtung Haus.

Der Sanktus hat die Gunst der Stunde genutzt und hat kurz den Malte angerufen und ihn noch bezüglich seiner Recherche bei der Studentenverbindung, die sie bei ihrem letzten Treffen im Biergarten besprochen hatten, instruiert. Wichtigster Punkt: gibt es am Starnberger See irgendeine, den Studenten bekannte Möglichkeit oder einen verborgenen Winkel, um unentdeckt ein Boot ins Wasser zu lassen? Gibt es unter Umständen einen weiteren dort ansässigen Alten Herrn oder Bekannten mit Grundstück? Weiterer Punkt: wer war mit den Toten zuletzt bei den Swapingen in Kontakt? Und natürlich alles über die Jo. War dem Piefke aber eh klar.

Kurz darauf ist der Meinert mit dem Tee zurückgekommen. Natürlich im japanischen Geschirr, weil eh klar, oder? Alles hier war japanisch. Alles war so akkurat und durchdacht, dass dem Sanktus gleich ganz schwindlig geworden ist. Der Tee hat den Schwindel noch unterstützt. Hat zumindest der Sanktus geglaubt.

»Sehr wohltuend«, hat der Bichlmaier gesäuselt, und

der Sanktus ist vom Glauben abgefallen. Schwindel noch ärger. Der Bichä, ein Teekenner aus Leidenschaft?

»Sencha! Der Grüntee-Klassiker«, hat der Meinert doziert. »Bitter und süß zugleich. Außerdem sehr erfrischend.«

»Jaja. Der Gesundheits-Allrounder!«, hat der Bichlmaier bestätigt.

Den Sanktus hat der Schlag getroffen. Der Gesundheits-Allrounder? Der Gesundheits-Allrounder ist eine Halbe Stern-Dunkel nicht zu kalt und sonst gar nichts. So hat's ausgeschaut.

»Herr Bichlmaier, ich sehe, wir verstehen uns. Bitte entschuldigen Sie diese einfache Darbietung des Tees. Aber eine komplette Teezeremonie würde wahrscheinlich den Rahmen Ihres Besuches sprengen. Haben Sie schon einmal an einem Teeweg teilgenommen?«

»Leider noch nicht, Herr Meinert, leider noch nicht. Hoffe, das jedoch bald nachzuholen.«

Wie gestelzt der auf einmal geredet hat. Der Sanktus war völlig perplex. Er war ja auch ganz gut im Verstellen, aber der Auftritt hat alles gesprengt. So was von einem Gscheithaferl. Jetzt haben sie über den Steingarten in Kyoto, von Fujiwara und Muromachi und so weiter geredet. Die Wortfetzen sind gerade so am Sanktus vorbeigeflogen, weil Konzentration jetzt Ding der Unmöglichkeit. Zu viel Information auf zu wenig Zeit.

»... aber deswegen sind Sie ja bestimmt nicht gekommen«, hat der Sanktus auf einmal rausgehört.

»Nein, Herr Meinert. Sicher nicht. Wir haben da ein Mail nachverfolgt«, hat der Bichlmaier angefangen und dem Staatssekretär die Geschichte der IP-Adresse und der Todesmails erzählt. Der Meinert hat aufmerksam zugehört, und du hast nicht erkennen können, was er denkt. Keine Regung. Da kennst du halt die Schule der Politiker. Da hast du als kleiner Anfänger keine Chance. Gar keine!

Der Meinert hat sich das alles angehört und hat die Hände gefaltet und den Kopf so halb schräg nach hinten gelegt so wie der Vorgänger unseres jetzigen Landesvaters und hat angefangen, dem Bichlmaier die Geschichte vom toten Hund über Hackerangriffe und so weiter zu erzählen. Also Schwindligreden jetzt großer Plan. Der Bichlmaier aber anscheinend resistent. Ja ganz im Gegenteil. Der hat dem Meinert ins Gesicht gesagt, dass er ihn für den Mörder hält. Als Motiv hat er gesagt, verschmähte Liebe und Eifersucht. Und jetzt kommt's: Rache für ein verpfuschtes Liebesleben, weil der Meinert schon immer unsterblich in die Jo verliebt gewesen sei und fixiert gewesen wäre. Der Meinert natürlich Protest und alles bestritten. Doch, doch, sagt der Bichlmaier, da gibt's nichts zum Bestreiten, sagt er. Und weil er glaubt, dass der Kübrich, der Kammerlander und der Drengler die Jo umgebracht haben, zahlt er es ihnen jetzt heim. Und jetzt pass auf! Zieht der Bichlmaier doch nicht ein Foto vom Meinert heraus, auf dem die Jo und die drei Casanovas ausgelassen feiern, und er, der Meinert, im Eck steht mit einem Hass im Gesicht, dass du »Sie« sagst. Das hat der Kommissar dem Staatssekretär unter die Nase gehalten. Und ob du's glaubst oder nicht, der Gesichtsausdruck vom Meinert von null auf 100 ganz anders. Nichts mehr überheblich und japanisch. Die Tränen sind ihm gekommen, und er hat gezittert. Dann hat er mit seinem zitternden Finger der Jo über das Gesicht gestrichen. Ganz sehnsüchtig hat er das Mädel auf dem Foto angeschaut.

»Wo haben S' das denn her?«, hat er wissen wollen.

»Vom Herrn Wagenknecht. Der hat mir verraten, dass Sie unendlich in das Mädel verliebt waren. Wollen S' ma's ned erzählen?«

Der Meinert hat geschaut wie in Trance. So wie in einem Tatort oder Derrick, falls du den noch kennst. Der Sanktus hat gedacht, das ist gestellt, aber anscheinend doch nicht.

»Die Johanna war meine einzige Liebe«, hat der Meinert gestanden, wahrscheinlich nur ausnahmsweise so unter Teezeremonien-Teilnehmern.

Grad schmalzlt 's aber gewaltig, hat sich der Sanktus gedacht. So eine Roy-Black-Hintergrundmelodie ist beim Sanktus im Kopf abgelaufen.

»Das mag Ihnen jetzt altmodisch und unglaublich vorkommen. Die Johanna war oft bei uns auf dem Bundesheim zu Gast. Schon bevor Heinrich, Jens und Bene Burschen wurden, also schon zu deren Fuchsenzeit. Ich hab mich sofort in sie verliebt und sie sich in mich. Das war die schönste Zeit. Herr Bichlmaier, ich habe das noch nie jemandem erzählt. In Ihnen habe ich vielleicht jemanden gefunden, der mich versteht. Die Geschichte nagt seit Jahren an mir und frisst mich auf.«

Jetzt erst ist dem Sanktus aufgefallen, dass der Meinert völlig betrunken war. Dem Kommissar wahrscheinlich von Anfang an, weil Profi. Der hat seinen Sentimentalen gehabt, und Bichlmaier hat die Falle zuschnappen lassen wollen. Darum die Geschichte mit dem Tee.

»Wir haben wunderbare zwei Jahre zusammen verbracht. Niemand hat wirklich gewusst oder geglaubt, dass wir etwas miteinander hatten. Sie die Femme fatale und ich der Streber. Ausgelacht haben wir die anderen, wenn sie wieder alle ihr Testosteron herausgepresst haben und nach der Johanna gegiert haben. Aber die drei Burschen haben nicht locker gelassen. Sind ihr nachgestiegen wie die Gockel auf der Balz. Der Johanna hat's gefallen. Mir am Anfang auch. Dann hat sie aber angefangen, ihnen immer mehr den Kopf zu verdrehen, sie anzustacheln. Hat ihre Reize eingesetzt. Es war ihr Spiel, aber, na ja, sie wissen schon. Dann kam das verhängnisvolle Wochenende. Die Jo ist den ganzen Freitag und Samstag mit den dreien unterwegs gewesen. »Dieses Wochenende mach ich sie deppert«, hat sie gesagt. »Wirst es schon sehen. Und in den Semesterferien machen wir einen Liebesurlaub.« Wir waren bei unserem Alten Herrn am Starnberger See. Die drei Volldeppen sind ihr wieder hinterher, und sie hat es ausgekostet. Beim Flaschendrehen ist sie am Schluss oben ohne dagesessen, und den Buben sind fast die Augen rausgefallen, wie sie ihre Brüste gesehen haben. Kein Wunder. Schön waren sie. Ich seh sie noch genau vor mir.«

Dabei hat er die Form so mit seinen Händen angedeutet.

»Das war alles noch recht und schön, bis sie noch ein Spiel machen wollte. Fangermandl im Wasser. Ich war und bin kein guter Schwimmer und bin draußen geblieben. Die drei Hallodris natürlich hinten nach. Und das war ihr Fehler. Nach dem Hochmut kommt der Fall!«

»Und einer der drei hat sie im See ertränkt, und sie richten nun die ganze Bagage. Selbstjustiz nach all den Jahren?«, hat der Bichlmaier gestichelt.

»Gehen S', Herr Bichlmaier. Das Ziel der Teezeremonie ist die innere Erleuchtung und Einkehr. Jetzt bin ich aber enttäuscht.«

Der Sanktus und der Bichlmaier haben jetzt so dumm geschaut, das kannst du dir gar nicht vorstellen. Saudumm kein Ausdruck.

Da hat es im Sanktus-Schädel zum Sausen angefangen. Fiktive Bilder von diesem verhängnisvollen Tag sind in seiner Fantasie entstanden. Die Johanna nackt, die drei Burschen und die von Hass erfüllte Meinert-Fratze. Und dann ist dem Sanktus doch ein Licht aufgegangen.

»Sie waren's. Aber Sie haben nicht die drei Männer umgebracht, sondern die Johanna. Hab ich recht?«

Der Bichlmaier hat jetzt ziemlich verdattert geschaut, weil dem ist der Gedanke anscheinend noch nicht gekommen gewesen.

»Touché, Herr Sanktjohanser. Jetzt ist's heraußen«, hat der Meinert großkotzig getan. »Sie hat mit dem Kammerlander nach dem Fangermandl am Seeufer geschlafen, und ich hab sie dabei rein zufällig aufgestöbert.«

»Wie?«, hat der Kommissar gefragt.

»Ich hab sie nach ihrem Liebesspiel zur Rede gestellt, aber sie wollte einfach nicht kapieren, dass ich vor Eifersucht innerlich gebrannt habe. Verhöhnt hat sie mich noch dazu, dass ich so spießig sei. Dann würde sie halt mit mir Schluss machen, hat sie mir gedroht. Sie könne so beengt nicht leben und lieben. Da hat was in mir umgeschaltet. Ich hab sie unter Wasser gedrückt, bis sie sich nicht mehr gewehrt hat. Niemand hat was gemerkt. Erst am nächsten Tag.«

Und wenn du meinst, jetzt große Reue und so weiter mit Herzschmerz und ich weiß nicht, was mich geritten hat, komplette Fehlanzeige. Vorsatz kein Ausdruck. Komischerweise hat er dann im nächsten Moment wieder geweint, weil doch größte und einzige Liebe. Der Sanktus hat nicht gewusst, was er denken soll, und hat dann besser gar nichts mehr gedacht.

»Herr Meinert, ich würde Sie bitten, mitzukommen«, der Bichlmaier jetzt wieder ganz der Kommissar.

»Jaja. Man muss wissen, wenn es gar ist. Wenn es gar ist, ist es gar. Hat schon der Landtagsabgeordnete Filser so trefflich gesagt. Ich zieh mich nur schnell um. So im Kimono kommt eher blöd, oder?«

»Jaja. Gehen S' nur. Wir warten vor der Haustür«, hat der Bichlmaier gesagt. »Die Tür lassen wir aber auf, gell.«

»Selbstverständlich, Herr Kommissar«, hat der Meinert bestätigt und ist ins Hausinnere gegangen.

Die zwei haben draußen gewartet.

»Sakrament. Hättest du dir das gedacht?«, hat der Bichlmaier gefragt.

»Nie in diesem Leben. Wirklich ned. Hamma gut rausgefunden. Nur für unsere Burschen haben wir wieder keinen Mörder«, hat der Sanktus erwidert.

»Wie lang braucht der eigentlich, bis der den Kimono ausgezogen hat?«, hat der Bichlmaier wissen wollen.

Der Sanktus hat überlegt und gemeint: »Is des ned jetzt immer die Szene im Fernsehen, wo sich der Mörder aufhängt?«

»Zefix!«, hat der Bichlmaier gerufen, und die beiden sind mit Karacho ins Haus.

Im Schlafzimmer, das vom Wohnzimmer durch eine japanische Schiebewand aus Holz und Papier abgetrennt worden ist, ist der Meinert mit einem Samuraischwert im Bauch in einer Blutlache gelegen. Die Knie hat er angewinkelt gehabt, und fast hast du meinen können, er hätt ein Lächeln auf den Lippen.

»Seppuku!«, hat der Bichlmaier gesagt. »Der Suizid des Samurais. Geh leck mich doch am Arsch!«

»Ausgesungen, der Pavarotti«, hat der Sanktus kommentiert.

Kurz drauf hat es in der Straße vom Meinert grad so blau geblinkt. Polizei, Notarzt, Sanka und so weiter. Der Sanktus und der Bichlmaier sind auf einer – wahrscheinlich japanischen – Mauer im japanischen Garten mit im Schoß verschränkten Händen gesessen, haben in den Boden gestarrt und waren völlig perplex.

Plötzlich hat das Sanktus-Handy geklingelt. Der Piefke war dran.

»Ich habe einen heißen Tipp«, hat er angefangen. »Ihr müsst unbedingt zu Staatssekretär Meinert. Der ist höchst verdächtig.«

»Lass gut sein, Malte. Der is hin. Hat sich grad umbracht. Der war's zwar, aber auch wieder ned. Der hat die Jo umgebracht, aber nicht die andren zwei Hanseln.«

»Upps!«, hat der Piefke nur gesagt.

»Ja und jetzt?«, hat der Sanktus wissen wollen.

»Tja. So richtig erfährt man natürlich nichts von diesen ganzen Bundesbrüdern. Vor allem sind zu viele junge Leute hier. Die wissen nichts von der alten Geschichte. Das ist zu lange her.«

»Scheibenkleister!«, hat der Sanktus gerufen.

»Nicht ganz, Chef! Einen hab ich noch. Am Starnberger See in Leoni wohnt ein Alter Herr namens Hansjörg Friedrich. Der hat in der Toskana noch eine Bleibe und ist oft Monate weg. Zurzeit ist das wieder der Fall. Das könnte eine Möglichkeit sein, wie Kammerlander mit dem Boot in den See gekommen ist.«

Der Sanktus hat sich recht bedankt, den Piefke verabschiedet und die Geschichte gleich brühwarm dem Bichlmaier erzählt. Der war froh, zumindest eine kleine Spur zu haben und hat sofort den Demuth beauftragt, eine offizielle Durchsuchung des Grundstücks zu beantragen.

»Dass der Kammerlander nie zur Polizei gegangen ist? Der Meinert erwischt ihn mit der Jo, und kurz darauf ist sie tot. Komisch, oder?«, hat der Sanktus gefragt.

»Angst vielleicht? Dass sie dann meinen, er war's. Oder er hat's halt gar nicht mitgekriegt. Werden wir nie rausfinden«, hat der Bichlmaier geantwortet.

»Hm, und jetzt?«, hat der Sanktus gefragt.

»Jetzt? Jetzt fahr ma wieder an den Starnberger See. Hast Lust auf eine Elektrobootfahrt?«, hat der Bichlmaier gesagt und dabei gegrinst.

Einige Zeit später sind die beiden mit einem Elektroboot von Starnberg aus in Richtung Leoni gestartet. Selbstverständlich hat der Bichlmaier als leitender Beamte und sozusagen Kapitän gesteuert. Der Demuth hatte ihnen zuvor die genaue Adresse des Alten Herrn durchgegeben, und die beiden haben sich langsam aber sicher dem besagten Grundstück, das sich ganz in der Nähe des König-Ludwig-Kreuzes befunden hat, von der Seeseite aus genähert. An einem kleinen Steg haben sie das Boot festmachen können.

»Is des jetzt erlaubt?«, hat der Sanktus wissen wollen.

»Ned wirklich«, hat der Kommissar gesagt, »aber hilft jetzt nichts. Verrätst mich halt ned beim Demuth.«

Also haben die zwei das Gartengrundstück unter die Lupe genommen. Gott sei Dank war es nicht zu groß, sodass die Durchsuchung schnell vonstattengehen hat können. Das Haus ist zentral direkt an der dahinter entlang führenden Straße im Grundstück gelegen. Die rechte Seite ist von dichten Büschen flankiert worden, an die linke hat sich ein Einfahrtstor mit überdachtem Stellplatz angeschlossen. Vorne am See hat sich ein kleines Bootshaus befunden.

»Siehst es?«, hat der Bichlmaier gefragt.

»Die Spuren da?«, hat der Sanktus wissen wollen.

Im Kies waren komische kurz aufeinander folgende Mulden und zwei Rillen, die in Richtung Bootshaus geführt haben, zu sehen.

»Genau. Da hat einer jemanden rückwärts gezogen. Und zwar zum Bootshaus hin. Bingo, ha?«

»Na schau ma ins Bootshaus. Auf geht's«, hat der Sanktus vor lauter Aufregung angeschafft.

Die Tür des Bootshauses war offen, sodass das Reinkommen kein Problem dargestellt hat. Drinnen war ein Kanu an der Wand befestigt, und ein Elektroboot ist im Wasser gelegen. Weitere Spuren haben die beiden leider nicht gefunden.

»Das ist dann ein Fall für die Spurensicherung. Da hilft alles nichts. Da richten wir nichts aus«, hat der Bichlmaier gemeint.

»Genau. Wenn das wirklich der Ort war, wo der Owner den Bene ins Boot gesetzt hat, dann hat er nach seiner Rückkehr alle Zeit der Welt gehabt, aufzuräumen und alle Spuren zu verwischen.«

»Genau. Ich denk, der hat den Kammerlander zu dem Kreuz gerudert oder hat das Boot vom Wasser aus angeschoben. Nachdem er ihn vertäut gehabt hat, ist er gemütlich zurückgeschwommen oder wahrscheinlich getaucht oder geschnorchelt.«

»Aber wer ist des, zefix?«, hat der Sanktus mit rotem Kopf geschrien und hat dabei einen Stein vom Boden aufgehoben und in den Boden gepfeffert.

»Des wenn wir wüssten«, hat der Kommissar geantwortet. »Jetzt müssen wir erst einmal die Spurensicherung abwarten. Denen bleibt nichts verborgen. Pack ma's!«

Es war inzwischen fast sechs Uhr abends. Der Sanktus hat bei der Kathi angerufen, die immer noch bei der Ulli war. Bisher war kein weiteres Mail oder gar eine weitere Koordinate im Posteingang angekommen.

Der Sanktus und der Bichlmaier haben sich also in Richtung München aufgemacht. Sie wollten noch einmal mit der Ulli sprechen. Vielleicht hatte sie ja doch was übersehen. Es war ihr letzter Strohhalm, an den sie sich geklammert haben.

Von unterwegs hat der Kommissar seinen Assistenten Demuth angerufen, ob er noch Weiteres über die familiären Verhältnisse von Johanna Calaminus in Erfahrung gebracht hätte.

»Chef, jetzt hab ich erscht na den Durchsuchungsbeschluss beantragt. Des wollten S' ja gleich, oder? Und bei den Familienverhältnissen muss ich no a weng nachhaken. Da wollt ma der Kollech scho lang Bescheid gebn. Ich meld mi glei wieder.«

»Ja, und ned überarbeiten, gell, Demuth!«, hat der Bichlmaier noch in die Freisprechanlage gerufen, aber der Kriminalfranke hat schon aufgelegt gehabt.

Der Sanktus hat den Hanspeter angerufen und hat ihn über die Vorkommnisse des Tages unterrichtet. Der Hanspeter war völlig von der Rolle. Er sei grad mit der Annouk in der Stadt und könne auch gleich zur Ulli kommen. Vielleicht würde man ja zusammen noch auf irgendetwas kommen. Noch bevor der Sanktus ihm sagen hat können, dass die Ulli das vielleicht gar nicht gut finden würde, hat der Schwabe schon aufgelegt gehabt.

»Na bravo. Des kann ja was werden. Jetzt kommt der Hanspeter auch noch. Aber wer weiß? Vielleicht ist's für was gut. Schau ma mal.«

»Na seng ma's scho«, hat der Bichlmaier den Satz vollendet.

Hier wohnen die Englers! Ulrike, Betty-Lou und Jens! Bei guter Laune bitte klingeln! Der Sanktus und der Kommissar haben mit den Schultern gezuckt und trotzdem auf den Klingelknopf gedrückt. Die Kathi hat aufgemacht, und der Sanktus hat an ihrem Blick erkennen können, dass die Lage nicht optimal war. Ein Mail war gekommen.

Die Ulli ist schluchzend am Küchentisch gesessen, ein ausgedrucktes Bild des Ludwig-Kreuzes bei Sonnenuntergang im Starnberger See neben ihr. Die Annouk hat versucht, sie zu trösten, und der Hanspeter ist mit völlig verdattertem Gesichtsausdruck aus dem Büro gekommen. Entsetzen kein Ausdruck. Er hat nur mit dem Zeigefinger auf den Bildschirm des Laptops gezeigt. Es war ein Bild geöffnet. Ein Mann ist nackt, nur mit einer Art Lendenschurz bekleidet, auf dem Boden gelegen. Beim genaueren Hinsehen hat der Sanktus erkennen können, dass seine Hände und Füße an ein Holzkreuz gebunden waren. Erster Eindruck Jesus, klar. Aber der Jesus war nicht der allbekannte aus Nazareth, sondern eindeutig der Drengler aus Hannover. Und der war anscheinend bewusstlos.

Der Hanspeter hat mit einem Klick das dazugehörige E-Mail zum Vorschein gebracht. Der Absender war dieses Mal direkt der Meinert. Logischerweise nicht möglich, weil ja tot, aber moderne Technik macht's halt möglich. Es hat nur eine Zeile gehabt: *Du wirst heute sterben, um mich zu erlösen.*

Der Bichlmaier hat sich hastig umgedreht, gemurmelt, er müsse sofort ins Präsidium, sich von der Ulli verabschiedet und war weg.

Die Ulli hat bloß geweint. Inzwischen ist es kurz vor acht Uhr gewesen.

Auf einmal hast du die Pfarrer-Braun-Melodie im Drengler-Wohnzimmer hören können. Alles war auf einmal still und hat gelauscht, aber niemand hat das Geräusch wirklich lokalisieren können. Bis alle den Blick in Richtung Gang zur Garderobe haben schweifen lassen und jetzt Erkenntnis. In der allgemeinen Hektik hat der Bichlmaier seine schwarze Lederjacke vergessen gehabt. Und damit sein Mobiltelefon. Der Sanktus, ein Schlitzohr, wie er war, hat das Telefon herausgefischt und sich mit »Bichlmaier« und verstellter Stimme gemeldet.

Der Demuth ist dran gewesen: »Chef, hallo. Ich hab grad a Memo von de Kollechen kriecht.«

»Hmh!«, hat der Sanktus mit verstellter tiefer Stimme gemurmelt, dem Hanspeter das Handy hingehalten und nervös mit dem Finger ans Ohr und auf das Handy gedeutet, weil er die Lautsprechertaste nicht gefunden hat. Der Hanspeter, schlauer Schwabe, hat das sofort kapiert, und mit einem Wischer war der Demuth zu hören.

»Also. Die Calaminus is ja im Sommer siebnaneunzich ertrunken. Der Vater hat des ned verwunden, weil er a recht a inniches Verhältnis zu seiner Tochter ghabt hat. Die Mutter hat nach dem Unglück das Saufen angfangen.

Kurz drauf hat sich der Mann umbracht, und die Mutter war na völlig durch'n Wind. Der Bub, also der Bruder von der Johanna, der Kurt Achim Calaminus, is na zu a Pflechefamilie kommen, weil die Mutter nimmer fähich war, sich um des Kind zu kümmern. Die war na fünf Jahr lang in einer psychiatrischen Klinik und hat den Buben zur Adoption freigebn. Der is na in Hessen aufgewachsen. Bei einer Familie Plodek. Gertrud und Michael Plodek. Chef? Hören Sie mir zu?«

»Stetiger Tropfen ... Stetiger Tropfen, ich Arschloch! Demuth, sagen S' dem Bichlmaier bitte, wenn S' ihn treffen, er hat sein Telefon bei uns vergessen. Er soll sich unter seiner Nummer melden«, hat der Sanktus kurz gesagt und hat aufgelegt.

»Was jetzt?«, hat der Hanspeter wissen wollen.

»Kathi? Kaaathi? Kannst du amal bitte im Internet schauen, wo der Plodek wohnt?«, hat der Sanktus seine Lebensgefährtin gebeten.

Die Kathi hat die Augen verdreht und gemeint: »Des könntst jetzt wirklich selber auch einmal lernen, ha?« Aber gemacht hat sie's natürlich.

»Strindbergstraße in Pasing«, war die Antwort.

»Na, nix wie hin! Auf geht's! Jetzt hol ma'n uns!«

Den Damen war die erneute Detektivaktion zwar nicht besonders recht, aber ein Blick auf das Häuferl Elend Ulli hat sie erweichen lassen. Sie haben ihren Helden ein dickes Bussi aufgedrückt, und die Ulli hat dem Hanspeter den Schlüssel des frisch reparierten Jaguars in die Hand gedrückt und ihnen unter Tränen aufgetragen, ihr ihren Jens wieder zu bringen.

»Wird erledigt!«, hat der Sanktus gesagt, salutiert und gegrinst.

»Selbst in so einer Situation bist du immer noch so ein Depp«, hat die Kathi gelächelt. »Also los und komm mir ja g'sund wieder!«

Und schon sind die zwei durch das abendliche München in Richtung Pasing gefahren. Fenster unten, Ellenbogen auf dem Fensterrahmen. Lässig Dreck dagegen. Der Hanspeter hat sich direkt auch getraut, ein bisserl Gas zu geben. Die warme Abendluft und der Duft des Sommers sind an ihren Nasen vorbei gestrichen. Es war ein äußerst angenehmes Gefühl. Der Sanktus hat seine Augen geschlossen und alle Gerüche und Geräusche in sich aufgesogen. Genauso wie er den Münchner Sommer seiner Kindheit in Erinnerung gehabt hat. Kindergeschrei, Frauenlachen, Hundsgebell und Fahrradklingeln. Der Geruch, eine Mischung aus Blumen, Bächen, erhitztem Teer und Pflaster, Bier, Grillfleisch, sommerlichen Parfums, einfach nach Leben. Mei, München, riachst du heid guad! Die Zeichen sind jetzt für den Sanktus auf Erfolg gestanden. Hundert Pro!

»Des wird a gmahte Wiesn, des woaßt scho!«, hat er seine Empfindungen kommentiert.

»Was meinschd?«, hat der Hanspeter nachgefragt.

»A Selbstläufer werd des und nix anderes! Oder?«

»Sanktus, du sprichschd auf einmal viel mehr Bayerisch. Was isch los?«

»Des is des G'fühl vom Münchner Sommer, woaßt. Is glei wieder vorbei.«

»Aha«, war alles, was dem Hanspeter dazu eingefallen ist.

Wenn du nach Pasing willst, musst du zwangsläufig an der Augustiner- und an der Sternbrauerei vorbei. Beide haben sich recht ähnlich geschaut mit ihrer roten Backsteinfassade. Der Sanktus hat beim Vorbeifahren den Blick auf die beleuchteten Kupferpfannen im dämmernden Abendlicht genossen. Dieses Leuchten hat in ihm immer eine innere Wärme und Ruhe erzeugt. Yoga gar nichts dagegen. Inzwischen war es gegen halb zehn.

Kurze Zeit später sind sie in der Strindbergstraße zum Stehen gekommen. Das Einfamilienhaus, wahrscheinlich aus den 50er Jahren, ist ruhig im Dunkeln gelegen. Nirgendwo hast du Licht sehen können. Der Plodek war anscheinend ausgeflogen. Der Sanktus und der Hanspeter sind leise ausgestiegen und haben versucht, das Gartentor zu öffnen, aber leider verschlossen. Also Akrobatik angesagt. Kurzer Blick links und rechts, keiner da und drüber. Die Schmerzen im Schritt Wahnsinn, weil der Sanktus alles andere als gelenkig. Aber da musst du durch, wenn du ein Menschenleben retten willst. Definitiv. Dem Hanspeter ist es nicht besser gegangen, weil auch er kein wirklicher ›Turn-Champ‹ gewesen ist. Reck und Barren eher Feind.

Jetzt haben sich die beiden nahe an das Haus herangeschlichen und haben gelauscht. Nichts war von der Straßenseite zu hören außer einem Pärchen, das mit einem Kinderwagen vorbeispaziert ist. Die zwei sofort in Deckung hinter einen Busch in der Einfahrt. Langsam und ganz leise sind sie um das Gebäude geschlichen. Der Großteil des Gartens ist auf der von der Straße abgewandten Seite gewesen. Aber außer einem Grill und einer Biergarnitur ist nichts zu finden gewesen. Direkt an der Hausrückseite haben die zwei einen Treppenabgang in den Keller entdeckt. Die Tür unten war nur angelehnt, und ein flackerndes blaues Licht war durch den Spalt zu erkennen.

Der Sanktus hat schon angesetzt, hinunter zu hasten, aber der Hanspeter hat ihn zurückgehalten.

»Hörsch des? Da isch Musik. Irgendwas Klassisches.«

»Des kenn ich irgendwo her«, hat der Sanktus gemurmelt. »Aber du könntst mich jetzt erschlagen. Ich weiß ned, woher.«

»Isch ja au egal, oder?«, hat der Hanspeter gefragt.

»Ja, eh!«, hat der Sanktus kurz geantwortet, und dann sind Sherlock Holmes und Doktor Watson zur Tat geschritten und die Stufen runter. Nach dem Öffnen der Tür ist das Musikstück lauter geworden. Die beiden sind jetzt in einem Keller gestanden, von dem zwei kleine Gänge zu Kellerabteilen links und rechts weggegangen sind. Am Ende des Ganges hat sich rechts die Treppe ins Erdgeschoss befunden. Links ist ein weiterer Abzweig gewesen. Anscheinend in einen nächsten Kellerraum, der sich unter der Garage befunden hat. Geradeaus war eine offene Tür, aus der das blaue Licht und die klassische Musik gekommen sind. Von Weitem haben die beiden ein riesiges Gefäß erkennen können. Wahrscheinlich ein alter metallener Öltank. Das gespenstische Hallen des Musikstücks und das kalte Licht haben dem Sanktus eine Gänsehaut herbeigezaubert, dass alles zu spät war.

»Was soll ma machen?«, hat der Sanktus geflüstert.

»Geh ma nei?«, die Frage vom Hanspeter.

»Meinst du, der Drengler ist da drin in dem Bottich vielleicht?«

»Vielleicht ertränkt er sie da drin«, hat der Hanspeter kombiniert.

»Dann nix wie rein. Ned, dass es schon zu spät ist.«

Also gesagt, getan, rein in das geheimnisvolle Keller-abteil. In einem großen Eimer gefüllt mit Wasser war am Boden eine blaue Lampe eingelassen, die durch die Lichtbrechung das Meeresleuchten an der Decke erzeugt hat. Eine alte Stereoanlage aus den 90ern, die auf einem morschen Tisch gestanden ist, hat den Raum mit Musik beschallt. Gleich hinter der Tür ist eine Art blaues Faschingsgewand gehangen, das die beiden nicht weiter haben zuordnen können. Am Rand des großen Stahlbot-tichs ist ein kleines Trepperl gestanden. Der Sanktus und der Hanspeter haben sich angeschaut, aber keiner von ihnen hat eigentlich als Erster hinauf wollen vor lauter Angst, der tote Drengler könnte drin liegen.

»Ich hab Schiss!«, hat der Hanspeter zugegeben. »Wenn der Herr Dr. Engler jetzt da drin isch?«

»Dann hat er Pech ghabt, oder?«, hat der Sanktus grin-send von sich gegeben, aber du hast ganz genau gemerkt, dass ihm eigentlich nicht nach Witzen zumute gewesen ist. Aber der Sanktus hat solche Situationen einfach so überspielen müssen. Das war halt seine Natur. Über trau-rige Sachen hat er nicht reden können. Da hat er nichts rausgebracht. Das ist einfach nicht gegangen. Aber er hat zumindest den Hintern in der Hose gehabt und ist als Ers-ter die kleine Stufe hinauf und hat in den Bottich geschaut.

»Und, was isch?«, hat der Hanspeter zittrig gefragt.

»Gott sei Dank leer«, hat der Sanktus erleichtert bestä-tigt. Aber in dem Moment hast du einen lauten Knall und ein Klicken gehört und die Tür hinter den zwei Meister-detektiven war verschlossen. Von draußen hast du ein irres Lachen hören können. Geisterbahn Scheißdreck dagegen!

Die beiden Gefangenen haben an der Tür gerüttelt wie zwei Blöde, aber nichts zu machen, weil halt massive Tür und gescheit zu. Der Sanktus hat ein Déjà-vu gehabt, weil vor vier Jahren gleiche Situation, wie er in der Gewalt des Münchner Biermörders in der Sternbrauerei gewesen ist. Damals hat er sich geschworen gehabt: nie wieder, weil so dumm wie so eine weibliche Edgar-Wallace-Figur in schwarz-weiß bist du kein zweites Mal, aber sauber vergeigt, weil schon wieder reingefallen. Na bravo, Herr Sanktjohanser. Bravo!

Nachdem an der Tür nichts auszurichten war, haben sie sich auf zwei alte Stühle gesetzt und geschaut wie begossene Pudel. Der Sanktus ist kurz aufgestanden und hat die Musik ausgeschaltet. Auf der leeren CD-Hülle ist gestanden: Bedrich Smetana *Ma Vlast. Vltava – die Moldau.*

»Ja ich Rindvieh, ich Arschloch!«, hat der Sanktus auf einmal ausgerufen. »Jetzt weiß ich wieder, wo ich die Musik schon gehört hab. Das war der erste Cache im Kneipsaal bei den Swapingen. Die Moldau freilich! Aber warum die Moldau?«

»Des kriegen wir au no raus. Wenn wir raus kommen.«

»Ruf einmal bei der Polizei an. Vielleicht können die den Bichlmaier irgendwie anders als über sein Handy erreichen.«

Der Hanspeter hat in seiner Hosentasche gekramt und dann nur betreten geschaut.

»Im Auto«, hat er geflüstert.

»Was?«

»Mei Handy!«

»Na bravo! Einmal mit Profis arbeiten!«

»Ruf halt du an. Du hasch doch selber a Handy.«

»Jessas freilich«, hat der Sanktus ausgerufen und sich mit der flachen Handfläche auf die Stirn geschlagen, das Handy aus der Hosentasche geholt und wie ein Vergifteter darauf herumgedrückt. Dann aber auch nur betretener Blick.

»Was isch?«

»Akku leer. Zefix! Oids Glump!«

»So viel zum Profi, Sanktus.«

»Ja, is ja recht!«Der Sanktus hat sich wieder auf den alten Stuhl gesetzt. Kurz darauf ist ihr Blick auf einen Vorhang an der Wand gefallen. Warum hast du an einer Kellerwand einen blauen Vorhang, hat sich der Sanktus gefragt und ist aufgesprungen. Der Hanspeter hat geplärrt: »Kellerfenster?«, und schon haben sie den Vorhang und die sich dahinter befindende Verkleidung runtergerissen und Bingo! Tatsächlich ein Fenster. Also Fenster sofort auf und Ende Gelände, weil vergittert und natürlich nur Schacht. Schon wieder Dreck im Schachterl, und so sind sie zurück auf die Stühle und wieder Goaßg'schau.

»Sanktus, mir han doch noch des Telefon vom Bichlmaier!«, hat der Hanspeter ganz aufgeregt gerufen.

»Mei, san mir Idioten«, hat der Sanktus geflucht und dem Hanspeter das Handy gereicht. Jetzt hat der Hanspeter herumgedrückt, nein, gewischt wie ein Vergifteter.

»Heilandssack, Hurament, bluadige Hennakröpf. Mir han koi PIN. Da geht nix.«

»Nix, ha?«, ist's vom Sanktus gekommen.

»Stopp, Notruf! Des muss immer gehen.«

Der Hanspeter hat den Notruf gestartet und dann das Telefon dem Sanktus überlassen. Der hat dann der Person am anderen Ende genau erklärt, wie er sich die sofortige Rettungsaktion vorstellen würde und gefühlte 50 Mal darauf hingewiesen, dass man auch sofort den Kommissar Bichlmaier informieren müsse. »Ja, war des ein Depp«, hat der Sanktus das Telefonat kommentiert. »Ob des was wird? Hoffentlich hat der Demuth den Bichlmaier gefunden und ihm von unserem Anruf erzählt. Wenn ned, schauen wir saudumm aus. Des darfst mir glauben«, hat der Sanktus von sich gegeben. Kurz darauf haben sie ein Schleifen gehört. Der Plodek hat irgendwas Schweres anscheinend eine Treppe hinauf gezogen. Die beiden haben mit dem Ohr an der Eisentür gelauscht. Zwei Autotüren oder eine Klappe und eine Tür haben gerumst, und ein Motor ist gestartet worden. Kurzes Bremsen und sie haben das Garagentor zugehen hören.

»Jetzt isch er mit dem Herrn Doktor …«, aber weiter ist der Hanspeter nicht gekommen.

»Jetzt hör doch amal bitte mit deinem saudummen *Herrn Doktor* auf!«, hat der Sanktus genörgelt. »Zefix. Sag der Engler oder der Jens oder der Drengler. Aber ned immer der *Herr Doktor*. Des geht mir dermaßen auf den Sack, des is unglaublich.«

»Sanktus, i glaub, du bisch a bissle durch'n Wind. Des belaschtet dich alles zu sehr. Du musch wieder runterkommen.«

Der Sanktus hat keine Antwort gegeben, weil zu peinlich. »Der versenkt den Drengler jetzt irgendwo, der versenkt den jetzt!«, hat er immer und immer wieder gerufen und ist in ihrem Verlies umhergetigert. Sofort hat er an der gegenüberliegenden Wand mehrere Bilder entdeckt. Die Fotos haben alle die Gefangenen Kübrich, Kammerlander und Drengler gezeigt. Alle am Stahlbottich angekettet und im Wasser. Auch die Toten hat der Plodek fotografiert gehabt. Der Drengler war aber nicht dabei. Das war zumindest einmal beruhigend. Auch die Wasserbilder sowie die Pest und die Guillotine waren an die Wand gepickt. Der Sanktus hat auf ein Bild gedeutet, das ein Kreuz auf einem Felsen im Meer gezeigt hat. Am Fuß des Felsens war ein Anker, und der Himmel war rot. Die Sonne am Horizont ist entweder auf- oder untergegangen.

»Des Kreuz an der Ostsee von Caspar David Friedrich. Melancholische Bilder von Einsamkeit und Tod«, hat der Hanspeter zitiert.

»Das wollt er vielleicht hernehmen, bevor er sich für das Ludwigskreuz im See entschieden hat. Die Stimmung ist ähnlich. Zefix, zefix und noch amal zefix! Wo bleibt denn der Bichlmaier?«

Plötzlich ist die Pfarrer-Braun-Melodie losgegangen und ›Volltrottel‹ ist auf dem Display des Bichlmaier-Handys gestanden.

»Hallo?«, der Sanktus.

»Da is der Bichä. Ich ruf vom Demuth seinem Handy aus an!«

»Ich hab's gesehen«, hat der Sanktus gesagt und gegrinst.

»Wir sind auf dem Weg in die Strindbergstraße. Wo seids ihr?«

»Beim Plodek im Keller eingesperrt, mir Deppen!«, hat der Sanktus geflucht. »Komm schnell. Der Plodek ist mit dem Drengler weg, und wir haben keine Ahnung wohin.«

»Wir fahren grad rein«, hat der Kommissar gemeint, und schon haben die zwei die Blaulichter durch den Kellerschacht blinken sehen können.

Kurz drauf ist die Tür aufgesperrt worden, weil der Plodek so gnädig war und hat den Schlüssel außen stecken lassen. Es war jetzt dreiviertel elf.

Sherlock Holmes und Dr. Watson sind mit dem Inspektor Lestrade alias Kommissar Bichlmaier in der Einfahrt des Anwesens gestanden und haben diskutiert, wo der Plodek den Drengler jetzt wohl versenken würde. Viel Zeit war nicht. Da waren sich alle drei einig. Gar nicht viel Zeit. Abermals Starnberger See, ja oder nein? Oder bloß irgendein Bach in Pasing. Der Sanktus hat sogar das Westbad aufgrund der Zeitnot in Betracht gezogen. Aber trotz allem, große Ratlosigkeit vorherrschend. Im Hintergrund haben sie den Polizeifunk knacken und rauschen gehört. Der Sanktus hat mit einem Ohr zugehört, weil früher ja Polizist und Neugierde sowieso. Auf einmal hat es ihn gerissen. Der Polizeifunk hat was von »Spaziergänger meldet Fahrzeug verbotenerweise am Badestrand des Lußsees. Vermutlich unerlaubtes Wildgrillen« durchgegeben.

»Habt's es ghört?«, hat der Sanktus geschrien.

»Was?«, haben die beiden anderen verdutzt geantwortet.

»Na, Fahrzeug am Lußsee! Des is er! Da fress ich an Besen. Der will den Drengler da versenken.«

Der Bichlmaier hat seinen Kollegen kurze Anweisung gegeben und hat die zwei Detektive in sein Auto gezogen und ist losgeprescht. Der Sanktus war noch nie so schnell von Pasing auf der Verdistraße. Formel-1 Dreck dagegen. Auf dem kurzen Autobahnstück hat der Bichlmaier fast 220 Kilometer pro Stunde geschafft. Gott sei Dank ist es von da aus nicht mehr weit gewesen, weil dem Sanktus und dem Hanspeter wieder einmal schlecht.

Schon bei der Einfahrt in den Parkplatz am Lußsee haben sie den Transporter direkt am Ufer ausmachen können. Irgendetwas ist mit Kerzen beleuchtet im See geschwommen. Als sich ihre Augen gleich nach dem Aussteigen an die Dunkelheit gewöhnt gehabt haben, haben sie bemerkt, dass es der Drengler auf dem Kreuz war. Das Kreuz und er waren auf einer Art Luftmatratze gelagert, die mit Kerzen übersät war.

Plötzlich haben sie den Plodek, der anscheinend unbemerkt in der Dunkelheit neben dem Drengler geschwommen ist, rufen hören: »Die Erlösung ist nahe. Die Rache ist vollendet.«

Daraufhin hast du ein Zischen hören können und die Kerzen haben sich abgesenkt. Der Plodek hat die Luft aus der Matratze entweichen lassen. In ein paar Minuten würde der Drengler chancenlos untergehen, da ihn das dünne Holzkreuz nie und nimmer tragen würde.

Der Sanktus und der Hanspeter haben simultan ihre Geldbeutel und Schlüssel auf den Kies des Uferbodens gelegt, die Schuhe ausgezogen und haben sich in das Wasser gestürzt. Mit schnellen Kraulbewegungen sind sie auf den sich langsam gen Wasserspiegel senkenden Drengler zu geschwommen. In dem Moment, als das Holzkreuz die Wasseroberfläche berührt hat, hat es ausgeschaut, als würde sich der Drengler im Bett umdrehen, sprich, sein linker Arm ist mit dem Querbalken in die Höhe gegangen. Blöd jetzt nur, die Fläche, weil reduziert wegen des Drehens, und das Gewicht gleich, sprich, der Drengler ist samt Holzkreuz in die Tiefe des Sees abgesackt.

Der Sanktus hat gerade noch ein Ende des Querbalkens erwischen können. Resultat jetzt aber, der Sanktus auch in Richtung Grund. Er hat gestrampelt, wie er noch nie gestrampelt hat. Nicht um sein Leben, weil dann hätte er einfach nur loslassen brauchen. Nein, um das Drengler-

Leben. Er hat mit aller Kraft versucht, das Kreuz-Drengler-Konstrukt nach oben zu bugsieren, aber er ist immer weiter abgesunken. Da ist der Punkt gekommen, an dem er ziemlich knapp mit der Luft gewesen ist und eigentlich schon hätte loslassen müssen. Doch plötzlich ist ein Schatten in der Tiefe erschienen. Der Hanspeter! Da hat der Sanktus noch einmal seine ganze Kraft zusammengenommen, und beide haben es geschafft, dass es wieder aufwärtsgegangen ist. Als sie an der Wasseroberfläche angekommen sind, hat sie eine Hand gepackt und sie in ein Boot hineingezogen und ans Ufer gefahren. Der Sanktus hat sich noch gefragt, wo jetzt das Wassergefährt hergekommen ist, aber eigentlich war es ihm ganz schnell richtig wurscht.

Wieder einmal ist der Sanktus dagesessen, und rund um ihn herum hat es blau geblinkt. Praktisch direkt symptomatisch für ihn in der letzten Zeit. Eigentlich eine saudumme Entwicklung. Neben ihm ist der Hanspeter in eine Decke eingewickelt gesessen und hat stumm auf die Wasserfläche gestarrt. Der Sanktus war fix und fertig und hat das Gefühl gehabt, ihm zerreißt es den Schädel. Doch auf einmal war er wieder völlig klar: Wo war der Plodek?

Der Sanktus hat sich hastig umgeschaut. Der Hanspeter hat noch immer in Richtung See gestarrt, der Bichlmaier hat sich mit der Notärztin unterhalten. Ein Sanitäter hat im hellen Schein des Krankenwagens den anscheinend immer noch bewusstlosen Drengler versorgt. Das helle Innenleben des Notarztwagens hat überhaupt nicht in das Dunkel der nächtlichen Szene gepasst.

In dem Moment, als der Sanitäter sich aus der seitlichen Schiebetür des Wagens herausgebeugt hat, um mit der

Ärztin zu reden, hat der Sanktus einen Schatten am offenen Heck erkennen können. Es ist ihm erschienen, als ob der Schatten in den Notarztwagen verschwunden wäre.

Jetzt musst du dir einen Sekundenzeiger denken, der drei Sekunden vor zwölf ist. So hat's jetzt beim Sanktus genau drei Mal in seinem Kopf geklickt. Es war ein typisches Klicken, wie du es von einem altmodischen Wecker kennst. Wenn du jetzt dem Sanktus in die Augen geschaut hättest, hättest du gemerkt, wie es ihm auf einmal die Augenbrauen nach oben gezogen und er die Augen aufgerissen hat. Er ist mit einem Satz aufgesprungen. Der Hanspeter, der Kommissar, die Ärztin und der Sanitäter haben unisono ihren Kopf in Richtung Sanktus gedreht und ihm bei seinem Sprint nachgeschaut.

Der Sanktus, Usain Bolt Scheißdreck dagegen, zu dem Wagen und in den Aufbau rein. Drin ist vor dem Drengler eine schwarze Gestalt mit einem Messer in der erhobenen Hand gestanden und hat gerade zustechen wollen. Der Sanktus hat die Gestalt am Schlawittl gepackt, und der Plodek ist in hohem Bogen aus dem Notarztwagen in den Kies des Bodens geflogen. Der Sanktus 180-Grad-Drehung und Hechtsprung auf das Bürscherl, dass du »Hallo« sagst. Da hat der Plodek keine Chance gehabt. Gar keine, also nicht die geringste, weil der Sanktus locker 20 Kilo schwerer. Der Bichlmaier und der Hanspeter sind völlig perplex dagestanden. Der Kommissar hat nur noch: »Verreck Kaffeehaus!«, und der Hanspeter »Reschpekt!«, herausgebracht. Es war inzwischen halb eins in der Früh.

DIENSTAG

Der Sanktus hat daheim erst einmal eine Badewanne eingelassen, obwohl die Kathi furchtbar protestiert hat, weil
viel zu laut, so spät und was sagen da die Nachbarn, und
wenn die nichts sagen, wacht zumindest die Martina auf
und dann ist sie in der Früh recht grantig, weil zu wenig
Schlaf und so weiter und so weiter. Der Sanktus hat ganz
liebevoll »Ja, Schatzi« gesagt, hat sich ausgezogen und in
die Badewanne gelegt. Die Wärme hat ihm so gut getan,
das kannst du dir gar nicht vorstellen, weil der See war
zwar warm, aber wenn du dann nass draußen sitzt, ist's
halt doch suboptimal. Die Kathi hat ihr Meckern aufge-
geben, und dann hat der Sanktus endlich in Ruhe erzählt,
was ihm in den letzten Stunden passiert war. Die Kathi
ist aus dem Staunen nicht mehr rausgekommen, hat sich
nackt ausgezogen und sich zu ihm in die Badewanne
gesetzt.

»Jetzt is's aa scho wurscht«, hat sie die Aktion nur
kurz kommentiert. Ihre Zehennägel waren in Dunkelrot
lackiert, hat der Sanktus noch kurz festgestellt, bevor die
Kathi ihren Fuß ins Wasser getaucht hat. Der Rest war
aber auch sehr schön anzuschauen. Der Sanktus hat sofort
festgestellt, dass er trotz des furchtbaren Tages eigentlich noch ganz gut beieinander war. Denkst du gar nicht.

Die Kathi hat aber erst die ganze Geschichte hören
wollen, und der Sanktus hat immer wieder warmes Wasser nachgelassen, weil die Story doch etwas länger gedau-

ert hat. Es hat sich auch keiner beschwert, und die Martina ist auch nicht wach geworden.

So schön durchgewärmt und entspannt ist der Sanktus dann im Bett in den Armen der Kathi nach gefühlten zwei Sekunden ein- und hat bis um kurz nach zehn Uhr durchgeschlafen.

Als er aufgewacht ist, war auf dem Nachtkästchen ein Zettel. *Hab dir Semmeln geholt. Kaffee ist in der Thermoskanne. Hab dich lieb. Freu mich schon auf heute Abend. Bussis.*

Kaum löst du einen Mord, wird dir alles getan. So hat's der Sanktus aushalten können. Gmahte Wiesn, hat er sich gedacht. Der Sanktus hat also in Ruhe erst einmal die Zeitung gelesen. Prompt war schon eine Schlagzeile vom Lußsee drin. *Bierbrauer klären Altherrenmorde auf. Drittes Opfer gerettet.* Zefix, hat er sich gedacht. Des war nix, weil er die letzten Tage im Sternbiergarten eine Sommergrippe vorgetäuscht gehabt hat. Das wenn er sieht, der Wirt, na war's es. Aber »No risk, no fun«, sagt er, der Engländer.

Nach einem kurzen Telefonat mit der Ulli ist der Sanktus in den ›Dritten Orden‹ gefahren. Das war das Krankenhaus, wo sie den Drengler nach seiner Rettung hin verfrachtet gehabt haben.

Der Sanktus hat Krankenhäuser dick gehabt. Nicht, dass er jemals zu viel Zeit darin verbracht gehabt hätte, aber es war der Geruch! Der Geruch nach Medizin, Desinfektionsmittel, und vor allem haben alle Krankenhäuser wie seine alte Grundschule gerochen. So nach Linoleum und dem Linoleumputzmittel. Grausam. Aber was tust du nicht alles, wenn du jemandem das Leben rettest. Und vor allem dem Drengler. Die Frage, die ihn seit dem Aufwachen bewegt hat, war, ob er und der Drengler jetzt irgendwie so eine Art Verbündete waren, so was wie Blutsbrüder, Winnetou und Old Shatterhand. Weil der Drengler war ihm zwar inzwischen sympathischer, aber Freunde? Da hat auch die schönste Rettung nichts dran ändern können.

Da ist er mit gemischten Gefühlen in das Krankenzimmer rein. Ganz leise hat er die Tür aufgemacht, weil weißt du ja nicht, vielleicht schläft er gerade. Der Drengler ist wie ein Häuferl Elend in seinem Bett drin gelegen. Den Mund hat er so komisch halb auf gehabt. Wie ein Toter. Grausig. Dem Sanktus hat er fast leidgetan. Also eigentlich ziemlich, und weil du ja im Alter milde und sanft wirst, ist dem Sanktus doch tatsächlich eine Träne ausgekommen. Die hat er sich gleich verschämt mit dem Handrücken weggewischt und geschnieft.

In diesem Moment hat der Drengler die Augen aufgemacht und geschrien: »Ausgemüllert! Da guckste, wa? Ich bin schon vollständig wiederhergestellt«, und hat den Sanktus unverschämt angegrinst.

Dem Sanktus ist der Blutdruck durch die Decke geschossen und der Rauch zum Genick hinten raus. Der Drengler hat nicht mehr ganz so gegrinst.

»Du bist und bleibst halt einfach ein reinrassiges Arschloch, Drengler«, hat er gezischt und hinter sich die Tür zugeschmissen.

Draußen hat er grinsen müssen, weil er schon froh war, dass es dem Burschen wieder gut gegangen ist und seine Rettungsaktion nicht umsonst war, aber dem Drengler hätt er das nie in diesem Leben gesagt. Und die Schokolade, die er ihm mitgebracht hat, hat er dann auf einen Sitz selber verdrückt.

Am Nachmittag hat der Sanktus in der Polizeiinspektion vorbeigeschaut. Mit dem Radl natürlich. Das Radeln in der Sonne, ohne ständig an die Morde zu denken, ist für ihn eine wahre Wohltat gewesen. Pfeifend ist er zum Bichlmaier-Büro hinaufgestiegen, und die Leute im Präsidium haben ihn schon komisch angeschaut, aber dem Sanktus war das total egal. Der Drengler war gerettet, der Plodek hinter Schloss und Riegel, und jetzt würde ihm der Bichlmaier hoffentlich die ganzen Hintergründe erläutern, weil so weit ist ihre Freundschaft dann doch nicht gegangen, dass der Kommissar ihn sogar zu einem Verhör mitgenommen hätte. Hat der Sanktus zwar schade gefunden, aber mei, musst du verstehen.

Leider war der Bichlmaier nicht in seinem Büro, und der Sanktus ist dummerweise nur dem Demuth über den Weg gelaufen.

»Ah, der Herr Inspektor Sanktus persönlich«, hat der Demuth angefangen.

»Servus Demuth. Ogfressen?«

»Was hasst na ogfressen? So was hab ich gar ned nödich!«, hat der Assistent zurück gefränkelt. »Glückstreffer halt!«

»Is recht. Is der Bichä da?«

»Der *Herr* Kommissar Bichlmaier is ned da. Der is noch a weng beim Verhör. Müsst na gleich kommen. Sie könnten ja derweil in der Cafeteria Platz nehmen«, hat der Demuth vorgeschlagen.

Des tät dir Hanswurscht so passen, hat sich der Sanktus gedacht.

»Naa, naa. Ich wart scho da. Der kommt ja bestimmt glei«, hat der Sanktus mit einem verschmitzten Lächeln geantwortet und sich auf den Chefplatz gesetzt.

»Des hab ich beförcht«, hat der Demuth in sich hineingeflüstert und ist in den mit Glas abgetrennten Nebenraum gegangen.

Der Sanktus hat so hin und her geschaut und da ist ihm ein Kaffeehaferl aufgefallen. Kaffee warm und frisch, kombiniere, Demuth seiner. Und das im Bichlmaier-Büro. Hat er wohl geschnüffelt, der Demuth? Saublöderweise ist das TSV-1860-Brotzeitbrettl des Kommissars noch vom Mittag auf dem Schreibtisch gestanden und darauf ein TSV-1860-Salzstreuer. Dumm gelaufen für den Herrn Assistenten. Der Sanktus hat den Salzstreuer aufgeschraubt und das halbe Behältnis in die Tasse entleert. Gut verrührt und wieder auf Ausgangsposition. Kurz darauf hat der Demuth die Tasse geholt, aber noch nicht getrunken.

Nach einigen Minuten ist der Bichlmaier auch schon gekommen und hat den Sanktus freudig begrüßt. Nach einem schnellen Small Talk von wegen ›wie geht's dem Drengler‹, hat ihn der Bichlmaier über das Verhörergebnis aufgeklärt. Der Sanktus hat mit einem Auge immer den Demuth und das Haferl durch die gläserne Bürotrennwand beobachtet.

»Der Plodek, also der Achim Plodek, alias Kurt Achim Calaminus, war fünf Jahre alt, als die Johanna umgebracht worden ist«, hat der Bichlmaier erklärt. »Die Mutter, die Ingrid Calaminus, hat den Tod ihrer Tochter nicht verwunden und das Trinken angefangen. Die Ehe der Eltern ist dann am Tod der Tochter und am Alkoholismus der Mutter zerbrochen. Der Vater ist in diesem Dilemma auch noch arbeitslos geworden, hat sich nun nicht mehr ausgesehen und hat sich daraufhin suizidiert.« Suizidiert, hat der Bichlmaier gesagt! »Die Mutter war praktisch nur noch blau, und das Jugendamt hat ihr den Buben weggenommen und in ein Kinderheim gesteckt. Das müssen schreckliche Jahre gewesen sein. Zwei Jahre darauf hat ihn die Mutter zur Adoption freigegeben, und er ist zur Familie Plodek gekommen. Ingrid Calaminus ist dann in die Psychiatrie eingeliefert worden und später dort gestorben. Die Plodeks haben schon zwei Söhne gehabt, die älter waren als der Achim und ihn ständig gepiesackt und misshandelt haben. Die Eltern haben das nicht geglaubt und haben ihn auch noch, wenn er sich an sie gewandt hat, bestraft. Laut Achim war das die Hölle auf Erden. Gott sei Dank war er mit einem überdurchschnittlich hohen IQ gesegnet, hat das Abitur geschafft und ist nach München zum Studieren gekommen. Von dem Zusammenhang der Studentenverbindung mit seiner Schwester hatte er nichts gewusst. Das war reiner Zufall. Wahnsinn, ha? Er hat *schon* vom mysteriösen Tod seiner Schwester gewusst. Das haben sie ihm wohl erzählt, und er hat auch Bilder von Johanna gehabt. Aber, kommt der Bub nach München zum Studieren, geht zu so einer Veranstaltung zu dene Schwabinger ...«

»Swapingen!«, hat ihn der Sanktus korrigiert.

»Ja, sag ich doch. Und sieht da seine Schwester auf einem Foto mit dem Kübrich, dem Kammerlander und dem Drengler. Und jetzt kommt's. Pass auf! Der Meinert hat ihm im Suff die Story vom Starnberger See erzählt und dass ihr die drei nachgestellt und sie in den Tod getrieben beziehungsweise umgebracht haben. Der Bub war völlig durcheinander, hat aber jetzt endlich jemanden gehabt, den er für seine verpatzte Jugend verantwortlich machen hat können.«

In dem Moment hat der Demuth, der ihnen an der Tür zugehört hat, einen großen Schluck aus der Kaffeetasse genommen, losgeprustet und dabei alles im Nebenraum verteilt. Er ist wie von der Tarantel gestochen zum Waschbecken gelaufen und hat sich erst einmal hinein übergeben. Der Sanktus ist aufgesprungen und hat ihn gefragt: »Herr Demuth, is Eahna ned guad? Konn i Eahna helfn?«

Der Demuth hat noch einen Schwall gekotzt, den Kopf herumgedreht und ihm mit Tränen in den Augen »Blödes Arschloch« zugeflüstert.

»Na, na!«, hat er Sanktus kommentiert, ist grinsend zurück zum Kommissar.

»Was is?«, hat der wissen wollen.

»Hat sich irgendwo an Magen verdorben anscheinend«, hat der Sanktus gemeint und gegrinst.

»Gut. Weiter im Text. Der Plodek hat also bei den zwei Gscheithaferln in der Kanzlei in der Prinzregentenstraße angefangen, um mehr über den Mord an seiner Schwester herauszufinden. Hat aber nicht viel gebracht, außer dass es sich um zwei kaltschnäuzige Schnösel gehandelt hat, die in ihrem Beruf bildlich über Leichen gegangen sind. Den Kammerlander hat er des Öfteren auf dem Bundeshaus getroffen und sich mit ihm angefreundet. Seinen Plan hat er über mehrere Monate ausgetüftelt. Das Haus in Pasing hat er über einen Freund aus der Waisenhauszeit, der später auch mit ihm in die Schule gegangen ist, zur Miete bekommen. Dort hat er gleich den alten Öltank, der noch da, aber außer Betrieb war, umfunktioniert. Ihm war schnell klar, dass er die drei ertränken hat müssen, da ja auch seine Schwester so gestorben ist. Das war die Vergeltung an den Verantwortlichen für sein Leid in der Kindheit. Apropos, bei der Beerdigung von Johanna ist ihr Lieblingsmusikstück gespielt worden, und jetzt rat einmal, welches, Sanktus.«

»Die Moldau?«

»G'scheiter Bua! Die Moldau. Drum hat er die den Opfern immer vorgespielt. Wasser und Moldau. Sauber, ha?«

»Respekt vor dem Buben«, hat der Sanktus zugeben müssen.

»Dann ist ihm auch das mit den Mails eingefallen. Immer ein Wasserthema voraus, sozusagen als Motto. Dann die Guillotine für den schnellen Tod von der Johanna. Danach die Pest, die sein Siechtum verkörpert hat, und zum Schluss das Kreuz als seine Erlösung nach dem letzten Mord. Rache beendet. Leider hast ihm du des verpatzt, also Gott sei Dank natürlich. Die Alten Herren haben genauso leiden sollen wie er und sterben wie die Johanna. Besonders der Drengler hat leiden müssen. Der Meinert hat ihm nämlich glaubhaft gemacht, dass der Drengler mit der Jo geschlafen und sie danach umgebracht hat. Deswegen die doppelte Packung aus dem zermürbenden Geocachespiel und seiner eigenen Entführung.«

»Der Meinert hat anscheinend irgendeine Rechnung mit dem Herrn Doktor offen gehabt«, hat der Sanktus gelächelt. »Und wie war das mit dem Stangassinger?«

»Wie wir vermutet haben, ein willkommenes Ablenkungsmanöver. Ihr habt den Plodek selber erst am Abend in der Neuen Kirche drauf gebracht. Er ist am nächsten

Tag sofort zur Lena, hat die Adresse aus ihr herausge-
prügelt, den Ohrring auf dem Hof versteckt, und aus der
Tanz. Während wir ermittelt haben, hat er in Ruhe die
Geocachejagd vorbereiten können.«

»Und wie hat er das mit dene Mails gemacht?«

»Die hat er immer von öffentlichen Rechnern in Hotels,
Internetcafés und so weiter geschrieben. Nur das eine hat
er vom Meinert aus geschickt, aber da hat er ja provo-
zieren wollen, dass wir auf diesen Herrn kommen. Er
hat von sich abzulenken versucht, um für den finalen
Showdown Zeit zu gewinnen. Dass der Staatssekretär
die Johanna in Wirklichkeit umgebracht hat, hat er nicht
gewusst, geschweige denn vermutet. Er hat einmal beim
Meinert gearbeitet, das heißt, eine Studienarbeit ange-
fertigt. Da hat er für das Büro noch einen Zweitschlüs-
sel gehabt. Also einfache Sache für ihn. Hat er uns nur
noch auf die IP-Adresse bringen müssen.«

»Da hätt ma's schon merken sollen, oder?«, hat der
Sanktus geseufzt.

»Da schon und spätestens bei dem stetigen Tropfen.
Des war doch schon in dem Cache falsch geschrieben?«

»Mir san solcherne Deppen, Bichä.«

»Schmarrn, samma ned. Älter wird ma halt und langsamer.«

»Meinst?«

»Schau di doch o!«

»Depp!«

»Selber Depp!.«

»Und was wird jetzt aus ihm?«

»Na ja. Tötung im Affekt wird's kaum sein. Jetzt
machen sie so ein Psycho-Gutachten, ob er voll schuld-
fähig ist, und dann wird er angeklagt. Die Staatsanwalt-

schaft fordert bestimmt lebenslänglich. Ob er dann wegen seiner verpatzten Jugend mildernde Umstände kriegt? Ich glaub's ned.«

»Sauber! Des hat sich rentiert«, hat der Sanktus gesagt.

»Tja. So is's. Fall gelöst, Herr Sanktjohanser.«

»Jawohl, Chef. Eigentlich war ma gar ned so schlecht, ha?«

»Kann ma ned behaupten. Naa. Magst ned für den Demuth anfangen?«

»Naa, Bichä. Den behaltst dir schön. Einmal Polizei langt mir.«

»Meinst? Hast beim Brauer auch gsagt und hast es ein zweites Mal gmacht.«

»Und bin i's no?«

»Sanktus, was wärst du jetzt amal länger gwesn?«

»Hm? Gute Frage.«

»Eben. So, jetzt gehst heim zu deiner Kathi und sagst ihr einen schönen Gruß. Pfiat di, Sanktus.«

»Servus, Bichä!« Abgang Meisterdetektiv.

Draußen am Zaun hat der Sanktus sein Radl aufgesperrt und ist aufgesessen. Losfahren hat er leider nicht können, da beide Reifen platt waren. Da hat der Demuth anscheinend eine kleine Inspektion aus Rachegründen durchgeführt. Scheiß drauf, hat er sich gedacht und hat heimgeschoben. Das Wetter war prächtig, und irgendwo hat es sicher eine Halbe Bier zwischendrin gegeben. Die Martina war heute bei der Anna zum Mittagessen, also hat er Zeit gehabt. Nach all den stressigen Tagen der letzten Woche hat heute nichts pressiert. Ein Traum. Vielleicht war heute Abend Biergarten angesagt.

Wie er daheim aufgesperrt hat, hat er gemerkt, dass die Kathi bereits da war. Sie hat ihn ganz fest gedrückt und abgebusselt. Belohnung für seine Heldentaten?

»Und wie geht's meinem Helden?«, hat die Kathi gefragt.

»Weiß ned. Eigentlich ganz guad. Dem Opfer übrigens auch«, hat der Sanktus geantwortet und die Augen verdreht.

»Die Ulli hat's mir schon erzählt. Der hat sein Fett schon abgekriegt von ihr. Kannst mir glauben. Geh ma heut zu den Isarrider?«

»Spielen die heut?«

»Ja, im Schwabinger Podium.«

»Und die Martina?«

»Bleibt bei der Anna.«

Der Sanktus hat sein Fahrrad aufgepumpt, und die beiden sind in Richtung Schwabing. Am Chinesischen Turm haben sie eine kurze Pause gemacht, weil sie ein bisserl zu früh dran waren, und haben Händchen haltend ein Weißbier in der Abendsonne genossen. Einen Obatzten mit Breze hat's dazugegeben.

Die Isarrider waren wieder einmal ein Klassiker, und der Sanktus hat nach wenigen Minuten schon nicht mehr an die Morde und die Hetzjagd denken müssen. Mission geglückt. Die Kathi und er haben wie immer alle Stücke mitsingen können. Wenn du noch nicht bei den Isarridern warst, musst du unbedingt vorbeischauen. Ansonsten große Bildungslücke. Echt! Nach dem Schlussstück »Gipfel der Lust« also »Es muass a Werk vom Herrgott sei«, ist der Roland, der Sänger, zu ihnen gekommen.

»He, Sanktus, a amoi wieder da? Wia geht's oiwei?«

»Stressigs Wochenend ghabt, Roland. Koa Gaudi. Aber jetzt is a Ruah.«

»Bist ja jetzt bei uns und des bei dem scheena Weda.«

»D' Sonn hamma scho ausgenutzt. Mir ham grad zu zwoat a gmiatlichs Weißbier am Chinesischen Turm drunga. Des war so schee, sog i da.«

»Klar. Mit da Kathi. Konn i versteh. A Weißbier in da Sonn zu zwoat … Jetzt bringst mi auf a Idee«, hat der Roland gesagt, sich umgedreht und etwas auf einen Zettel aufgeschrieben.

Wie der Sanktus und die Kathi später Arm in Arm nackt im Bett gelegen sind, hat die Kathi dem Sanktus leise ins Ohr geflüstert: »Was hältst du eigentlich von einem zweiten Kind?«

Den Sanktus hat's erst einmal gerissen, hat sich aber gleich wieder im Griff gehabt.

»Jetzt glei?«

Die Kathi hat gelächelt …

*

Der Sanktus hat auch, nachdem er nach ein, zwei Tagen seinen Schädel wieder frei gekriegt hat, sein Goaßl-schnalz-Hobby wieder aufgenommen und seine Goaßl regelmäßig im Hinterhof kreisen und knallen lassen. Sehr zum Leidwesen der Nachbarn. Aber für bayerische Kultur muss auch ein genervter Anwohner einmal ein Opfer bringen, oder? Weil der nächste Auftritt auf einem Volksfest kommt bestimmt, und da gefällt es dem Nachbar auch, wenn die Schnalzer auf den Tischen stehen, die Peitschen knallen lassen und Stimmung in die Bude bringen.

*

Der Drengler ist bald wieder auf den Beinen gewesen. Viel zu früh für den Sanktus, weil er sich natürlich für die Rettung erkenntlich zeigen hat wollen und somit ein neuer Besuch angestanden ist. Na bravo!

*

Der Plodek hat tatsächlich lebenslänglich bekommen.

*

Die Anna hat übrigens lange gelacht, als ihr der Sanktus die Geschichte vom Jean-Pièrre im Öl erzählt hat. Das nächste Mal würde sie sich einen Besseren suchen.

*

Der Geschäftsführer des Sternbräu-Biergartens hat den Sanktus tatsächlich in der Zeitung gesehen, und so ist sein Engagement dort auch wieder zu Ende gewesen. Also auf zu neuen Ufern, aber das war ja für den Sanktus nichts Neues. Eine Idee hat er schon gehabt.

DANKSAGUNG

Ich danke meiner Frau Petra, meiner kritischsten Leserin, die mich immer wieder auf den Boden der Tatsachen geholt und unermüdlich Korrektur gelesen hat, sowie Claudia Senghaas, die mich ermuntert hat, diese Fortsetzung zu schreiben, und mir immer mit Rat und Tat zur Seite stand.

*Weitere Titel finden Sie auf den
folgenden Seiten und im Internet:*

WWW.GMEINER-SPANNUNG.DE

Der »Sanktus« muss ermitteln:

GMEINER SPANNUNG

WWW.GMEINER-VERLAG.DE
Wir machen's spannend

DIE NEUEN Lieblings-plätze

ISBN 978-3-8392-0154-1
AM INN

ISBN 978-3-8392-2730-5
AUGSBURG UND BAYERISCH-SCHWABEN

ISBN 978-3-8392-0155-8
FÜNFSEENLAND

ISBN 978-3-8392-0158-9
HARZ

ISBN 978-3-8392-0160-2
mit Hund NORDSEEKÜSTE NIEDERSACHSEN

ISBN 978-3-8392-0159-6
LÜNEBURGER HEIDE

ISBN 978-3-8392-0161-9
NIEDERRHEIN

ISBN 978-3-8392-0163-3
OSTSEE MECKLENBURG-VORPOMMERN

ISBN 978-3-8392-0164-0
OSTSEE SCHLESWIG-HOLSTEIN

ISBN 978-3-8392-2626-1
SACHSEN

ISBN 978-3-8392-0156-5
für Senioren BODENSEE

ISBN 978-3-8392-0157-2
für Senioren NORDSEE SCHLESWIG-HOLSTEIN

ISBN 978-3-8392-0166-4
SÜDLICHE WEINSTRASSE UND PFÄLZERWALD

ISBN 978-3-8392-0166-4
SÜDTIROL

ISBN 978-3-8392-2838-8
USEDOM

ISBN 978-3-8392-0168-8
WIESBADEN RHEIN-TAUNUS RHEINGAU

GMEINER KULTUR

WWW.GMEINER-VERLAG.DE
Mensch, Kultur, Region